狭路

中

长洱◎著

中国致公出版社　知音动漫

宏景八中足球队招新通知
为响应党中央号召，更好普及校园足球运动，宏景八中足球队现招募新球员。球员将由名师指导，享受超一流教育　感受英超顶级教练魅力。
虚位以待，机不可失，时不再来。
如有兴趣，请至宏景八中体育器材室林晚星老师处报名。
联系电话：

熱烈庆祝宏景八中足球队战胜禹州

——其实球队能胜利的原因很简单
——什么？
——我。

DATE

目录

——其实球队能胜利的原因很简单
——什么？
——我。

目录

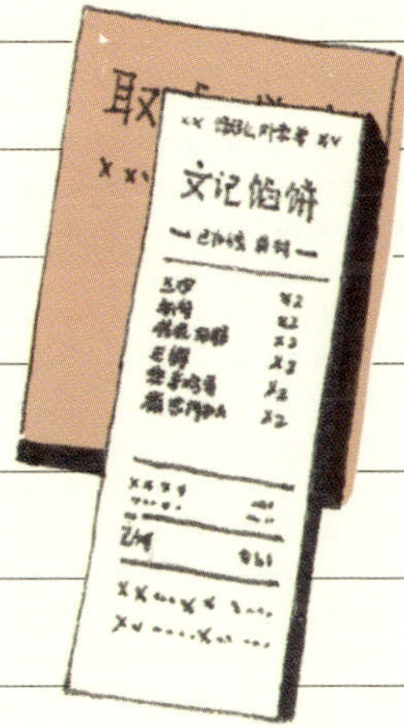

文记馅饼

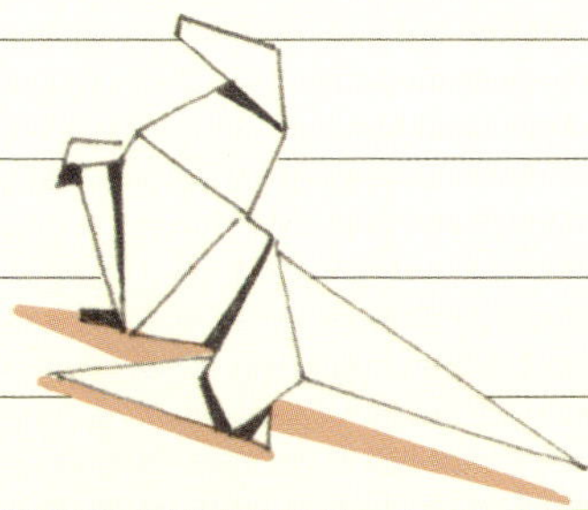

DATE

“你当时抛到了哪面？”

“正面。”

正面意味着纵身一跃，人生苦海，就此解脱。

“但你还在这。”

“是啊，因为我要救了。”

她站在星空下，用很淡的笑容，回答他。

01. 告别

折腾了一天，学生们总营业额高达2000元之巨。光气球小组的纯利润就有300元。

林晚星没和秦敖客气，提了180元。王法也没和她客气，八二开，拿了144元，给她留了36元。

王法离开的前一天，学生们累计收入7921.3元，真正达到了他们的目标金额。

那天晚间训练后，学生们照例在天台上数着钱，现金积攒了厚厚一沓。

天是靛青色，星星也很明亮。林晚星送给王法的气球被绑在了天台护栏上，于夜空中飘飘摇摇。

林晚星和王法下楼，买了饮料。

他们再推开天台门的时候，付新书一个人靠在天台角落，离数钱的一伙人不远。这种活动付新书往往不会参与，只是坐在一旁看着。

林晚星递给他一瓶水，男生怔了下，然后仰头说："谢谢老师。"

"感觉怎么样？"林晚星在他旁边坐下。

天台楼板被太阳烤了一天，现在还热烘烘的。

付新书看着她，一脸迷茫，但很快反应过来她在问什么。

“很好。真的很好。”男生重复了一遍，“我以前觉得赚钱很难。”

林晚星盘腿坐在地上，给自己开了罐可乐，听对方说话。

男生是单眼皮，睫毛很长，但总是下垂着，因此显得温柔乖顺。

“我小时候家里还挺有钱的，那时候我爸有钱送我去踢足球，后来出事了，家里欠了很多债，就变穷了。为了赚钱，我干了很多活儿，一直觉得赚钱太难了。”付新书讲起家里的事情，说得又轻又慢，生怕自己再说大声一点儿，会被不远处快乐数钱的队友们听到。

林晚星望着自己的学生，点了点头，没有讲话。她觉得付新书更需要一个安静的听众。

“反正踢球肯定不能赚钱，我一直知道自己水平在哪儿，所以当时你让我们写最想要的东西的时候，我写了‘读个好大学’，我知道只有读书才能翻身。不过我的学习成绩和踢球水平差不多，不上不下，勉强读个大学吧。那时候真有那种‘什么都想要，但什么都做不到’的感觉。”

“那现在呢？”林晚星问。

“现在？现在说起来可能有点儿自大，就这几天的经历，让我觉得赚钱不难。也不是不难吧，还是很累，但不知道为什么，看着一点点赚到想要的数额的钱，有种我能生活下去的感觉，很踏实，和以前不太一样。”付新书喝了一大口水，嘴唇很红，眼睛也亮亮的。

“你以后会有很好的生活。”林晚星笑着说道。

她和付新书聊天，后来秦敖、陈江河他们也拿着饮料凑了过来。

学生们开始讨论明天的计划。

他们准备把之前囤的库存清完，然后一起去办健身卡。最后看剩下多少钱，晚上吃烤肉。

虽然是夜晚，但天台上有丰富的声音。

学生们喝完饮料，很熟练地把塑料瓶放在地上，“嘎吱”，一脚踩扁。

王法一直坐在他习惯的位置，脚搁在天台的栏杆上，偶尔喝两口可乐。冰块在碳酸饮料中漂浮，间或碰撞杯壁，叮叮当当。

总之，那是个让人异常放松的夜晚。

以至于林晚星完全懒得去想，那个今天把冰箱塞满饮料的人，其实第二天就要离开。

周三，林晚星起得很早。

按照平常的习惯，她一般会下楼吃早点，有时候出门在天台碰到王法，他们就一起去。但更多时候，她会自己吃完，再给王法带一份。

梧桐新村早餐的选择余地太大，林晚星经常在这里喝碗鱼糊粉又去那边买碗面。明明已经吃不下了，可看到路边诱人的水煎包她还想买，吃饱后买的那些大多便宜王法了。

按照以往的习惯，她吃完早点回家，王法已经起来了。

他会坐在天台简陋的遮阳伞底下，准备当日的训练计划。那时学生们还没来，他有时候是喝水，有时候在吃零食，偶尔林晚星也能闻到天台上散开的烟味。

但今天，王法没有出现在天台，室外空荡荡的，只有砖缝里长出的杂草随风摇摆。

林晚星把买的豆浆和水煎包放在户外桌上，转身回自己房间收拾。

但等她再出门时，放在桌上的塑料袋还保持原样，只是豆浆被风吹倒了。

不远处，绑在栏杆上的粉色气球左右飘荡，仿佛一切如常，但又有什么不一样了。

林晚星犹豫了下，还是走到王法的房门前。

她下意识想敲门，又觉得不妥，怕王法在睡觉吵醒了不好。想到这里，她拿出手机，给王法发了条消息：早餐放外面桌上了。

林晚星收回手机，路过王法窗前时，她看到了他的房间。

屋子里很干净。

干净是个相对的词。

王法家里本来就很干净，他习惯良好，东西不多，家里总保持着不属于单身男性的清爽整洁。

但不管怎样，只要是家，总会有生活的痕迹。比方说沙发上的盖毯、茶几上的水杯、随手扔下的本子和铅笔。但现在这些表面的东西都被一扫而空，整个房间像没人住过一样干净。

林晚星为此找了一个最恰当的形容词。

她感到自己心跳加快，所以做了平时绝不会做的事——她开始敲门。

起初是平静的三下，但屋内没有回应，她开始用力敲门。

“哐哐”声在天台上回响，四周空旷，声音格外清晰。

林晚星被自己的敲门声一激，瞬间冷静下来。她拿出手机，拨打王法的微信电话。

等待时间格外煎熬，林晚星虽然已做好王法不接电话的准备，但接通瞬间背景噪声响起时，她还是有种如释重负的感觉。

微信语音不会很快听清对方，背景噪声持续了一段时间，她才听到王法的声音。

“喂？”

王法的声音听上去很平静。

“你在哪儿？”林晚星缓了口气，又问，“走了吗？”

电话那头的人静了片刻，说：“还没有，你往前走点儿，看南边。”

林晚星依言走向天台边缘，望向远处球场。

她的视线越过烟灰色水泥看台，绿茵场上，有人朝她遥遥挥手。

虽然不是很能看清，但林晚星却一眼认出，那是王法。

青年照常穿着黑色T恤和运动短裤，看起来很随意。他身边还有个身材高大的男生，戴着门将手套，应该是冯锁。

王法站在草地上，远远指了指她的位置后，冯锁很兴奋地跳起来，朝她挥手。

碧空如洗，绿草如茵，一切都仿佛预示着今天有个美好的天气。

林晚星松了口气，下楼，来到球场边上。

王法正在对冯锁进行一对一门将训练。他从基础的动作开始纠正，指导冯锁的扑救动作。他很耐心，一遍又一遍让冯锁重复，不厌其烦。

林晚星看了一会儿，王法让冯锁休息喝点儿水。他拿着足球在手里转了一圈，清淡的视线移来。

“今天这么早吗？”林晚星问。

“我晚上就走，所以临时喊冯锁出来多教一点儿。”

王法说这句话时语气很寻常，好像是去哪里出个差，或者旅行几天一般稀松平常。

林晚星："要走是……去永川吗？"

"对，在催入职了。"王法答。

冯锁一直伸长脖子，在旁偷听。

听到这句话的时候，林晚星见学生眼睛瞪大，表情僵硬。她想自己的脸色大概也差不多。

"我还以为明天才走。"林晚星说。

"其实也没什么区别。"王法顿了顿，看了眼冯锁，"上次说过的门将教练，可能单独找有些困难，还是得先着意找到新的球队教练。"他边说边用脚随意拨动足球，"我对本地不熟，不好推荐，你从本地俱乐部着手找找，应该能找到。有余力，再找专业的门将教练。"

林晚星其实心里有很多话想讲。比如"我们之前不是聊过你远程指导"一类，这些话都到了嘴边，但她也清楚那不过是安慰学生的托词。

王法如果真要执教永川远大，不会有那么多时间指导他们。他们得找个新教练，最好再找个门将教练，这是王法很诚恳的建议。

林晚星到了少见的词穷时刻，最后只能说："我去问问我们体育组的老师，看有没有认识的。"

"有需要的话，我到了永川也能帮你打听。"

"谢谢你了。"林晚星说。

"应该的。"

如果一段对话进行到了客套阶段，就意味着该结束了。

林晚星看向学校的方向，说："我回去收拾一下，等会儿准备上班，那你今天什么时候走？"她尽量让自己的声音听上去很平静。

"晚饭后。"王法给了准确的时间节点，又说，"等下他们来训练，我会和球员说，你不用担心，去上班吧。"

这好像是再平常不过的告别，林晚星仍处于一种很不确定的状态。

明明王法早就说过要走，她和学生们都一直在心中默默倒计时。可真到了这天，她竟开始计较王法要提前半天离开这点儿小事。

吹着路上柔和的晨风，林晚星陷入短暂回忆。

其实她和王法也没有很熟，他们认识还不到一个月，这样算来，她更没理由挽留他。

可不知怎的，她心里像被一团棉花堵住。

相反的，身边的空气又像被挖去一块，让人总觉得少了点儿什么。思来想去，似乎是因为王法总陪伴在他们身边。

虽然他嘴上冷淡，又爱逗她，但他好像永远会坐在那片看台上。

一旦他属于球场，就永远冷静且胜券在握。

支柱一般。

但王法确实要走。林晚星很清楚这件事。

不管是王法清晰告知她年薪，还是后来她接到中介电话，说是顶楼租客要退租。这桩桩件件，都让林晚星明白，王法的确要走。

林晚星握着手机，电话那头是她一直委托处理房屋出租事宜的中介。

中介说，顶楼那位租客很大方。房租和押金都按合同走，租客原来签了一年，押一付三，但一次性按一年合同给完房租。而且，租客还说不用为他留着房子，合约就此结束，可将房屋转租他人。

“这也大方得没谁了！”中介用邀功似的口气说道。

“我知道了。”林晚星听完汇报，淡淡地答了一句，随后结束通话。

放下手机，林晚星想，王法应该算个大气的租客。作为房东，她理应高兴，可她却没办法不感到失落。

因为这些内容，王法明明可以当面和她说。比如他们早晨吃饭的时候，或者晚上散步的时候，哪怕他们坐在看台等学生时，王法都可以讲。

但是没有。

她倒不觉得这是王法不好意思，应当说更多的是一种态度，到此为止的态度。

他很大方，一年房租，足以补平先前从她那里“骗”的那些小钱。而他公事公办，态度坚决，确实要走。

差不多一整天时间，林晚星都待在体育器材室里，思考关于王法的事。倒不是什么儿女私情，而是她觉得这里有别的问题，她开始回忆认识王法的经过。

墙上公告泛黄，桌上的登记册多翻了几页，除此之外，连天气都和她刚入职那天一样热。

她第一天入职就遇到了王法。

那天她去找陈江河收足球，在球场遇到陈江河与球探。王法出言提醒，她下去替陈江河赶走球探。

其实林晚星还挺想知道，如果她没有出现，王法是否会走下那片看台？他会不会多管闲事，为一个素未谋面的高中生打发走不怀好意的球探？

工作清闲，因此上班的时候，林晚星都在思考这个问题。

她想了大半天，答案还是“会”。

如果王法不是那样的人，他大可不管陈江河，不答应她在学生们第一次比赛请他“帮个小忙”，更不会这么多天来陪伴在他们身边，制订战术、做训练计划、悉心教导学生们。

他其实很耐心，虽然表现得漫不经心，但大多数时间认真细致。无论是教学生踢球还是教他们做人做事，都无可指摘。

所有这一切，都汇集成他“值那么多钱”的原因。

虽然这些都不代表他不会走，但还是有些地方的逻辑和情感不能匹配。

他在国外有大好前途，却选择回国。

他付了一年房租，却只住一个月不到，就要去新单位入职。

那他为什么回来，为了中国足球的未来？

可他明明说过“我没有梦想”。

既然不是梦想，那就是为了钱。

他也说过“他们给太多了”。

似乎整体逻辑也能自洽，可王法真像是可以用金钱打动的人吗？

林晚星反复思索，找不到问题所在。

时间已至傍晚，电话声响起，她从漫长的思考中回过神来。

电话那头是付新书的声音。

林晚星意识到，学生们已经一整天没来过小仓库了。

昨天他们说要一起去清库存然后办健身卡，现在都快傍晚了，东西应该早清完了。

按照学生们的习惯，如果还在学校附近活动，他们都会来她的小仓库混一下，有时候来骗点儿吃的，也会拖出垫子睡午觉。

今天学生们一个都没来，肯定是因为王法和他们说了要提前走的事。

“老师。”

电话那头，付新书的声音听上去很平静，没有任何失落。

“嗯，怎么了？”

“今晚我们不训练了，你别去球场了，下班了直接来家里。”

付新书的“家里”，是指她和王法住的天台。

“好。”林晚星答。

“我们今天想吃烧烤，之前我们赚的钱还剩点儿，教练要走了，我们想在天台上烧烤，可以吗？”付新书问。

林晚星很欣慰学生们在做决定前会征询她的意见。

而他们现在听上去不吵不闹，情绪平和，肯定也是王法很认真同他们讲过一些话了。虽然不清楚王法说了什么，但有些话，确实只有教练才能和他的球员们说。

林晚星握着手机沉默良久，直到付新书催促。

“啊，我知道了，我等会儿就回去。”林晚星说。

付新书：“烧烤呢？”

“当然没问题。”林晚星笑道。

像是为了映衬离别，今日天气格外晴好，到傍晚时，灿烂红云布满半边天空。

林晚星登上天台，看到了大片通红的云。

烧烤炉已经被学生们架起，买来的食材和炭火摆了一地。他们各自忙碌着自己的事情，有人穿肉，有人洗盘子。彼此间偶尔说两句话，没有很兴奋，但也没什么不高兴的。

看到她，学生们朝她挥挥手，打招呼，脸上也在笑。

林晚星注意到，学生们腿上有泥，衣服也脏，脸蛋是暴晒后的红色，今天应该也照常跟王法去训练了。

于是她扫了眼天台，王法不在。

学生们努努嘴，示意她教练在屋里。

林晚星看了眼王法的房门，没过去，早上已经急过了，现在反而释然了。

“你们去办健身卡了吗？”林晚星去洗了手，然后加入男生们的穿串行列。

“去了啊，我们还谈了价，那边给了我们7500元的新优惠。”秦敖懒洋洋地说，“而且我们还谈了，如果以后我们还想练，比如想换年卡，把差价补上就行。”

这是连她都没谈下来的优惠价格。

男生语气很骄傲，几天的摸爬滚打令他成长不少。

林晚星点点头，把竹签穿过基围虾。但虾太滑，她一个没注意，虾背捅了个对穿。

她被自己吓了一跳。

“老师，你去喊教练来穿吧。”陈江河很嫌弃地说。

林晚星正想推托，就听到祁亮说：“别为难我们小林老师了，我们小林老师不敢的。”

“什么叫不敢？”林晚星无语。

“你不是在躲着我们教练吗？”祁亮的嘴角轻轻上挑，眼睛狭长，狐狸一样。

这很明显是激将法，可林晚星确实被激到了。

她干脆擦擦手，走到王法门前，敲了敲门。

“吱呀”一声，房门打开。

放眼望去，房间里很干净，和她早上从窗口瞥见的一样干净。

王法穿着干净柔软的家居服，头发很湿，应该是刚冲完澡，所以正用毛巾擦着脑袋。

他目光明亮柔和，人站在门内，微微低头看她，空气里是很淡的薄荷沐浴露的味道，仿佛一切如常。

如果不是看到屋子里摊开的巨大行李箱，林晚星大概会误以为这是一个很普通的傍晚。

学生们刚赚了一笔钱，吵着要吃烧烤。所以教练同意提前结束训练，作为学生们连日辛苦训练的奖励。

她下班回来，洗个手，加入穿串的行列。但因为穿虾失误，被学生嫌弃，她只能去喊教练来。

如果这是一个普通的傍晚，那接下来的剧情也可以想象——

王法加入烧烤行列，学生们则边穿串边拌嘴。他们会因为谁把鸡翅烤煳、谁多吃两块肉吵起来，点燃的木炭飞出火星，一切热热闹闹。

林晚星都已经能预想到那样的场景了。

可“散伙饭”这三个字的存在，让一个普通傍晚的聚餐有了不同意义。

“怎么了？”王法问。

林晚星将视线从行李上收回，抬头看着王法：“什么时候走？”

“晚点儿。”王法说。

“今天晚点儿吗？”林晚星愣了下，下意识问了个已经知道答案的问题。

“是。”

“坐高铁吗？那吃晚饭要抓紧时间，我记得去永川的最后一班车是晚上十点。”她第一反应是这样，絮叨了两句，然后才意识到，王法说的要走，确实是指搬着行李离开他们。

空气变得有些沉闷。

可能是她脸色不好，王法宽慰：“不用赶车，有人来接。”

也对，宏景到永川也不远，俱乐部派车来接，再正常不过。

“那也太赶了。”最终，林晚星只能无奈地这么说。

“是有一点儿。”王法说。

然后，他们就没有再说话了，和刚才设想的情况出现了细节性的偏差。

但大体上来说，学生们的情绪还不错。

王法洗了手，加入学生们的穿串行列。

烧烤的乐趣，除了烤和吃很多肉之外，就是大家聚在一起手忙脚乱的时光。

一会儿找不到买的黑胡椒，一会儿放多了腌鸡翅的配料……等要生炭火的时候，学生们发现火怎么都点不起来。

他们凑在一起上网查了半天，才发现生炭火不仅需要把木炭垒成特殊形状，还需要酒精、干树叶、棉花、报纸之类的东西。

家里有报纸但没有酒精，为保万无一失，林晚星被派下去向邻居们借东西。

她敲开了四楼住户的门，说明来意。

楼下是位做小商品生意的阿姨。

“哦呦，家里怎么酒精都没有！”阿姨很意外。

“搬家过来忘带了。”林晚星说。

“酒精要备着的。”阿姨直接拿了一大瓶给她，“全给你们了。”

“多少钱，我给您。”林晚星说着要掏出手机付钱。

“一瓶酒精能值几个钱。”阿姨顿了顿，说，“小林啊，听说你们要搬走了？”

林晚星愣了下：“您听谁说的？”

“小李啊，我之前跟他讲了，说我有亲戚也要来宏景，想租房子，他跟我说现在顶楼空出来了，可以谈。”阿姨停顿了下，神秘兮兮地问，“你和小王这么快就要搬走了？”

小李是林晚星委托出租房屋的中介。

小王……应该指的就是王法。

林晚星看着阿姨，很平静地回答：“没，是他要搬走，我还住这儿。”

“分手啦？”

楼道里光线昏暗，因为天热，阿姨的脸有些红，眼神也在放光。

“不是，我们分别租了两套房子。我和他，我们……”林晚星说到这里，停下了。

她想澄清下她和王法的关系，可真要找那么一个合适的词，又没有。

是同事吗？好像不是。

是朋友吗？好像也不至于熟到会租在一起。

更恰当的形容是，刚好遇到的人，正在互相熟悉的过程中。

差不多是这样。

林晚星不再解释，再次和阿姨道谢，捧着酒精回到楼上。

再度推开天台门，天上的云烧到了极致，绚烂美丽。

因为景象壮观，学生们都拿出手机，对着天空一通拍，见她回来，镜头移过来，对准她。

“老师，笑一下！”男生挥着手说。

“有没有美颜功能啊？”林晚星把酒精交给付新书，凑过去。

也就这么一会儿工夫，天上的红云就转暗了，像烤炉中彻底烧红的炭。

不知谁将镜头转向王法。

青年正坐在他常坐的躺椅上，长腿交叠，望向远处的球场。晚霞红已经暗下，仿佛要迈入长夜。

林晚星想了下，喊道：“你在看什么？”

声音随风飘散，王法蓦地扭头。

那瞬间，他发梢濡湿，目光平静。

远处是球场的广袤草坪，和即将暗下的天。

而王法，仿佛要消融在夕阳最后的余晖中。

林晚星永远记得那目光。

深沉晦暗，炭火将熄。

当时，王法并没回答那个问题。

因为他没有听清。

王法靠在椅子上，问了句“什么”。

那时候，林晚星觉得已经失去气氛，无法再重复一遍问题。她只能笑着摇摇头。

可能受手机的启发，学生们私下决定，他们要录一段视频，到时候把视频剪辑一下，发给教练做个纪念。林晚星被付新书拉住，悄悄通知了她这个活动。

此事要偷偷进行，所以大部分人都在外面烧烤，轮到谁的时候，就单独进房间录视频。等到林晚星的时候，天已经彻底暗下。

她坐在昏暗的室内，外面是学生们的笑闹声。

书桌上点着一盏台灯，手机架在台灯前，前置摄像头打开了。手机屏幕是房间内最明亮的光源。

林晚星望着屏幕中的自己，有种莫名的茫然感觉。

她看到摄像头中的女生向左边歪了下头，然后扯着嘴角笑了下。

人偶尔会有这样的瞬间吧。你看到镜中的自己，却在想“这是谁呢”“这是我吗”。

房间内外分明是两个空间，炭火的噼啪声传入室内，她还能闻到窗缝里飘来的烤肉香味。

林晚星在房间里坐了很长一段时间，才最终结束录像。

等她再出门的时候，烤炉里的炭火烧得正旺。

“去干什么了？”

王法今天破天荒和学生们坐在一起。他坐在学生堆里，微仰起头，语气和目光都因为酒精作用而变得柔和。

“我说‘不告诉你’，会不会很可疑？”林晚星看着桌子上的一堆饮料，最后选了罐和王法一样的啤酒。

“刺啦”一声，雪白的气泡漫溢。

王法没有接话，只是举起易拉罐，和她的轻碰了下。

风里有辛辣的辣椒味和胡椒味。

林晚星喝了一大口啤酒，气泡直冲脑门，嘴里却说不清是什么味道。

他们没再说过话。

烤肉被摆在不锈钢盘子里，一盘盘端来，再一串串被消灭。

一开始肉还有烤焦抑或没熟的问题，后来主厨冯锁同学掌握好火候，调味也细致，和在店里吃到的已没差别了。

学生们在天台上吵吵闹闹，虽是散伙饭，可总体基调还是快乐的。

那天晚上大家具体说了什么，林晚星已经记不清了。她只记得有很多辛辣味道，夏风凉爽，而酒精能让人忘却烦忧。反正她没说什么话，就一直看着他们，直到酒足饭饱，直到散场。

也不知是谁先示意晚餐到此为止，学生们推开椅子，前前后后站起来。

他们今天没有互相推诿，而是一起收拾餐桌和垃圾。

大家忙忙碌碌的，但彼此间的交谈却越来越少，最后只剩下器皿偶尔的撞击声。

光线朦胧，林晚星望着学生们的忙碌身影，等待接下来的告别。

她也不知道王法怎么和学生们说的，总之他们看上去非常干脆，也不多磨叽，收完垃圾就说要走。

学生们提着垃圾，背后是天台的铁门，而王法则在另一头的水池边。

他们中间隔着餐桌、烤炉、诸多砖堆和杂物。

夜色中，学生们冲他们的教练遥遥挥手。

“教练，明天就看不到你了吧？”

“那你有空要来看我们啊。”

“别忘了我们。”

学生们一人接一人说道。

他们脸上带着笑，手上拎着垃圾，衣服上沾着训练一天后的泥土。

虽然目光中尽是不舍，但没人说出那句话来。

王法站在水池边，卷起袖口，正要洗手。

他回头望着学生们，神色如常，和每日分别时一样。

“再见。”他这么说。

02.

邮 箱

林晚星和学生们一起下楼。

她平时没送学生的习惯，这次例外，是因为付新书又提前和她打招呼，让她一起下楼。

她不清楚他们葫芦里卖的什么药，就拿过一袋垃圾，可楼梯还没走下两层，她就被学生们围住质问。

“你怎么这么弱？”祁亮和她平阶，用一种“你太丢人”的语气说。

“什么？”楼道内很闷热，酒气上头，林晚星有点儿晕。

“你怎么像失恋一样！新时代女性，要勇敢追爱！”秦敖站在下一阶，还很夸张地握了下拳头，鼓励她。

林晚星完全搞不懂学生们的脑回路，她明明在感慨他们教练球员分别，怎么在学生们眼里就变成她失恋了？

“你们谈过恋爱吗，就说我像失恋？”林晚星无语。

“当然！不会有人没谈过恋爱吧？”林鹿很自信地说。

“你？”祁亮嗤笑一声，“和瑶瑶公主谈的？”

“小鹿酱，我CP！”林鹿纠正。

“我没有。”冯锁很诚实。

“那你和老师一样耶。”郑飞扬很天真地说。

林晚星听得吐血。

不过经学生们一吵吵，淤积的低气压消散不少。

林晚星催他们下楼，不要在楼道里闻臭味了。

他们在垃圾桶边扔掉大包垃圾，往新村外走。

路灯投下祥和的光，香樟树枝叶在秋天的夜里摩挲摆动，空气里是淡淡的香樟树味，让林晚星原先的酒意消散不少。

学生们又在争执刚刚天台上她的表现。

“你听老师嘴硬，她就是不好意思说！”

“对啊，她肯定没和教练说过什么‘我会想你’‘你别走’之类的。”

学生们模仿着她的温柔口气，林晚星起了一层鸡皮疙瘩。

“什么跟什么！”她赶紧打断学生们的脑洞小剧场，“我怎么能挽留教练啊，倒是你们，也不耍赖，就这么乖乖放他走了？”

学生们平静地接受王法离开，张罗晚餐，毫不留恋地和教练道别，这些都让林晚星非常意外。

“我们当然想让教练留下来啊！”秦敖双手反背在头上，向前走着，“但你是不是傻，你都知道那天我们没睡着啊。”

林晚星心中疑惑，但很快反应过来。

“那天”是指他们赢了绿景国际的那天。

王法去永川面试，学生们获胜归来，因为太累了，他们在她屋子里睡得四仰八叉。她和王法两人在天台吃火锅，她问王法去永川面试得如何，王法告诉她，他要走了。

“1500万欧元啊，这也太多了。”秦敖大步跳上矮花坛，用一种兴奋又饱含遗憾的语气说道。

路灯下，学生们的影子被拉得老长。

因为提及挽留的话题，每个人的声音里都带着无奈。

“我们还等了好几天，想着那个给我们送信的神秘人会不会再给我们送点儿什么东西，能让教练别走。”付新书说。

“但我们谁也没收到。”俞明说。

“不过我们有1500元人民币！”林鹿笑了。

“现在没有了，刚吃完了。”陈江河冷静地提醒道。

学生们都很平静，但他们大多数还保有快乐与希望。

林晚星这才意识到，怎么可能只有她一个人对王法有诸多不舍。

但学生们要面对的是巨额金钱。

钱很多，多到充满热血和疯狂的少年们都知道自己毫无胜算，必须投降。所以，他们得乖乖说再见了。

缓步行至新村门口，公交车站在右手边，可以步行回家的学生往左手边走，和她挥手告别。

林晚星陪剩下的学生等车。

“我们以后会找到别的教练的。”郑飞扬说。

“没有的话，教练远程教我们也行。”冯锁说。

“你放心吧。”付新书讲。

林晚星没想过，这样的一天，竟以学生们安慰她作为终结。

学生们一个个上车，她送走所有人。

林晚星坐在公交站台上，背后的广告灯牌炽热而明亮。

这是难得一个人的安静时刻。

她仰起头，望向被城市灯光投射的迷蒙夜空。

诸多情绪相互缠绕，人可以解决一些问题，但没办法解决所有问题。

她最后伸了个懒腰，然后长长地叹了口气。

走回去的一路上，林晚星都在设想着，等下她上楼后，要和王法说点儿什么，商量下以后的联系方法？托王法介绍个靠谱的新教练？总不见得真要表白吧？

他们好像也不是那样的男女关系。

似乎比寻常情爱多了些什么，但也同样少一些别的东西。

新村的景观灯到了晚上九点后，会为了节省能源关掉一些。路上比刚才更暗，树影婆娑，楼宇的窗户中透出零星的光。

野猫倏忽一下从灌木丛中穿过，林晚星抬头，看到了二楼的灯。

明亮的教室灯光，洒进老旧新村的黑夜中。

林晚星花了点儿时间才反应过来，楼上那大片不要钱的灯，是梧桐路7号二楼开的。

那是爷爷奶奶曾经开办的补习班教室，灯光映衬下，窗户上原来贴的红色大字也已斑驳，但隐约可见是“元元”两字。

林晚星觉得自己有些醉了。

今天有人用过教室吗？为什么灯亮着，是学生们忘关了吗？总不见得是王法在里面吧？

林晚星边想着边打开楼栋防盗铁门，一、二楼之间的感应灯倏忽亮起，她踩着水泥楼梯，拾级而上。

二楼，补习班入口处。

绿色铁栅栏门开了条缝，门没完全关上。教室里灯光明亮，顺着门缝射向走廊，照亮对面教学仓库的赭红色门板。

林晚星把钥匙揣进口袋，准备进去关灯。

“吱呀”一声，她推开铁门。

楼里忽然静极了，那瞬间，林晚星甚至能听到楼上拖鞋擦过地砖的声音。

钥匙在口袋里叮当作响，她走到教室门前，向内张望了下，没有人。

她摸到墙上的开关，“啪”的一下，关上灯。

只是下一秒，灯光乍亮，宛如白昼。

林晚星的手按在开关上，她难以置信地看着教室黑板。

那上面多了两行字。

字是白色粉笔字。

现在黑板上还留有林晚星当时写的几个单词，以及后来大家的每日赚钱账本。这些字乱糟糟的，让林晚星并未第一时间注意到现在多出的这两行字符。

但在关灯的瞬间，她发现这点，并且下意识再把灯打开。

Wanxing_lin@ycydfc.com

Yyds | mx0716

黑板上多出的字符就是这两行。

第一时间，她以为那是学生们乱写的粉笔字。但第一行结构特殊，她很快反应过来，那是邮箱地址。

Wanxing_lin，林晚星？这是她的邮箱吗？

白炽灯下，林晚星怔愣住了。

她望着黑板上的字符，完全没印象自己注册过这个邮箱，可也不排除她注册过但自己忘了的可能性。

但，这又是谁写上去的呢？

冷静下来，林晚星观察了两遍上下两串字符。她首先要做的，就是判断邮箱本身的注册网站。

后缀的“@ycydfc.com”应当代表了某个邮件服务器。

林晚星选了个最简单的方法，她拿出手机，打开浏览器，将这串邮箱后缀输入其中。

网页中出现诸多条目，而搜索标红的部分是——“永川远大足球俱乐部”。

林晚星再抬头看黑板上的邮箱账户，更加不敢相信。

这是在永川远大足球俱乐部网站上申请的邮箱？用的她的名字？

原本的“奇特”想法变成“惊骇”，林晚星背脊冒汗。

她又看向黑板上第二行粉笔字。

“Yyds|mx0716”，看上去像是有寓意的乱码，林晚星默念几遍前几位字母，特意大小写、符号、数字和字母结合，很像是密码。

是王法写的吗？

林晚星仰头看着天花板。如果是王法以她的名义注册的邮箱，并偷偷留在黑板上，那总该让她在他走后才发现。难道王法已经走了？

林晚星立刻拨通王法的微信电话。

电话过了一段时间才接通。

“你在哪儿，走了吗？”林晚星问。

“我在楼上洗碗。”王法的语气里少见的有些无奈，“等会儿走。”

“那你等下我啊。”林晚星握着手机，“有想喝的饮料吗，我一会儿带上来。”

"不用，冰箱里还有，我马上就走。"王法用很公事公办的语气说。

"就当最后喝一杯吧，有想喝的微信告诉我。"林晚星说完挂断电话，假装没听见王法最后说的"不必"二字。

王法的声音听上去没有任何异常，他人还在楼上，也就是说，这串邮箱是王法留下的可能性很小。

林晚星眯着眼睛看黑板，一个想法冒了出来。

曾经，陈江河收到了一张借球卡，指引他来到了体育器材室。

后来，有人给秦敖塞了一盒烟，里面有很多劝学金句，秦敖来找她麻烦。

于是他们一起破解烟盒里的谜题，找到了付新书。

接下来，付新书收到了一张地图，带领宏景八中的球员们，打开了"元元补习班"的门。

而现在，在补习班的黑板上，在她的面前，又出现了一串邮箱名。

会是被学生们称为"神秘人"的那位留下的吗？

林晚星感到自己身处于什么离奇的谜题中，四周乳白色的灯光仿若虚幻的蛛网。正常时，你感受不到任何问题，但偶尔会有黏丝垂下，轻轻落在你的脸颊或者手臂上。它并不吓人，很像顽皮的恶作剧，但总惹得人心痒难耐。

想到这里，林晚星用手机打开了永川远大足球俱乐部网站。

官网首页是恭喜俱乐部荣获中国足球超级联赛冠军的新闻，图片栏自动切换，永川远大不同梯队球员们参加各类赛事的合照一一闪过。

她看了遍网页，在右上角找到"邮箱"，点了进去。

页面跳转，果然是邮箱登录入口页面。

林晚星看着黑板上的两串字符，在手机中输入邮箱账户。

然后是密码栏。

林晚星又抬头看向黑板，虽然很不可思议，但她深吸了口气，将黑板上第二行字符敲入。

点回车键，登录。

林晚星手心冒汗，页面刷出的瞬间，她觉得自己明明站在亮如白昼的教室中，却仿佛沉于海底。

点进收件箱，邮箱中躺着一封未点开的最新邮件，发送时间是9月30日，也就是今天。邮件的图标紧闭，像在等她拆封。

那封邮件的名称是这样的：永川远大足球俱乐部主席办公室-主席团-任命通知书。

点击，打开。

四周静寂无声，只有她的心脏跳动，“扑通”“扑通”……

页面徐徐展开。

一份红头文件出现在手机屏幕中——

永川远大俱乐部全体员工：

兹刘传广已就任永川远大俱乐部一线队主教练，特此通知。

永川远大足球俱乐部

2019年9月30日

疑惑犹如潮水，汹涌而至。

林晚星从深海浮起，却被冲向岸边的白浪扑了一脸。

没开风扇的教室有些闷热，汗水从发根冒出，顺着她的鬓角流下。

她再看了遍邮件。

邮件内容简单，但落款处加盖的公章提醒她，这是极其正规的俱乐部任命通知书。

“刘传广”这个名字林晚星记得，是那次来宏景礼贤下士的中年人之一，据学生们说他曾担任过国家队主教练。

在这份任命通知书中，刘传广是永川远大俱乐部新任主教练，可王法不是马上要去永川任职了吗？难道是之前的邮件？

林晚星又看了遍邮件时间。

那确实是在一小时前，也就是今天下午七点整的内部邮件。

林晚星理不清头绪，她干脆找了张课桌坐下，上网搜索“刘传广”。

新闻中说，刘传广之前一直在永川远大俱乐部任技术顾问，网上并无他要担任永川远大主教练的官方消息。

但网上确实有记录，半个月前，因为球队成绩不佳，时任主教练特林被解职。球队一直在寻觅新任主教练，差不多也是刘传广来宏景找王法的日子。

可为什么这份任命通知书里，主教练人选从王法变成了刘传广？

这里只有两个可能：第一，这封邮件为假。

但林晚星想，为什么会有人特地以她的名义注册这么一个邮箱，还把邮箱名和密码悄悄写在补习班黑板上，最后发一封假邮件给她？

这似乎没有任何必要。

那么第二，也最有可能的是，邮件内容为真。

而这也意味着，王法骗了他们。

林晚星很难描述此刻的心情。

她仿佛回到他们战胜绿景国际的那天。

天台餐桌炉火前，火锅咕嘟咕嘟冒着热气，王法告诉她，他要去永川远大任职，因为对方开出了令人无法拒绝的天价。

薄雾缭绕，隔着那些雾气，王法面容平静。

他说："是的。""不会有更好的选择了。"

那些话，都是假的吗？

林晚星不明白，究竟是永川远大没有聘用王法，还是王法婉拒了永川远大主教练的职位。

可刘传广确实来过宏景，而1500万欧元这个数字太过具体，林晚星想，或许它确实是真实存在的巨大诱惑。

但就像她和学生们无法动摇王法，巨额金钱也同样无法动摇他。

他拒绝了所有这一切，并决意要走。

为什么？

明明是坐在闷热的教室里，汗水却逐渐冰凉。

林晚星理不清头绪，就在这时，邮箱提示亮起，她收到一封新邮件。

标题很直白。

——Something you need to know about Winfred.

Winfred是王法的微信名，想来，这也同样是王法的英文名。

大概是她打开上封邮件时有回执，所以对方又发了一封过来。

她的心跳得极快，四周寂静，她点开邮件，标准的英文播报声与背后隐约的喧闹声先于画面亮起。

画面为手机拍摄，随着镜头倍数放大，能模糊地看到一片球场。

场上，双方球员围在一起，气氛剑拔弩张。下一刻，球员对峙变成斗殴，无法看清谁先动的手，只能听到看台人群的惊叫声通过手机扬声器传出，声音格外凄厉。

但那不是惊恐，而是兴奋。

手机镜头不断晃动，令人头晕想吐。观众的嘶吼声成为斗殴最好的配乐，拳与拳，怒吼与怒吼，那是人类最原始的暴力和快乐。

最后，球场上有人倒下，手机也随之跌落地面，摄像头安静地对着天空，一只被无限放大扭曲的鞋底，碾过画面。

像有刚化开的冰水，一滴滴坠落在头顶。

骤然而至的凉意，顺着额头向下，渗入全身，林晚星感到手指都冰凉。

她不由得抬头，看向天花板，冰凉的灯光泼了她满身。

在刚才的画面中，她很确定，她在球场边看到了王法。

花了很长一段时间，林晚星才让自己冷静下来。她再次点开视频，重新认真听了一遍新闻。

内容大致是：南安普顿俱乐部与朴次茅斯队在英国U21联赛A组比赛中，发生了严重的球场暴力事件，朴次茅斯队球员因突发疾病意外死亡。南安普顿俱乐部球员接受警方调查，俱乐部官方与青训副主管兼主教练Winfred宣布对此事无可奉告。

林晚星知道，她刚才没有看错。赛场发生暴力事件，对方球员死亡，而王法是当时的主教练，他就在球场上。

如果这是王法离开南安普顿回国的原因，那永川远大呢？

林晚星陷入沉思，永川远大这种级别的俱乐部不可能不做背景调查，不会不知道王法的这段过去，他们并不在乎。那就只剩一种可能——

王法拒绝了永川远大的职位和薪资，并用1500万欧元为借口离开他们。

教室仿佛在一个奇特空间内，既明亮闷热，又阴暗如夜。

林晚星的手轻轻摩挲着课桌，那里有多年来学生们刻下的简笔画。

她忽然想起之前的某一夜，是刘传广来宏景礼贤下士的那天。

她和王法两个人散步回家，路是新村附近的一条，就他们俩。

她和王法聊天，试图用一些东西打动他，请他来当这支校园足球队的教练。

那时王法问她，一支校园足球队，能带给他什么？

现在，在这个夜里，林晚星开始回忆她那时的回答。

她好像说了两个字——梦想。

王法是怎么说的呢？

那是很残酷的一句话——我没有梦想。

她闭上眼睛，第一时间浮现在她眼前的，是王法望向球场的样子。宏伟的看台，孤独的身影，压低的棒球帽，似睡非睡。

她从来不知道王法为什么总坐在看台上，为什么总在看球场，直到他们分别前，她才第一次问他——“你在看什么？”

你从哪里来，想到哪里去？你想看什么，你在看什么？

无数次，王法面向球场的目光彼此交叠。

平静的、沉默的、不解的、留恋的……画面最后定格在他夕阳下猛然回头的那瞬。

林晚星终于明白，她思索整日却没搞明白的心情到底是什么。

不是男女之情，亦非离别之意，而是一种莫大的遗憾。

王法到底有没有骗他们，对林晚星来说已经不重要了。

墙上的分针又滑过两格，她知道，她快要没有机会了。

林晚星站起来，走到教室门边，关上灯。

她跑到楼下小卖部，顾不得具体要什么，把看上去不错的零食都买了一样。然后，她提着一大袋东西，迅速跑上楼，气喘吁吁推开天台铁门。

夜幕低垂。

碗已经洗完，烧烤架被放到角落，原本凌乱的天台都收拾整洁了。

生活的痕迹被竭力抹净，但多出来的餐桌、遮阳伞、躺椅，乱七八糟的砖和不知从哪儿扛来的旧轮胎，都在讲述这里曾经的热闹。

王法拖着黑色行李箱，正好从屋里出来。

空气里有炭火的味道，城市夜空散发着幽蓝的光，她送给王法的气球正在栏杆上方随风摇曳。

“喝点儿？”林晚星举着沉甸甸的塑料袋，问王法。

“车已经到了。”王法说。

林晚星没理他，而是自顾自走到户外桌边。她把刚在楼下小卖部里买的东西一件件拿出来，薯片、虾条、豆干、牛奶、啤酒……

小零食满满地摆了一桌，林晚星“刺啦”一声，开了罐啤酒，“咕嘟咕嘟”，一口气喝了大半。

她打了个嗝，王法已拖着行李箱走过她面前。

“你也太聪明了。”林晚星有些醉，很直接地说，“人在金钱面前，最容易失去说话的勇气，你选了个最好的借口让我们闭嘴，不再挽留你。”

离开的脚步未停，行李箱滚轮压过水泥地面，仿佛沉沉地碾过林晚星的心头。

“你要走了，不是要离开我们，而是要离开那片球场，对吗？”她用很和缓的声音问道。

天台铁门被打开，背后的球场陷入漫长黑夜。

林晚星握着啤酒罐，说：“我们谈谈。”

没有任何回应。

像有一双无形的手，将时间无限拉长，连划过表盘的秒针都被无限延缓。

突然，铁门“砰”地关上，时空重新运转。

脚步声和滚轮声再次响起，林晚星听到理应消失的声音再度回响于天台夜色中。她抿了口啤酒，回过头。

青年脱下棒球帽，很干脆地在她对面落座。

他眼窝深邃，黑夜中，目光也变得幽深：“消息这么快就公布了？”

这时的王法与她曾见过的王法都不同，夜色为他蒙上一层阴影，像嶙峋冷峻的崖壁，亘古矗立于午夜海边。

林晚星把买的所有饮料在桌上摆成一排，让王法挑选，红色的可乐、黄色的啤酒、橙色的美年达……

王法没有动，并不想和她最后喝一杯。

林晚星：“为什么最后是刘教练接任了？”

“刘教练很熟悉永川远大，当主教练很合适。”

“你知道我问的不是这个。”林晚星的手指在饮料上轻点，选了罐雪碧，推出去，“我是想问，那么你呢？”

“你想听我说什么？”

王法没拿她推荐的雪碧，而是自己开了罐啤酒。他的声音直白冷酷，同啤酒罐开启的刺啦声一并响起。

林晚星：“永川远大确实找过你，你嘴上说1500万欧元是无法拒绝的大价钱，实际上根本没把钱放在眼里，所以刘教练只能自个儿上了，是这么一回事吧？”

青年仰头喝了口啤酒，露出利落的下颚线和修长的脖颈：“你说得没错。”

“什么没错？”

“我确实有钱，所以没把1500万放在眼里。”他放下啤酒罐，这么说。

林晚星被噎了下：“有钱你还在我这儿连吃带骗的？”

“有钱的意思是，我比较随心所欲，觉得没意思，就能直接走人。”王法说。

他这句话很冷酷。

空气中的水分凝结在冰凉的易拉罐上，顺着林晚星的手指滴下来。她望着青年在夜色中的冷峻面容，说：“王法，如果我是你，我一定不会坐下来解释。”

王法愣了下，却没说话。

“你骨子里比我更认真负责，你觉得一走了之对不住我们，所以得找些借口，让我们好受些。”林晚星说，“你不需要这样。你我都知道，问题不是钱，你也不是你说的那样的人。”

“听上去有点儿肉麻，小林老师，过了。”王法抿了口啤酒，淡淡地说。

“王法，你不用堵我的嘴，我知道你意志坚决，要杜绝一切让自己回心转意的可能，因为我和学生们确实在动摇你。可你要离开的并不是我们，而是前面那座球场。我只想知道，这是为什么？”林晚星用前所未有的平静声音一字一顿地问道。

王法并没有第一时间回答。

夜风横贯天台，将绑在栏杆上的粉色气球吹得猎猎作响。

他甚至没有喝口啤酒更未点支烟，所有漫长的挣扎都会变成一句再普通不过的陈述。

“我的确要离开球场。”他说。

林晚星蓦地抬眼，手指按在易拉罐上，竭力让自己保持平静。

“为什么？”她问。

青年望着远方的球场，星月洒下些微的光，但更多是黑暗。

“因为那次球场暴力事件吗？”林晚星想了下，很直白地问。

“你终于去查我了吗？”王法有片刻意外，但神色很快恢复如常。

林晚星摇了摇头：“有人在楼下黑板上给我留了信，发了两封邮件给我。”她很诚实地说，“一封是永川远大俱乐部任命邮件，任命刘传广为一线队主教练。还有一封信里有段视频，英国的新闻。”她边说边把手机拿出来，摆在桌上，朝向王法。

王法并没有点开那段视频，他只是低头看了眼封面，就知道那是什么。

林晚星思考了下，虽然残酷，但她的手指还是轻轻划过手机屏幕，按下视频播放键。

手机屏幕乍亮，含混而兴奋的背景音响起，在静默的夜里显得格外嘈杂。

王法坐在桌对面，林晚星观察着他的表情：“经历了这样的事情，你应该已经寻找过专业帮助了，我说的是心理医生。但你的问题并没有解决，对吗？”

王法神色如常，手机的斗殴画面和天台上充斥的所有辱骂声，都对他造成不了任何影响，他只是安静地坐着，直至镜头扫过看台面容扭曲的球迷，最后的球鞋碾过画面，视频播放结束，画面转暗。

过了一段时间，王法才徐徐开口：“我现在相信，你是专业的了。”

“你从英国回来也是因为这件事吗？球队认为这是你的问题，让你对这件事负责？”林晚星问。

“不用担心，球队不会因为这种事开我。”王法握住易拉罐，表情冷漠。

“那是你主动离开南安普顿的，为什么啊？”林晚星仍感到不可思议，“我听学生说，在英国当教练很难，所以我查了下。德国每年颁发出去的普通教练资格证书有四千份，西班牙和意大利也有三千多份。而英国只有六份。在英国光拿个教练证就很难，做职业球队的主教练难于登天，你为什么要放弃？”

“我在南安普顿的职位是青训副主管兼U21主教练，你知道这意味着什么吗？”王法反问。

林晚星摇了摇头。

“这意味着我在这行里花了很长很长的时间。”王法坐在她对面，缓缓开口。

那是林晚星从未想过的人生。

“英国足球俱乐部历史悠久，管理相对封闭，并不是很在意你说的教练证，他们在乎的是‘自己人’。我14岁进米尔凯恩斯青年队，不久就发现，我的兴趣并不在成为球员上。于是我开始在南安普顿做勤杂工，每天清洁草坪、打扫更衣室，这些都是没有报酬的工作。后来，队里一位青训教练的孩子正在学习中文，我找机会成为那孩子的中文老师。与他混熟了之后，我被推荐，得到一个最低级的青年队助理教练的位子，一直到我担任U17主教练，我的队伍拿到了英格兰青年足总杯的冠军。最后，我才得到南安普顿的青训副主管的职位。我今年29岁，从14岁开始，我人生超过一半以上的时间，全部花在了这件事上。”

王法自始至终都保持着平缓的语调，无论是做勤杂工抑或夺冠的经历，在他的回忆里都没有任何区别。

林晚星想，那么多深入的心理治疗和谈话，他必定无数次回忆和叙述过这段经历，确定无甚留恋，语气才会如此平静。

“但你觉得自己走错了，那些时间和努力都是白费？”林晚星无法理解，“问题出在哪里，新闻里的那天，到底发生了什么？”

“那天发生的事，就是你所看到的一切。”王法说。

“球场冲突，有球员意外死亡？”

“是。”

“你很自责？”

“不，我很害怕。”王法说。

03．心事

“那天球员倒下，可我们谁都没有在意，都被愤怒蒙蔽了双眼。直到他脸色发紫，失去生机，才被注意到。”

晚风拂过王法的脸庞，如一个无声的长镜头，直至最后，才会有刺破耳膜的鸣响。

“那个时刻，我突然在想，我在做什么？不是这件事里我在做什么，而是我一直以来究竟在做什么？”王法说。

画面里，球场的绿色恣意生长，失去时间刻度，如大片泥泞的沼泽。

“你不明白的是，自己到底为什么站在球场上。”林晚星说。

“会有这样的时候吧。”王法轻轻转动早已空空如也的啤酒罐，“有可能是死亡本身震慑到我，但我不觉得有什么丢人的。”

“那你最早的时候，为什么想当教练呢？”林晚星给自己新开了罐酒，喝了一口，“你14岁的时候还是球员，是什么改变了你的志向？”

“14岁？”王法有力的手臂搭在餐桌上，陷入漫长的回忆，“那时候我在米尔凯恩斯青年队U15梯队踢球，米尔凯恩斯刚刚改成现在这个名字，以前他们叫温布尔登，是一度在英格兰大名鼎鼎的狂帮。狂帮讲究力量，讲究跑动，讲究冲撞，所以他们青年队的教练也更喜欢选拔那些身体强壮的孩子。”

王法说起这些时，并没有任何遗憾之情，他说：“我身体素质不错，但和那些天赋异禀的欧洲人比，还有差距，所以比赛的时候经常坐在替补席上。”

林晚星看着对面的黑发青年，想象了下当时缩小版的他。

那应该是个黑发少年，皮肤是健康的小麦色，五官没现在这么立体，瞳仁颜色也浅，所以很柔和安静，有点儿人畜无害。

这样的少年坐在板凳上，而在他前方的球场上，是双方拼得你死我活的球员们，他会是什么心情呢?

“有不甘心吗，想上去自己踢?”林晚星问。

王法摇摇头。

“没什么不甘心的，虽然没人不想在球场上证明自己，但我却觉得，看别人踢球也很有趣。那是一个参与其中又游离其外的视角，能让我很好地观察我的球队。我当时有个朋友，叫迈尔斯，他很壮，不知道吃什么长大的。他速度快，块头大，教练们都很看好他，觉得他将来会成为鲁尼那样的顶级前锋，可是我却觉得不对。”他很确定地说。

林晚星继续听下去。

“迈尔斯的技术太粗糙，基本功差，当前锋的话，很难在激烈逼抢中取得进球。有一次比赛，教练派他上场，让他打前锋，我也不知道是怎么想的，突然说了一句‘我觉得迈尔斯应该打后腰’，当时大家都转头看着我……”王法说。

“教练骂你了？”林晚星问。

“我只是个替补，在激烈的赛场上，说这种废话显然是大忌，不过当时教练没骂我，根本没人搭理我。”

林晚星想象了下，当时黑发少年鼓足勇气说出想法却不被在意的落寞神情，她不由得问道：“然后呢？”

“虽然没人理我，但我还是想试试，我想证明我的想法是正确的。所以我偷偷拉着迈尔斯做后腰的跑动训练，结果被教练发现，他根本不听我的辩解，将我赶回家，禁止我参加训练一个星期，他认为我只是在调皮捣蛋，所以要惩罚我。”王法说。

“然后你离开了球队？”林晚星问。

“不，我又去找了我们教练。”

王法的执着，超出林晚星的想象。

他说：“那一周不允许我进俱乐部大门，于是我翻墙进老头家里。我站在他面前，告诉他，他必须听听我的想法。”

“老头……不是，你的教练，他听了吗？”

“当然没有。”王法终于显露出一丝少年时的桀骜，“老头问我‘小子，你现在多高？’，我说‘我马上要5.9英尺’，他却对我说‘小子，球门离地有8英尺，知道我为什么不听你说话吗，因为你长得太矮、声音太小’，然后他就让我滚出去，不然他就要报警了。”

所谓的矮小，当然是“你还不够格”的另类说法。

林晚星想象了下当时的情景。

那个黑发少年，踌躇满志准备了一大堆理由，鼓足勇气跑到教练家里，却连说出自己想法的机会都没有。

“然后呢？”她问。

“然后就很简单，既然他认为我还不够高，那我只有一步步站到高处，让他听见我的声音，告诉他我是对的。我显然不能在米尔凯恩斯获得机会，所以我辗转去了另外一些俱乐部，最后来到了南安普顿，因为我知道，这里的青训是全英格兰最好的，我必须得比老头厉害。后面的故事就是那些费尽心思，要获得一个机会的过程。”

最开始讲起迈尔斯和老头时，王法语气中仍有很多鲜活的情绪。但谈话进行到这里，突然变成轻描淡写与一笔带过。他并不在意其中的艰辛，觉得那些奋斗毫无意义。

林晚星：“那么你证明自己了吗，或者说，你觉得老头最后听到了你的声音吗？”

王法很平和地说：“大概十年后，有次我们青训营开营，我又见到了老头，他牵着一个小男孩，说那是他的孙子。他摸着小孩的脑袋，委托我给他的孙子找个家世清白的球迷家庭寄宿，当然，这是一种委婉的说法……”

十几年的努力，身份反转，王法成为被请求的那方。

林晚星说："他希望你能罩着他的孙子。"

王法点点头："那天下着雨，老头告诉了我一些关于迈尔斯的消息。老头说，我离开后，迈尔斯越踢越不行，慢慢地只能去混低级联赛，后来在一个业余队里踢后腰，现在已经转行做了面点师。他告诉我说，'当时你说的是对的。'"

"最后，老头把这个交给了我。"

王法身体微微前倾，他从宽松的运动裤口袋里掏出一只秒表，放到桌上，推到她面前。

林晚星微微低头，那只秒表真的很旧了，尤其在今夜光线昏暗的星夜下，更显得伤痕累累。

"我最早想做教练，只是为了证明我是对的。在那个下雨天，老头把他的孙子交到我手里时，我已经证明了这点，不是吗？"王法问她。

林晚星想，似乎是这样的，这是一个完美的故事。

始于少年时一念，恒于青年人半生努力，终于雨夜的一席谈话。老人将自己最珍视的东西，亲手交与那个他曾认为桀骜不驯的黑发少年手中。

但真实人生和美好的故事总不一样，它会不断地进行下去，直到某天……

或许是球场旁，也可能是医院内，说不定当时王法正在警局接受调查，他得到了那场比赛球员死亡的讯息。

无论在何种情境，那必定是个他想损毁掩埋，却无数次徘徊于脑海的瞬间。

在那段混乱的视频中，球员们扑向对方，看台上球迷们的嘶吼声震耳欲聋。每个人都是自己最原始的模样，但也不是他们自己。

"狂热。"林晚星缓缓说道，"生与死之间有条界线，但狂热会令人越界。"

"足球是靠狂热赚钱的产业。"王法的叙述很平静，"球员意外死亡，是千万分之一的意外概率，我很清楚这点。朴次茅斯和我们是宿敌。'宿敌'是一个被营造出的词汇，所有球迷都会关注这场比赛。因为我们和他们有仇，大家必须往死了干，肢体冲突再正常不过。那天球员倒下，可我们谁都没有在意，都被愤怒蒙蔽了双眼。"

林晚星实事求是地说："人在激情状态下，是不受理智左右的。如果这是一场路边的斗殴，你应该会拿起手机报警，但在你被卷入其中时，那是不一样的情况。"

“你和我的心理医生一样，认为问题在于我在对方球员死亡后，遭受了很大打击，过度自责，因此迁怒于足球。”王法说，“我承认，这肯定是其中一部分原因。”

“还有另一部分原因呢？”她问。

“还有一部分原因，关于韦德·斯图尔特，那名死去的球员。朴次茅斯为他举办了葬礼，我们也得到消息，我告诉俱乐部，我想去参加。当时我在接受心理治疗，我和我的心理医生都认为，去参加葬礼有助于解决我的问题。”

“所以，你去了吗？”

王法终于露出失望的神情：“我的俱乐部拒绝了我的要求，因为我们是宿敌，这件事中对方死了人，我们绝对不可能出头揽责。官方将派不相干人士前往表示哀悼，而我，他们请我那天不要离开训练基地。”

“但你还是去了。”林晚星说。

“是的，我去了。”王法说，“那天还在下雨，英国总在下雨。我站在墓园外，最终却没有走进去。”

林晚星没再问“为什么”，“为什么你到了那里，却没有进去”。

因为对于王法来说，他并不是一个人。

他是球迷的希望，背负俱乐部的期望，更重要的是，他是那些孩子们的教练，他不能让自己的球员失望，他有太多束缚。

在那一瞬的感受和之后无数次回忆时的感受一样，对自我的失望，令他感到痛苦。

“这里面还是有很多有趣的事情吧。”林晚星努力地问道，“我是说当教练，如果只是为了向别人证明你自己，你早该在老头认可你的时候就辞职走人了。”

“其实和你想的不太一样，南安普顿和其他俱乐部不同，我们一直以来做的是青年球员买卖交易，在这上面赚了几亿欧元。”王法神情严肃，“在我们这个行业里，时间和努力是最不值钱的东西。我见过太多出色且富有天赋的球员。一百个进入南安普顿的球员中，能走到最后的，也许就只有一个，在这个过程中，我必须快速放弃任何一个跟不上的孩子。怜悯是没有用的，在真正的职业赛场上，容不得任何瑕疵。包括我自己也是一样。可真站上了想要的位置，十几年的辛苦，无数人的心血和汗水，又怎么样呢？”

王法的讲述，让林晚星真切感受到他的失落。

“在俱乐部的号召下，我们不过是凝聚在原始图腾下的战士，用另一种形式与对手厮杀。一旦站在场上，我们同古罗马斗兽场里取悦贵族的奴隶有什么本质区别？”王法这么问她。

林晚星猛地抬头，她没想到王法竟会这么认为。

“你在质疑足球本身？”

“是又怎样？”王法反问，“更快、更高、更强，突破自我，超越人类极限？那都是别人的事，我只是足球这‘无烟工业’中的一员，我为满足狂热欲望而服务。我纵容球员们赛场斗殴，忽视对方死去的球员，我甚至没有勇气踏入那片墓园。我站在洗手台前，看着镜子里的自己，觉得自己面目可憎，你告诉我，我到底在做什么？”

林晚星无法回答。

在她看到那段视频后，她想和王法谈谈，为此，她设想过很多谈话要点。可等她听完王法的故事，她发现在真正的考问面前，一切开解都是徒劳的。

因为她望着王法，能真切感受到那种奋斗半生却突然停下举目四望的茫然。

他站在生死之间，被巨大的黑伞笼罩。

他骤然回望曾走过的大半人生，雨水迷蒙，根本看不清来时的路。

“或许足球光芒万丈，但这光芒，没有落在我的身上。”王法最后说道。

林晚星终于理解她邀请王法做校园足球队教练的可笑之处。

他曾站得太高，也见过太多。

他视职业足球是个为取悦球迷制造利润而滋生的产业。

他认为自己在产业中迷失自我，他没有教导好自己曾经的球员。所以现在，他也不想让她的学生们继续走上这条道路。

他可以用这十天时间为他们开个好头，但无法再做更多的事。

“梦想”这些东西，确实无法对他产生任何吸引力。

因为在老头把自己的秒表交与他手中的那一刻，他已经实现了最初的梦想。

而站在墓园外的时刻，他放弃了努力半生的梦想。

他不会留在宏景八中，更不会去永川远大，因为他发现，他错了。

“我明白了。”最终，林晚星只能这么说道。

王法坐在桌边，听到了这句回答。

桌对面，女孩的声音很轻，因为喝多了酒，她的脸颊和眼眶都有些红。但她的目光却始终明亮柔和，像她的名字一样。

后来很多次，王法回忆自己那时的心情。

他想起自己和林晚星走在公园池塘边的情景，有人把石子扔进水里，水珠溅在荷花的粉色花瓣上。

她或许不知道，她只是坐在那里，就令人有想要倾诉的欲望。

夜风柔和，所以他又坐了一会儿，远处城市的灯光渐次熄灭，王法知道，确实到点了。

他从椅子上站起来，重新扶住行李箱。

“你有东西没拿走。”林晚星说。

王法看了眼桌上的秒表，说：“送给你了。”

大概有那么一瞬，林晚星在他眼中看到了失望。

她不清楚那是对足球的失望，还是对她感到失望。这是他重复过很多很多遍的问题，他曾花太多时间坐在球场看台上思索，无论是他人抑或自己，他为始终没人能说服他而感到失望。

“我理解你的感受。”终于，林晚星也从桌边站起，她说，“或许你在之前的所有治疗中，听过无数遍这句话，但我确实理解你的感受。”

可他们还是擦肩而过。

“很多问题是没办法解决的，我那时候这么认为。”

她往天台边走，夜风拂面，近处的球场仿若蛰伏的巨兽，而远处是陷入沉眠的人世间。

“老实讲，我刚才努力了，但书上的东西，那些谈话技巧，在真实问题面前，都显得很无用。”风吹起了她的鬓发，“不怕你笑话，几个月前，我回来过这里一次，那时候我心理状态很差，我在想，从这里跳下去，到底是什么样的感觉呢？”

行进的滚轮声和脚步声终于停下，林晚星的声音却没有停。

“当时我在想，我走过的人生路就那么一点儿，谁知道前面还会有什么呢？但又觉得这也太难了，我可真是走不下去了，无论好的坏的，我都不想再看到了，这很没有意思。”林晚星回头看了眼王法，“你也觉得，足球很没意思吧？”

不远处的青年正望向她。

他重新戴上那顶棒球帽，露出利落的下颚线与挺直的脖颈，却让人看不清任何神色。

“然后呢？”王法抬起头，看向林晚星。

在他对面，女孩趁着夜风，向他缓步走来。

她依旧带着温和的笑，如拂过池塘里的莲叶与花瓣的风。

她从口袋里掏出一件东西，塞到他手里：“我说了，你有东西没带走。”

王法低头，那是一枚银色的一元硬币，还带着她的体温。

林晚星回头，指了指桌上那一大堆零食，告诉他：“现在一块钱很难搞到，为了给你找个硬币，我买了这么多东西。”

“你让我扔硬币？”王法感到意外。

“对啊，你们足球里不也是抛硬币选边，很有寓意吧。”林晚星说，“我当时口袋里正好有一枚硬币，我是那么想的，正面走，反面留。我无法说服你，甚至我也认为你是对的，可我同样知道，对这里，你仍有不舍。”

她用手指轻轻点了点他的胸口：“不要忽视你心中仅存的那一点儿不舍与留恋。你的所有情绪，都非常珍贵。”

“我无法挽留你，因为我也不知道，你继续走下去前方会是什么，但我希望你能做件蠢事，试试看，让老天爷来帮你做选择。”

她脸上始终带着淡淡的笑容，短发扎在脑后，只有很短的一截，更多的鬓发被风吹乱。

这种办法确实不像她这样的人能想出来的，但王法很清楚，她确实没有办法了。

夜空中，粉色的气球被风吹得猎猎作响，始终亲和可爱。

王法低下头，他无法拒绝。

那是很简单的动作，可硬币被抛向夜空时，却仿佛重如千钧。

它很快落下，发出“叮当”一声轻响，在地上滚了两圈，最后稳稳停下。

夜空下，银色数字“1”格外清晰，上天的意志果决——走吧。

王法和林晚星同时收回视线。

他看到女生眼中没有任何失望，她目光平和如星夜，一直注视着他。

王法握住行李箱的拉杆，转身迈开脚步。

他身后的人却一直没有动。

“你当时抛到了哪面？”手触摸到绿色的铁门，王法忽然问道。

“正面。”林晚星答。

正面意味着纵身一跃，人生苦海，就此解脱。

心电图突然走向颤动的高峰，王法回头，望向不远处的女孩：“但你还在这儿。”

“是啊，因为我耍赖了。”

她站在星空下，用很淡的笑容回答他。

那夜的风始终带着苦涩味道。

像有人把盐粒撒入风里，筷子轻轻搅动，所有情绪都被卷动着，融于风中，轻轻扩散并最终包裹住了他们。

04.

会议

林晚星想，她和王法的最大区别就在于此。

王法很坦然，即使囿于内心挣扎，他还是会认真思索，坦率表达，并不为此而感到羞愧。

这样的人，往往都能走出困境。

可她目前做不到。

成年人需要的不是人生指南，而是能直面内心的一瞬。无论有多疲倦厌烦，可当上天的意志降临，你却总有忤逆它的企图。你还想再看看、再等等、再试试……所以思前想后，只能偷偷耍赖了。至于接下来的路该怎么走，将遇见什么，其实没人知道。

林晚星一夜未眠。她在天台坐了会儿，躺在床上又睡不着，干脆下楼去打扫补习班教室。

行动上忙里忙外，脑海中却格外平静。

她想了很多，关于王法或者她自己。

凌晨的教室很安静，她坐着刷了会儿手机。最后天际露出鱼肚白时，她把黑板上的两行字迹擦掉，上楼睡觉。

不过林晚星的整段睡眠大概只持续了一小时十五分钟。早上六点半，她模模糊糊听到屋外搬运东西的声音。

某种下意识作祟，她以为是有人在搬运行李，立刻清醒，披了件衣服起床。

朝阳下，秦敖正蹑手蹑脚搬开烧烤架。

林晚星推开房门，和男生四目相对。

陈江河则站在天台另一侧，手里抱着个足球，同样呆滞。

林晚星被朝阳刺得眼睛疼，又困得不行："国庆节一大早，你们不在家睡懒觉，来我这约会？"

秦敖立刻炸了："你你你……"

可他"你"了半天，也你不出个所以然来。

林晚星："别急。"

"你可以继续睡。"陈江河维持酷哥人设，"我们来拿东西，拿完就走。"

林晚星这才注意到，秦敖蹑手蹑脚，其实是要搬开烧烤架，拿后面足球训练用的标志杆。而陈江河手里还抱着足球……

她清醒了一点儿："昨天不是说十一放假吗，怎么还来训练？"

秦敖表情尴尬，随口道："闲着也是闲着，来遛遛，不是训练，就是玩。"

不想让别人看见自己太努力，秦敖找了个借口掩饰。这个时间甚至比他们平时训练更早，显然不能单纯用"闲着也是闲着"来解释。

林晚星走到天台边沿，远眺球场，发现那边还有两个身影，正绕圈跑步，是俞明和付新书。

"这也太早了，你们不会是失眠了吧？"林晚星回头问。

像被戳中心事，秦敖很不耐烦："就你话多，让你去睡就赶紧去，你知道今天什么日子吗？今天国庆！"

"国庆怎么了？"林晚星笑道，"国庆就不允许老师说废话了？"

秦敖把标志杆扯出来，正气凛然地插在地上："今年国庆有大阅兵，我们是来看阅兵的！"

总之，"看阅兵"绝对能在秦敖同学今年的"好理由"榜上排进前三。

秦敖拿着器材下楼，和陈江河他们几个踢了一个多小时球。

随着时间推移，来的学生又多了三个。林晚星倒不觉得他们是提前说好来看阅兵的。

毕竟祁亮进门听到“阅兵”二字后，忍不住冷笑：“为这叫我来，太天才了吧？”

但他也没多说什么，从书包里拿出了一大袋咸蛋黄口味的锅巴和四罐美年达。接下来，郑飞扬带来两盒蛋卷，说是过节的时候舅舅送给奶奶的。

最夸张的是林鹿，直接拎来一箱泡面。他直接把秦敖卖了，说：“老大突然打电话喊我们来看阅兵，还让带点儿吃的，我家里只有泡面了。”

就在林晚星恍恍惚惚间，男生们正式摆开架势，等待阅兵式开始。

其实一开始的时候，他们并未对这类典礼显出太大兴趣。毕竟十七八岁正处于叛逆期，坐在电视机前就开始打哈欠。

电视调到了CCTV-1，声音却不大。节目还是阅兵式前的采访和介绍。

男生们也没吵闹，只是默默吃着零食，看上去各有心事，情绪不高。

九点整，阅兵式正式开始。

房间里很安静，窗帘半拉着，屋里光线昏暗。

升国旗，奏国歌。

楼上楼下的不同人家里，都不约而同传出国歌声。设备不同，音质不同，飘散在空中的曲调也略有时差。可它们互相碰撞，形成美妙合奏，在万里晴空下，逐渐雄浑壮阔。

房间里，男生们受到感染，跟着哼唱起来。

一曲完毕，连林晚星都坐直身子，有种如梦初醒之感。

可能是唱了国歌，大家也就放开了。接下来的过程，既严肃又欢快。

首长检阅部队，每次电视机里喊一声“同志们好”，男生们就跟着喊一遍“首长好”，有种奇异的互动感。

雄浑的交响乐响起，随着主持人慷慨激昂的介绍声，装甲车隆隆开过，男生们变得更加兴奋。他们对着电视机里的新型军备指指点点，什么反舰巡航导弹、东风-17高超音速中短程常规弹道导弹……

林晚星发现，一直沉默寡言的郑仁同学竟然是个军迷，对各类军备如数家珍，给他旁边的小白们答疑解惑。

男生们边看边聊，越来越兴奋，叫得也越来越响，恢复了往日元气。

林晚星陪他们看完阅兵式，原先的困意全消，心中有诸多感慨。

零食也吃得差不多了，男生们在地毯上伸着懒腰，意犹未尽。

林晚星拿起遥控器，关掉电视。

房间里骤然静下。

“你干吗？”秦敖回头。

“我要睡午觉了。”林晚星打了个哈欠，“你们可以撤了。”

俞明露出受伤的表情：“老师，你就这么想我们走？”

“睡什么午觉，我们午饭都带来了，你睡午觉？”秦敖说。

他们吵吵闹闹，总之就是赖着不想走。

林晚星答：“我昨晚失眠了，没睡好。”

俞明：“老师，你也因为教练走失眠了吗？”

“也”字很耐人寻味。

林晚星说：“也不单单因为这个。”

“老师你怎么说话说一半啊，有啥不能说的，你不就担心我们放假结束以后那个月考吗？”郑飞扬同学心直口快。

林晚星继续点头。

“还有吗？”她问。

男生们你看我我看你，想了会儿，陈江河说：“还有就是不知道以后怎么办，足球还能不能踢下去。”

“嗯，不知道还要不要继续去赚钱，赚钱也挺好的，但又觉得不是我们现在该干的事儿。”

“原来如此。”林晚星终于明白男生们为什么一大早行为反常，每个人看上去都颇有心事。

祁亮冷笑：“其实是因为教练走了，秦敖怕你孤单寂寞，所以让我们来陪陪你。”

祁亮同学恶心人确实有一手，一句话直接把秦敖戳得哇哇乱叫：“我没说这话，是老付说的！”

林晚星愣住，祁亮一箭双雕，显得她要把他们赶走的举动很绝情。

她无奈："其实我真没有担心过你们的月考。"

"为什么？"

"你别又扯这不归你管，要让我们自由学习。"

"我妈昨天晚上还跟我说，现在随便让我乱跑，要是后面成绩不好，就乖乖滚回学校上课。"

林晚星笑道："那你滚回学校，成绩就能好了吗？"

"当然不行！"俞明很骄傲地说。

和男生们轻松愉快地聊起来，林晚星大概知道他们睡不着的原因其实有很多。

一是王法离开，让他们觉得足球前途未卜。

二是他们赚钱的事业暂告一段落。这件事能给他们安全感和满足感，可他们不清楚是否要继续下去。

国庆节后紧接着月考，家长的压力让他们感到焦虑。他们不想离开现在不用上学的自由生活，可是对要怎么学习这件事完全没数。

足球、生活、学习、未来……成年人都很难同时完美地处理这些事。可困扰他们的事情已经这么多了，他们还是分出一点儿心思来，担心她因为王法离开而失落。

这种种原因促使他们凑到一起，来天台过节。

林晚星说："那我们一起来讨论一下吧，关于你们担心的这些事。"

元元补习班教室。

学生们坐在教室里，没来得及吃林鹿带来的泡面。

林晚星站在讲台前，拿起粉笔。

课桌前的男生们开始喊："你终于准备认真给我们上课了？"

林晚星笑着反问："我哪节课不认真了啊？"

"我觉得你有时候在回避给我们上课，是不是觉得根本教不好我们？"秦敖高傲地问道。

林晚星愣了下，她从没想过学生们会有这种想法。

"当然不是。"林晚星摇了摇头，"讲道理啊，你们在学校读了那么多年书，换我来教那些知识，对你们来讲，会有本质区别吗？"

祁亮：“你是怎么把‘你们没救了’这件事，说得这么清新脱俗的？”

林晚星：“我肯定救不了你们啊，包括学习在内，那都是你们自己的事情。而我，只能为你们提供你们所需要的帮助。”

“那你觉得，我们现在需要什么样的帮助？”

“我刚才已经说过了，我认为你们需要好好讨论一下，现阶段你们所担忧的问题。”

“有什么好担忧的，日子一天天过呗。”秦敖说。

“你们已经完成了赚钱的目标，还准备继续吗？”林晚星很直接地问，“如果你们要继续赚钱，它和踢球、学习的时间，你们要怎么分配和妥善处理？”

“钱肯定要赚啊，谁嫌钱少啊。”秦敖说。

“但我们马上又要月考了，要是赚钱哪有时间学习，考不好就玩完了！”林鹿说。

“那谁想赚钱谁去，不想去就做自己的事儿。”陈江河思考了下，看向黑板，对林晚星说：“这不就是你讲的自由原则？”

“有人想去，有人不想去，那最后凑不出一起训练的时间怎么办？”

学生们你一言我一语，显然不能对此事达成统一意见。

林晚星听完他们的讨论，把粉笔从左手扔到右手，提议：“我们来正式开个会吧。”

他们显然对“正式”这两个字有所警惕。

“你又要搞什么飞机！”

学生们的警惕显然是有道理的。

林晚星很认真地提议，在元元补习班召开“自治大会”，实现学生们自我管理、民主决策、共同协商。总的来说就是，有什么事提出来，大家一起讨论，然后通过民主程序，做出决定。

之前很多时候，林晚星也让学生们自由讨论，但那种讨论往往都是商量大家要如何凑在一起完成一件事。

从上次学生们要放弃足球开始，林晚星就觉得，对于很多“是否”这类型的问题，学生们很容易陷入聊着聊着就大家一起摆烂的状况。

还有一个问题，就是往往“声音大就有理”，少部分人的意见很难被听到。

因此，他们需要一个会议，通过高效、有序、公平、合理的流程，来协商他们遇到的问题，并共同做出决定。

“那我们要你有什么用？”

学生们听完她的叙述，第一反应就是这个。

“我吗？”林晚星转过身，在黑板上写下一个书名，“我将为你们介绍一套开会规则，当然，是否要使用这套规则，由你们自行决定，所以你们可以试着根据这套规则开会，通过举手表决是否要使用它，就当是一次有趣的实践。”

秦敖看着黑板上的《罗伯特议事规则》，说：“你搁这儿套娃呢！”

林晚星向学生们介绍。

这本书由亨利·罗伯特准将编纂。

美国南北战争时期，罗伯特先生接受了一项主持会议的任务，但双方吵得不可开交，他会议主持得非常失败。为了学习如何开会，他努力寻找教人们怎么开会的书，他发现没有，一气之下，就自己动手丰衣足食了，花了数十年，撰写了这本《罗伯特议事规则》。

1876年，《罗伯特议事规则》第一版问世。在亨利·罗伯特去世后，他的后人成立委员会，持续修订该书，至2011年第11版问世，最新官方译本有六百多页。

孙中山先生根据《罗伯特议事规则》，参考美国女权运动者沙德女士的《会议规则》，翻译编撰了著名的《民权初步》。

“所以，这是一本拥有生命力的著作。”林晚星说道。

“六百多页！”学生们立刻嗷嗷叫起来。

“说实在的，我只看过简明版，我爷爷有本七百多页的《罗伯特议事规则》原版，在小仓库里，你们有兴趣可以去翻阅，感受一下。”林晚星笑道。

“那……我们现在是要学这本书吗？”学生们突然惶恐起来。

“完全理解并熟练运用这本书的全部内容，你们将有能力主持全世界大部分的会议。”林晚星说，“有兴趣的话，你们可以自行钻研。而我只是在此简单向你们介绍这本书阐述的核心原则和会议运作法则。”

总的来说，分为四步。

第一步是提出动议。

所谓“动议”，是指对某一事的具体意见和建议。例如：“我们将放弃赚钱事业，把时间投入集体学习中”，就是一项动议。单纯的“赚钱有意思学习好无聊”则不能被称之为“动议”。

“无动议，不讨论”，如果没有具体要怎么做的建议，就放弃开会。

第二步是附议。

只要与会者中有一人认为“我们可以讨论下这个动议”，无论赞成或反对，会议都将进入下一个流程——讨论。

第三步是讨论动议。

每个与会者，都有权针对动议，充分发表自己的意见。

这里需要遵循一些原则：最核心的原则是“面向主持人”，也就是说，无论正反方如何辩论，所有讨论都是向会议主持人陈述，而不是彼此吵架；每个人都有固定的发言时间和次数限制，因此要求提前准备好自己的观点，先表明立场，是否同意，再发言；尊重会议主持人，就像足球比赛中尊重裁判一样，裁判有权将违反规则者罚出场外，会议主持人有权阻止那些胡乱插嘴、不尊重他人、偏离议题的讨论……

第四步，也就是最终环节——表决阶段。

投票表决尊重少数服从多数的原则，并服从投票结果。

林晚星本以为这些内容相对枯燥，学生们又习惯自由自在，会在她叙述的过程中各种挑刺反对。

可令她没想到的是，学生们在整个过程中都对《罗伯特议事规则》的内容表现出极大兴趣。他们认真听完她的整个叙述，恨不得马上开始一场正式会议。

林晚星则被推选为第一次会议的主持人。

“我知道你教我们这个，是为了自己偷懒，以后什么事都由我们自己讨论决定，但你也别想跑。”秦敖同学如此陈述道。

第一次会议，还是在《罗伯特议事规则》的指导下顺利开始了。

与会者十人，陈卫东说是和爸妈回老家了，今天没来。

本次动议由俞明同学提出，他发起了“应该停止赚钱事业，转而投入集体学习”的动议。

林鹿表示附议，会议进入第三阶段。

林晚星作为主持人，暂时制定了发言规则，举手发言，每人分别有两次为时一分钟的发言机会。

一开始的时候，学生们对讨论原则并不清晰。

当林鹿表示“现在好好学习，以后能赚大钱”的时候，秦敖立刻嗤笑：“赚钱起码你赚的每分钱都在手里，学习说得好像你能学进去一样。”

秦敖没提前举手得到允许后发言，林晚星立刻制止：“我们讨论的目的是解决议题，而不是解决个人，互相攻击或者质疑动机，会让会议失败，所以我必须制止你刚才的行为。”她认真说道，“无论你想阐述什么内容，都请对我发表。”

秦敖愣了下，意外地乖巧，他说：“那我再学学，等会儿再发言。”

可过了一秒，他又举手。

男生急得不行，但嘴巴还抿得紧紧的，林晚星就允许他发言。

秦敖：“老师，我刚才说的那条，算在两次发言里吗？我这次是不是最后一次机会了，我要不把我反对的理由先说完吧！”他一股脑把自己想说的都说完，然后闭嘴了。

第一次会议的过程，有很多类似的磕磕碰碰，并没有那么快进行到最后一步。

学生们还在尝试理解其中的规则，并且他们发现，要在简短时间内理清想法，并清晰有条理地表述，似乎比遵守那些规则困难得多。

付新书最后还拿出纸笔，一、二、三、四、五一一列出来。

让林晚星意外的是，学生们争论的重点最后集中到“是否要集体学习”这件事上。

总的来说，反对者认为，足球训练的时候大家要一起，但剩下的时间，每个人都应该自由安排。你想赚钱可以自己去，他们不可能永远捆绑在一起。

而赞同者则认为，教学本身有进度，你要是赶不上进度，又突然想学，难道要别人等你或者额外补课吗？学习应该和足球训练一样，要求每个人一起参加。而你想干点儿别的事，应该利用除这以外的时间。

最后，整个议题，以6票支持，3票反对，1票弃权，通过动议。

投票结果出来。

虽然反对者有所不满，但还是决定服从动议。

毕竟对他们来说，在哪里睡觉都是睡。

学生们伸着懒腰，满怀憧憬地看着黑板上的结果。

林晚星顺杆爬，提出一项新的动议，彻底坐实秦敖认为她想偷懒的说法。

“我提议，每周日晚七点到九点，为足球队固定会议时间，我们将在此时间讨论每个人每周的新动议，处理大家每周遇到的问题，并进行下一周的工作安排。”

学生们投入了新一轮的讨论中。

一开始，林晚星担心学生们会陷入“方法论陷阱”。就是无论什么大事小事，都要拿出来开个会，投票做决定。

但显然，学生们的思维并没那么僵化。

他们乐于尊重规则中关于自由、民主、公正、互相尊重的原则，这种好像法庭辩论的模式有点儿新鲜。

可什么屁事都要开会，大家也不乐意啊。

比如，就接下来的学习工作安排，学生们直接说：“老师反正你教什么我们学什么，我们会讨论出具体的上课时间，然后你得来给我们上课！”

林晚星表示同意。

她擦了擦手上的粉笔灰，准备宣布解散吃饭的时候，付新书站了起来。

“老师，我认为，我们还要讨论新任教练的问题。”

付新书的话，让整个教室都陷入沉默。学生们的脸上或多或少都显露出失落的神情。

这大概才是他们现阶段最担忧的问题。

林晚星愣了下，然后问：“呃，你们不看论坛的吗？”

DOUHU是国内最大的综合性论坛。

很少有论坛能将男性向内容和女性向内容融合并做到平衡，同时吸引两类群体，DOUHU是唯一能做到这件事的。

林晚星高中在DOUHU看大佬连载的历史小说，那时候她就知道这里的篮球足球版块很火热，但她从没去过。

也是因为王法的事情，让她想到要打开论坛，来这里看看关于永川远大新任主教练的消息。

林晚星提到DOUHU，学生们却不怎么感兴趣。

一来他们对国足和中超完全不感兴趣，二来他们觉得这个论坛是成年人（秦敖的原话是“叔叔阿姨们”）玩耍的地方，他们年轻人都去B站、贴吧、网易云。

“你到底想让我们看什么？”他们纳闷。

“呃……”林晚星自己拿起手机，看了下，然后说，“请点进‘中国足球’版块。”

“DOUHU有本地足球版块吗？我们要去里面找教练信息还是公开招募？”付新书很认真地问。

林晚星：“……”

学生们不明所以，按照她说的，点进该版块。

“中国足球”版块很冷，和DOUHU的“国际足球”属于冰火两重天。所以学生们一点进去，就被飘在首页的红帖吸引了全部注意力。

《[真实的传闻]内部消息：永川远大主教练尘埃落定！》

主帖：爆料爆料，听永川远大内部的人说，他们看中了前南安普顿的青训副主管，一个叫温弗雷德的年轻教练！

为什么不用刘传广？真就是崇洋媚外呗！

刘传广任教练这么多年，从当年的职业队到后来的国家队，来永川远大当顾问也是兢兢业业，队内哪个不服他？有带一线队的经验，在队内又得人缘，再适合不过了。

“温弗雷德是谁？”陈江河问，“我们教练吗？”

林晚星：“嗯，是你们教练在英国的艺名。”

事关自己人，学生们顿时全神贯注。

DOUHU的帖子有个机制，被点赞最多的回复将被排在最前面。所以学生们将网页下拉，最先看到的是三百多赞的高亮回复。

——真定了啊，听了楼主说的两个人选，感觉我队更没救了。

而下面的回复也都没什么好话，既看不上刘传广，也不认为王法是个最佳选择。

——刘传广这么大年纪了，干出什么事来了？都知道他当年带的啥成绩，他没这个能力你知道吗？再说了，你先说经验，再说人缘，就是不说带队能力，你也知道他带队不行啊？

——倒不是我对青训副主管有什么歧视，不过这个温弗雷德太年轻了，据说还没到三十岁，也不像在一线队执教过。有经验，会教孩子踢球和带一线队是两回事啊。

——永川远大不把那中场换了真没救，找个新教练也就顶个屁用。

回帖前排主要在骂刘传广，后面也有不少人在质疑王法是否有执教的能力。

学生们紧紧皱眉，终于看到一条“专业”回复，在狂喷楼主。

——南安普顿的青训在英超是什么地位，懂？这么年轻能干到南安普顿青训副主管，这就是能力！再说了，中国球员现在需要的是里皮教他们怎么比赛吗？他们需要的是一个好青训教练教他们基本功！还记得当年的米卢吗？

他们立刻想给这条评论点赞，却发现要注册账号。

学生们凑到一起，他们简单讨论了下要回什么，由最先注册完账号的秦敖回帖。

“刘传广算个屁！给温弗雷德提鞋都不配！立帖为证，永川远大主教练肯定是温弗雷德！”秦敖“唰唰”地在回复框内敲完内容，帅气地点击发送。

林晚星站在他们身旁，有点儿不忍卒读。

秦敖回复完刷新，发现了在他这条回帖前的评论——楼主满意了吧，官宣刘传广了。

“‘官宣刘传广’是什么意思？”秦敖皱了皱眉，下意识问道。

“应该就是字面的意思，官方宣布。”付新书一板一眼地回答。

一直站在人群外的祁亮同学听到这话，终于忍不住爆粗口：“你们是不是傻啊？”

秦敖回头：“嘴巴放干净点儿，不然老子发起动议票你！”

“这女人会没事让我们看论坛吗，当然是让你看看新闻，你还没明白什么意思吗？”祁亮少见地大声，看来确实是忍这群笨蛋很久了。

俞明同学一直在看前面的回帖，忽然开口：“老大，这个意思是不是说，永川远大新任主教练是刘传广啊？”

学生们凑在祁亮跟前，看着他手里的手机，统统痴呆震惊，像完全不敢相信这个事实。

祁亮把刚读完的新闻重新拉到标题部分，放大，重重地把手机拍到桌上：“看看清楚。”

《永川远大足球俱乐部任命刘传广为一线队主教练》，新闻发布时间是10月1日上午7点，而新闻主帖正贴着林晚星昨晚在邮箱里看到的红头文件。

下一刻，像魔法解禁，学生们突然“嗷嗷”地叫起来，你争我抢地看起了祁亮的手机。

“为什么是刘传广啊，他凭什么！”有一些永川远大球迷成分的郑飞扬同学说。

“那我们教练呢，我们教练去哪儿了？要回英国了吗？”

“对啊，我们教练不是要去永川远大当主教练了吗，难道我们教练被踢了？！就因为这个帖子？”冯锁突然喊道。

林晚星默默看着这群小笨蛋，彻底无语了。

“教练，你怎么还没走？”

在王法宣布要离开的第二天中午。

宏景八中足球队的男生们狂奔上楼，“砰”地推开天台门。

午间炽热，太阳照得整个天台都热烘烘的。

明亮光线下，第一个冲上来的男孩张大嘴，露出惊诧神情。

天台上，那个被论坛讨论来讨论去，在他们概念里已经离开，应该正在永川远大作威作福的男人，此刻却坐在天台遮阳伞下，穿着衬衣和拖鞋，悠闲地把吸管插进酸奶盒子里。

“您真还没走啊？！”俞明同学冲着王法喊道。

当时林晚星落在最后面，她没吃早饭，只用零食填了肚子，又给学生们开了两个小时会，本就饿得有点儿头晕，听到俞明这么响亮的喊声，她觉得自己头更晕了。

“注意你们的发言。”林晚星扶着把手，提醒道。

俞明站在天台铁门的框框里深思，堵住了后来同学的路，被一把推开了。

冯锁刚上天台，看到王法悠闲地吹风喝酸奶，自然而然地替俞明换了个说法：“教练，你怎么还在啊？”

林晚星觉得冯锁同学谈不上恋爱肯定是有原因的。

学生们一个个上楼，每个人都对王法人还在这儿表示震惊。

林晚星走在最后面，直接在王法对面坐下，从桌上的零食里挑了袋翠园小饼拆开，垫垫肚子。

“看来他们很希望我走？”王法吸了口酸奶，故作忧伤地说，“要不我还是走吧。”

“差不多得了啊。”林晚星警告王法，“这些零食还是我买的，我们怎么说好的来着？”

风中，学生们还是没明白这是怎么一回事，根本不相信看到的东西。

他们七嘴八舌起来。

“您为什么还在这儿啊，凭什么永川远大主教练变成了刘传广，什么意思啊？”

“你是不去永川远大了，去别的队？”

“还是永川远大不要你了？是不是刘传广两面三刀，我们去论坛喷死他！”

“DOUHU？”王法疑惑道。

“我让他们看了下论坛，给他们用官方手段宣布了下你没走的消息。”林晚星义正词严。

“那不如我自己来更官方。”

林晚星看到王法面向他的球员们，停顿了下，而后很郑重地宣布：“是的，我不走了，我没有选择去永川远大，我准备留下来。”

风吹过秋日的天台，今天依旧是晴空万里的好天气。

“为什么啊？”

学生们还是不相信自己的耳朵，他们抓耳挠腮，“为什么”这三个字也是脱口而出。

"因为舍不得你们，所以我决定留下来。"王法说。

那瞬间，像是听到什么极不可思议的话，学生们统统石化。

他们瞪大眼睛的模样，让林晚星想起之前在网上看到的鼠鼬。一群挤在一起，站直身体，爪子搭在肚子上，梗着脖子看向目标。

反正有那么一段时间，学生们都说不出任何话来。

就像王法会用听上去就很假的"小借口"来掩饰内心真实的想法。

学生们也会这样。

林晚星轻咳一声，示意大家好歹讲点儿话，学生们才开始你一言我一语。

"教练你真甩了永川远大要留下来教我们？"

"教练你好肉麻啊。"

"什么舍不得我们啊！你是不是舍不得林老师？"

王法对这些都很坦然。

"确实也舍不得她。"他这么说。

林晚星刚拿起桌上另一瓶酸奶，发现学生们包括王法在内，所有人都在看她。

"干吗？我确实是很有人格魅力。"

她吸了口酸奶，同样找了个借口，小小掩饰了下。

05.

赛程

整个十一假期，学生们过得比不放假时更忙。

除了每天最喜欢的足球训练课外，他们还有了全新的文化课课程。

其实林晚星一直明白，无论是最早促使秦敖来的烟盒，还是后来让学生们找到元元补习班的藏宝图，那位幕后的神秘人都近乎直白地在请她好好给学生们补补课。他真心实意地希望孩子们能好好学习，把成绩搞上去。

林晚星曾经看过学生们的试卷，也曾经在体育器材室里给学生们上了一节文化课，因此她大致了解了学生们糟糕的考试分数和薄弱的知识体系。

但是，无论学习基础如何，都不代表学生们没有学习意愿。对他们来说，那些东西很无聊，他们学不进去罢了。

学生们都是文科生。因此，在这段时间里，林晚星按照自己的认识，结合以前大学在教育机构里兼职的经验，重新将高中文科知识拆分整合。

她前两天在爷爷奶奶的补习班仓库里，发现了之前留下的一些教学设备，包括一台破旧的投影仪，更换配件后，可以使用。

第一节课是语文，林晚星给学生们放了一部关于人类语言的纪录片。

这让已经准备好来背古文的学生们非常意外。

林晚星给他们每人一份提纲，前半部分由她总结完成，后半部分则空着。

一开始，学生们听到英文配音，还以为她把语文课和英语课搞错了。

但随着舒缓的讲述和悠扬的配乐，画面推进，他们渐渐踏入这趟了解人类语言起源之旅。

纪录片长达一小时，全部看完的时候，学生们都有种如梦初醒之感。

过程非常轻松，学生们要做的也很简单，看完纪录片后，对照提纲，按照他们的理解，整理出下半部她未完成的部分。

秦敖同学一开始以为这活儿很简单，评价“又给你偷懒到了”，可真当他开始写第一行字的时候，他突然发现自己脑袋空空如也。

于是林晚星带着他们又看了一遍纪录片，教学生们如何做笔记，记录重点，最后理清思路。

语文课和英语课，林晚星并未完全将两者拆分开来。所有教学材料，都是根据学生们的知识水平，按照她的理解来罗列。

她认为，学会学习，比如正确做笔记和整理提纲的方法，比学习具体学科知识更重要。又或者关于写作，她把基础逻辑课程提到了最先的部分来讲。

林晚星很坦诚地告诉学生们，从小学到博士学位的所有课程，互联网上都有。人类的基础知识共享体系远比他们想的要强大，无论何时、何地，只要你想，都能在互联网上找到完整而优秀的课程。

她能做的，是为他们搭建一个她认为适合他们的学科体系，遴选她认为优秀的学习材料，并对他们的作业进行评价，帮助他们更好地学习。

而学生们要做的，是重视知识本身。

和他们每天训练，数据表上一点点的增长一样，林晚星希望学生们感受到知识的增长和学到些什么的乐趣。

至于数学课……林晚星请来了她在教育机构兼职时认识的好友，给学生们上网课。

当投影仪打开，带着甜美笑容的女孩出现在屏幕中时，学生们看得眼睛都直了。

每个人的精力都是有限的。

学生们磕磕绊绊，但以比以前更加专注的热情投入到学习中。

同时，他们仍然把大部分的时间、精力以及体力放在了足球训练上，在王法的指导下，为即将到来的青超联赛小组赛，全力冲刺。

在十一假期后的第一个工作日，林晚星收到了青超联赛组委会邮件。

邮件大抵内容如下：祝贺宏景市第八中学进入青超联赛华东地区正赛，比赛时间安排和比赛流程会以邮件的形式发送。参赛选手和队伍可以通过公众号查阅赛程和比赛积分情况。

林晚星在收到邮件的第一时间，就将邮件内容告知了学生们。

学生们当时还在球场上，刚结束训练，他们斗志昂扬地冲向补习班教室。

投影仪一打开，林晚星就把邮件内容投屏到幕布上，点开参赛章程，让学生们自行阅读。

全国青少年足球超级联赛“永川杯”U19组别是由参加中超联赛、中甲联赛俱乐部的U19梯队，以及符合规程要求的中乙联赛俱乐部、足校、业余俱乐部、中国足协会员协会队伍和校园足球队伍共同参加的联赛，简称青超U19联赛。

……

比赛章程很长，总体上都是些官方话术，不过学生们看得很起劲。

林晚星缓慢拖动邮件，学生们一段一段地读。一旦她拖得快点儿，学生们还不乐意。

对他们来说，仿佛慢悠悠阅读章程本身，就是美滋滋享受胜利成果的过程。

总体来说，邮件重点在于第二部分的“竞赛办法”。

比赛采用主客场双循环赛制进行比赛，共十六支参赛队伍。全部球队以主体育场所在城市为准就近、平均分为四组进行角逐。小组排名前两名进入淘汰赛。

林晚星将这段加黄色高亮。

学生们看到“主体育场所在城市”就开始着急。

“要和谁打？”

“我们还有主体育场？”

“你们是不是弱智？宏景明珠那个场地就是我们的主体育场。”祁亮说。

“那我们附近好像强队很多？”

“永川远大不会也是我们组的吧？”

郑飞扬同学此言一出，一石激起千层浪。

“他们青年队也来参加这个比赛吗？不至于吧。”

“你是不是傻，他们怎么可能和我们一个组？”

“一个组也不怕，干就完了！”

整个教室都吵吵了起来，有人害怕有人担忧，但以秦敖同学为首的小团伙自信心爆棚，觉得无论如何都要打的话，那怎么也不能怵。

林晚星听学生们吵闹完，默默将邮件拉到最后，说：“其实，分组情况和赛程都已经发来了，有个附件。”

“靠！你不早说！”学生们异口同声地道。

林晚星点开附件，一张清晰的赛程表出现在幕布上。

一直坐在教室最后的王法也跟着仰起头，认真观看这张事关他们今后赛程的重要表格。

一开始的时候，整个教室都很安静，学生们保持同样的仰头角度，认真观看表格。

表格中的参赛队伍不少，大多为城市和赞助商结合。类似于永川远大，这种名字应该是职业球队的梯队。

而看上去很明显是校园足球队的，只有两支。

林晚星最先在表格中找到了宏景八中的名字，剩下的球队名她完全不熟。

她还看到，他们被分到了C组，每组共四支队伍，C组的队伍除他们外，还有……永川远大、禹州银象、申城海波这三支队伍。

林晚星的目光定格在了“永川远大”这四个字上。

永川远大真和他们分到了同一组！

学生们也同样发现了这件事。

教室里爆发出惊呼。

“靠！真在我们组！”

“还有禹州银象，是不是拿我们刷经验？”

“申城海波怎么也在？黑幕，绝对是黑幕！”

“这打个屁啊。”

整个教室里闹哄哄的，学生们先把发表不当言论的郑飞扬痛殴了一顿。

林晚星对各球队完全不了解，从学生们的反应判断，这三支队伍应该非常强。

过了一会儿，等学生们缓过来，她试探着问道：“这几支队伍，水平怎么样，很厉害吗？”

“什么叫‘很厉害吗’？这都是中超联赛顶级俱乐部！”秦敖立刻高喊，“你看B组，南云外国语是和我们一样的校园足球队，八坪，也就是足球学校，就我们这儿，全是职业队的下属梯队！”

“他们的水平和绿景国际比怎么样？”林晚星还是不解，继续问道。

“我们打的是绿景国际高中，本质上还是校园足球队。你还记得我们前几天带你打王者荣耀吗，绿景国际如果是钻石级，那这些职业队就是王者五十星以上。”陈江河说。

“可我只是个青铜啊。”林晚星举手。

秦敖继续生气：“反正我们就是死亡之组，你懂这个就行了。”

“要被当狗杀咯。”祁亮一副凉凉的语气。

“这样啊，看来我们赛区足球水平很高呀。”林晚星宽慰学生，“这么来看，我们也高于平均水平。”

“别扯这些有的没的，毒鸡汤没用。”秦敖没好气地说。

“怎么能叫有的没的呢，我是说，我们能进16强，也属于地区的佼佼者了吧？”

林晚星确实是想鼓励学生们，这也是她内心的真实想法。她对球队强弱和比赛层次没有清晰的了解，看学生们的意思，他们现在要参加的比赛，几乎是和职业球队的青训队伍同台竞技，这是林晚星之前未曾想过的高度。

但学生们完全不这么想。

“佼佼者有什么用啊！”

“那……”林晚星想了下，很诚恳地问，“我们要退赛吗？”

“退你妹啊！”

“你在说屁啊！”

学生们又群情激奋起来。

“既然打都没打，就觉得打不过，不如退赛我们好好学习天天向上？”林晚星补充道。

学生们更不乐意了，好几个人怒目圆睁。

“老师，激将法太过时了！”

“老师你是不是在内涵我们和绿景国际说不踢了那次？”

“没有啊。”林晚星笑着说。

这么插科打诨一会儿，学生们原先紧张的情绪都平复了不少。

林晚星说：“比赛很重要，但对你们来说，也没到决定生死的程度。就算输了，你们也可以继续高考，高考不行，也可以想办法赚钱养家糊口，不至于这么害怕呀。”

“靠，你怎么这么没志气？搞得我们一定会输一样！”

“谁害怕了？？？”

“对，我们这是重视对手！”

三言两语间，学生们又开始嘴硬，把刚才吐槽赛程安排的话完全忘了。

林晚星笑了起来。

不管怎样，既然不准备退赛，那就只能全力以赴。

学生们批判完主办方分组，开始认真观察他们的小组赛对手和比赛赛程。

因为采取主客场赛制，所以整个小组赛相对漫长。学生们分别要去三个不同的城市，踢总计六场比赛。

永川是省会，禹州、申城分别是临近省会的城市，相距最远的也不过三个小时车程。总的来说，主办方确实是按照地区远近分组的。

林晚星把六场比赛时间记录在手机日程上，然后抬头问学生：“你们以前去外地比赛，主办方提供食宿吗？”

“有些提供，有些当天来回。”付新书说，“我们之前没踢进过青超联赛正赛，不太清楚。”

林晚星点点头，认真思考：“如果时间多，比赛完是不是还能旅游下？禹州湖你们去玩过吗？”

秦敖立刻嚷道：“你怎么光想着出去玩？”

“啊？”林晚星正色道，“不然我还能干吗？秦同学是不是对我误会颇深？我连这三支队伍是什么样的都完全不知道。”

“你好歹跟我们分析下比赛对手什么的啊！”秦敖回头嚷道，一副叫家长的样子：“教练，你管管我们老师！”

“她说的没问题。”王法坐在教室最后排，懒洋洋地抬手，“你们就受累，给她科普一下。”

有了王法的提议，学生们立刻拿着鸡毛当令箭。他们挤在讲台上，命令林晚星必须坐下认真听讲。

林晚星把王法招呼到她座位边，示意他有福同享。

这几天，林晚星有让学生们自己讲课，所以他们对投影仪和整套设备的使用都非常熟练。

“首先，是禹州银象！”秦敖用电脑打开浏览器，输入这四个字，幕布上投射出禹州银象俱乐部的相关资料。

硕大的银象标识映入眼帘。

如资料显示，禹州银象足球俱乐部成立于1994年，是一家位于禹州市的职业足球俱乐部，现角逐于中国足球协会超级联赛，同时，禹州银象也是中国足球协会超级联赛的创始俱乐部之一。

“好像资格很老啊。”林晚星在座位上说道，“是不是很强劲的对手？”

“这位同学，请不要擅自把‘老’和‘强劲’挂钩！”秦敖批评道，“你不会看第二行吗？俱乐部荣誉方面，禹州银象打了十几年，就2016年拿了个季军，强在哪儿了？”

“我这不是看你刚才慌成那样，以为都很猛嘛！”林晚星学着秦敖的样子吐槽。

秦敖立刻急眼了：“别乱说，谁慌了！告你造谣啊！而且，瘦死的骆驼比马大，禹州银象好歹是中超的俱乐部，尊重一下没问题吧？”

“没问题。”林晚星应和道，“所以秦老师，你们能不能踢过他们啊？”

“庸俗！”秦敖又批判道，“让你了解对手球队，你怎么光问我们能不能踢赢？我跟你讲，禹州银象的青训搞得很一般，队伍是下游，基本上只卖人不买人，而且他们有自己的足校，不一定就派职业梯队来参加，可能就是比我们稍微强点儿的校队……”

“噢，比你们都强，那得多强啊？”林晚星立刻赞扬。

“你夸我们，听上去跟骂人一样。”祁亮在一旁漫不经心地说道。

林晚星笑了。

“不过，禹州银象确实是我们对手里最弱的。”

“对啊，我们还有教练，拿下他们没问题吧？”

“别太膨胀了，禹州银象万一派U19来参赛呢？”

虽然学生们说起来好像很谨慎的样子，眼中的高兴却出卖了他们的真实情绪。本来以为是无法战胜的强劲对手，但聊着聊着，忽然又觉得仿佛也没那么可怖。这大概就是学生们的可爱之处了。

禹州银象好像问题不大，下面的对手就是申城海波了。

学生们派出了老家在申城的俞明同学讲解。

“呃，其实我从小在宏景长大，就每年过节回申城……”

“但你也是申城人不是？少废话，好好给她上课！”秦敖又指挥道，“别学我查网络资料啊。”

“那也太难了……我……我很久没了解申城海波了啊！”俞明有点儿慌乱。

“没关系，我也不了解。”林晚星托着下巴，问道，“申城是不是足球氛围很浓郁啊，我记得申城海波很有名的，好像有部讲足球的电视剧？”

“对，我爸年轻时候是申城海波的球迷，那时候国足进世界杯，掀起了全民足球热，电视剧就是申城电视台拍的。我爸也是那个时候把我送到我们教练那儿踢球的。”

“那你很了解嘛。”

“不是，我爸后来脱粉了，因为申城海波中间降级过，换了教练和管理层，伤透了球迷的心。”

“那他们现在还厉害吗？”林晚星问。

“我之前是听说，听我爸说的，他们基地都快卖了，马上要倒闭了。”俞明说。

“我去！”

“倒闭好啊！”

学生们突然兴奋起来，把林晚星吓了一跳。

“他们基地都快卖了，应该很穷吧？还有没有青训啊，会不会直接弃权啊？”

学生们你一言我一语，很有发“海难财”的架势。

“呃……”林晚星举手，“恕我直言，各位，我们凑钱办健身卡都费劲，他们再穷也比我们有钱吧？”

“你安静听讲！”学生们异口同声地道。

就在这时，林晚星身旁的另一只手突然举了起来。

刚才一直在看手机的王法同志表示想要发言了。

“教练，您说。”学生们立刻变脸，分外谄媚。

“我刚看了下中超积分榜，申城海波领跑。”王法若有所思地说，“变卖基地能激发球员潜力吗？”

学生们你看看我，我看看你，最后神游天外，假装没听到王法这句最新通报。

“教练，有您在，我们还怕个中超队伍吗？”俞明拍马屁。

“我认为他们很有实力。”王法说。

“有实力也是中超厉害，不代表青训就一定强。”陈江河说。

总之，既然要膨胀，就得膨胀到底。

无论主队成绩如何，在学生们心目中，一个都要卖基地的球队，青训梯队肯定不足为惧。

那么现在，赛程表中只剩下他们的最后一个对手——永川远大。

祁亮负责讲解这支队伍。

他懒洋洋地捏着粉笔，盯着黑板上“永川远大”四个大字看了半天，伸手慢慢画了个圈，放下粉笔说：“打不过。”

教室里四下皆寂，破天荒地，最喜欢吵吵嚷嚷的学生们没一个人反对祁亮的这个结论。

安静的空气中，林晚星看了眼王法。

“哎，孽缘啊！”讲台上，俞明也同样看着王法这么说。

“真想干死他们！”秦敖吐出一口气，怒道，“最烦这队了。”

林晚星很好奇：“你们之前和永川远大踢过球吗？有仇？”

“他们要挖我们教练，还叫没仇？”学生们震惊。

"这叫什么来着？"学生们开始掉书袋，"就跟那个小说里讲的一样，杀妻之仇，夺夫之恨？"

"好像还是不太一样吧。"林晚星又看了眼王法，笑道："教练觉得呢？"

"林老师不这么觉得吗？"王法蓦地放下手机，缓缓问道。

林晚星被他真挚的目光看着，突然莫名觉得心脏漏了一拍。总之，互相调戏，她肯定比王法差远了。

林晚星决定认输："其实我之前去参观过永川远大的基地，我们系曾经和他们是合作单位。"她转移话题。

"那你见过周淼了吗？"

"沈磊呢？"

"我喜欢吴刚啊，有没有要签名？"

学生们的注意力立刻被吸引，纷纷问道。

林晚星看向王法。

"都是国足球星。"王法提点道。

"啊？那没有。"林晚星摇头，"我们只是有一些合作，去参观过基地而已。基地确实很大，挺正规的。"

"什么合作？"

"你们还有合作？"

"合作什么？你真没要签名吗？那不是亏大了吗？"

学生们不依不饶。

"还是聊永川远大的青训吧。"林晚星摇摇头，觉得自己简直在给自己挖坑，"我们真没一点儿希望，完全踢不过吗？"

"他们是去年的冠军！"秦敖说。

"他们在U19梯队里，起码有六个国青级别的成员，绝对的夺冠热门队，我们再膨胀，也不会不知道自己的斤两。"陈江河认真说道。

"国青就是国家青年队吗？"林晚星问。

"是的。安宁实验这种队伍是强，但和我们还勉强算是一个级别的队伍。永川远大这种巨无霸，里面说不定还有留洋球员，我们不可能踢得过啊。"付新书有些绝望地说。

“总还是可以试试吧，当时你们不也觉得赢不了绿景国际，但最后不还是赢了吗？”林晚星问。

“我们要怎么跟你说呢？！”秦敖很烦地挠头，“就队伍层次不一样，你懂吗？”

“举个简单的例子。”祁亮的声音适时响起，“就算在我们宏景八中，也有能考上永川大学的学霸和我们这种可笑的废物。”

“靠。”

学生们都瞪着祁亮，却又讲不出反驳的话来。

付新书顺着祁亮的话继续解释：“各个俱乐部的青训水平参差不齐。有些是认真在搞，有些是搞个足校青训，骗地方政府的钱，还有些连骗都懒得骗，纯摆烂。但永川远大的青训水平，就好比南安普顿在英国足坛。”

付新书的话，让林晚星明白，就算偶尔表面装得膨胀和高兴，但他们其实很清楚自己和职业梯队之间的差距。

教室里忽然安静下来。学生们或看地面，或看窗外，也有人看着她，仿佛希望她能再说点儿什么。

“反正，小组前二就可以出线。”林晚星说，“我们努努力？”

这样鼓劲儿的话，显然无法让学生们满意。他们再次看向王法，想听听他们最信任的人的回复。

付新书试探着问道：“教练，你觉得呢？”

“觉得什么？”

“我们能不能赢，有没有出线的希望？”

林晚星也随之看了过去，等待王法的评价。

“老实讲，我从来不会思考比赛胜负可能性的问题。”王法却这么说。

投影仪光线浮动。

讲台上的学生们齐齐望着讲台下的教练。

“如果没有希望，我们为什么还要站在场上？就算这场比赛铁定输，我们也还有追求下一场胜利的机会。”

王法的声音并不大，听上去也不是什么热血沸腾的宣言，可学生们眼里却渐渐有了光亮。

足球是什么，又将带来什么？

或许没人知道答案，又或者，每个人都在这条道路上试着寻找自己的答案。

虽然对未来赛程有着诸多不确定，但学生们还是决定全力以赴、投入训练。

唯独让林晚星没想到的是，在公布赛程后，陈卫东单独来找她。

十一假期的课陈卫东一直没来上，按他的说法是家里有事。

今天是陈卫东假期结束后第一次跟训。

秦敖对此有很多不满，但一来十一是法定假期，二来也是最主要的，陈卫东是顶替缺席的文成业来帮忙的，大家都不好对他有过多要求。

之前赚钱活动大家兴致高涨，陈卫东却觉得太辛苦在两天后退出，所以林晚星对陈卫东会来找她这件事，其实是有心理准备的。

“老师，我想了很久，之后的训练可能来不了了。”陈卫东非常直接。

“为什么啊？”林晚星正在煮面，闻言很是意外。

“我们学校体育队有训练，我要参加。”

林晚星皱了下眉头，陈卫东大抵猜到她心中所想，说：“我本来很早就想说的，但是和大家一起踢球很开心，我们也赢了很多……不过我一开始就是被抓来凑数的，我也有我自己的项目要练。”

听陈卫东这么说，林晚星很快明白过来：“你有其他比赛是吗？要拿省里名次，报高水平运动员特招？”

“我……就是……”陈卫东突然卡壳。

“没关系。”林晚星宽慰道。

“我就是……老师你懂吧，之前是不想鸡蛋都放在一个篮子里，但足球这边看起来有点儿难。而田径那边，十一月就有锦标赛了，在那之前有预选赛，我想参加。”

陈卫东虽然没有明确说明，但意思还是很清楚的。

跟着足球队在省里拿名次的希望渺茫，不如他的主项田径比赛，所以他想主攻自己的主项。

林晚星其实很能理解，但摆在她面前很尴尬的事实就是，宏景八中足球队只有十一个人，离开谁，球队都得解散。

林晚星若有所思，手指搭在铁锅上，被烫了一下才回过神来。

她很为难地说：“可是刚才的会议上，你也没提。不然我们再开个会，把你和我讲的这些跟其他同学也说一下，其实没关系，大家可以一起想解决办法。”

“可别了老师。”陈卫东赶忙阻止她，“就秦敖那种人，我要说我不想踢球，他不得当场给我一拳！”

“但你的事情，总要告诉他们吧。”林晚星说。

“这要我怎么说啊！”陈卫东开始犹豫，“我本来就是个救场的，也没想要踢这么久。而且我走了，也没人啊。老师，要不你找找替补，我最近还能踢一踢，以后就说不定了。”陈卫东的声音终于软了下来，满脸纠结。

林晚星的手指在水流下哗哗地冲着。

她说：“嗯，我知道了，你自己做决定就好。”

“我再想想吧。”陈卫东答。

06.

收 获

陈卫东的犹豫，只是一段纠结的插曲。

按照赛程，10月20日，宏景八中将在青超联赛小组赛首场，主场迎战禹州银象。

这段时间说长不长，说短也不算短。

十一假期结束后，林晚星重新拾起学校体育器材室的管理工作。

学生们早上来补习班教室集合。

林晚星会给学生们每周提供表格，包括所要学习的学科内容和学习目标。

学生们根据她的课表和时间安排，重新商议、调整了每日的时间安排。

早上六点半，第一堂课开始，共两节课。

八点半以后，林晚星去学校上班。

学生们跟王法完成上午的足球训练。

中午学生们会小睡一觉，睡醒起来精力充沛，先完成上午课程的课后作业，再去踢球。

下午部分学生的足球训练课程持续三个小时，到林晚星下班回来结束。

晚上，他们会一起吃晚饭。

吃饭时，大家会一起看林晚星挑选的影视剧或有意义的纪录片，算作放松。

晚上六点五十，晚课开始。

晚课差不多到十点结束，一共三节，林晚星会根据每天的课程，布置学生们回家的睡前读物。

可能因为天性热爱自由，只要不上课，学生们就不喜欢待在教室里看书，他们打心眼里热爱天台。

先前收垃圾，哦不，学习资源循环再生利用的经历，给了他们提供了很多经验。

秦敖、林鹿很熟悉废物利用流程，林晚星不知道他们从哪儿搞来了旧的货仓垫板。他们把几个木板架子放在一起，拼成简单的木沙发，又置换来旧的海绵垫，摆在上面。午后阳光不刺眼的休息时间，学生们都喜欢靠在那里聊天放松。

近处是大片大片的绿地，更远处是高低错落的城市建筑，林鹿同学窝在木沙发上，说这很像在马尔代夫度假。

虽然他们并不了解马尔代夫具体在哪儿，但感觉一定是拥有高级度假感的地方。

林晚星每天要上班，以前她中午会在学校用餐，但因为崽子们现在已经把她的房子当据点，所以她每天午间都会回来。

一开始的时候，学生们会出去吃午饭。

家长给他们饭钱，但课业繁重，他们又互相影响，都懒得出去。林鹿十一带的那箱泡面，起到了关键性的坏作用。其他人跟着他中午吃起泡面后，一发不可收拾。

林晚星之前听说过宅男连吃几年泡面吃出病的事情，她当时以为是编的段子，怎么可能有人能吃那么久的泡面？

可她真看到学生们整箱整箱买来各种口味的泡面，一天三顿，连吃一周都完全没腻的时候，她还是震惊了。

这样当然不行，正在学习和训练的学生们，营养必须跟上。

为此，林晚星特地在周五大会上提出午餐问题，要求大家解决一下。

一开始，她提出的禁止泡面的动议甚至都没有附议，差点儿被迫流产。王法给出了关键性的附议，将这项提案推进到下一个步骤。

学生们天生对强硬的一刀切很反感。

但当林晚星阐述完自己的观点，指出长期食用泡面营养跟不上的问题后，他们还是相对认可了。

“中午老吃方便面，吃三四包，下午还是容易饿。”俞明同学此言一出，大家都觉得有那么点道理。

其实对学生们来讲，也不是不饿或者不想吃点儿好的，只是吃饭对他们来说本就是凑合一下，不算什么事儿。

而现在要认真思考吃什么的问题以后，他们又矫情起来。

不能随便吃，要吃就吃点儿好的。吃饭不仅要考虑成本，毕竟爸妈给的钱有限，还要考虑营养均衡，减脂增肌，绿色天然有机的更好。

林晚星不参与任何意见，只表示愿意平摊一份饭钱，并拒绝做饭。

自由管理模式大概就是这样的，等林晚星反应过来，学生们已经开始往她的天台搬废旧泡沫箱和土了。

学生们列出了详细的营养餐计划表，是根据最新版《中国居民膳食指南》制订的，并结合了国外运动科学营养师的建议。

林晚星第一次陷入自我怀疑，觉得自己是不是教他们太多了？怎么学生们突然变得这么能干了？

天台被泡沫箱分割成试验田模样，林晚星看着都觉得头晕：“你们真要自己种菜吗？”

“对啊！”学生们满手泥，非常理直气壮，“我们还准备种有机蔬菜，顶级的那种！”

“有必要这么麻烦吗？”林晚星很费解，“为什么不去买？这要种到什么时候才能吃？”

“你是不是很久没买过菜了，知不知道菜价很贵？”

“有些菜生长周期很短，一个月就可以吃了。”

“什么菜，现在不是秋天了，能种吗？”林晚星很茫然，问题比较多。

“跟她说这么多干吗？她又不懂！”秦敖把肩上的那袋土放下，很不屑地说。

“你等着吃吧，账单付新书核算完会发你，记得交钱。”陈江河胸有成竹地说。

林晚星茫然四顾，最后看着坐在遮阳伞下的王法，想到了一个好理由。

“这天台怎么说也是我和你们教练一人一半，你们有没有征询过教练的意见？”她问。

王法立刻举手表态：“算我一份，账单发你们老师。”

林晚星：“……”

总之，学生们的种菜业务就这么展开了。

虽然起因可能是某个人福至心灵的什么想法，但他们沉浸进去却非常迅速。

这些天的学习，为学生们带来了目标制订、任务划分和实践能力的全面提升，甚至不用任何额外指导，他们就自然而然非常有条理地开始了分工合作。

付新书查阅资料，挑选成本低廉并能快速生长的蔬菜。郑飞扬的外公外婆在乡下有田，他负责去搞种子和听取老人们的意见，并带队育苗。

秦敖则主要干体力活，浇水、施肥、扛东西都是他来负责。

这些行动都是完全自发自主的。

林晚星发现，她教给学生们的那些资料搜集和记笔记的方法，被他们用来学习如何种菜了。

为了种菜，林鹿甚至连游戏都不打了。对他来说，仿佛没什么比蹲着看种子发芽更有意思的事情。

学生们每天训练间隙聊的话题，也从游戏、视频这些，变成了种菜。

是的，种菜。

什么种子好，育苗的设施哪里搞，土壤质量和种类……

林晚星听久了，甚至有次把“青超联赛”都听成了“种菜联赛”。

之前迎合学生们的兴趣，晚饭时，林晚星给学生们放的都是著名的刑侦类美剧。现在学生们全心全意种菜，对打打杀杀的东西完全不感冒，她只能被迫暂停没看完的美剧，换成了《小花园大梦想》这类纪录片。

温柔的配乐，柔光的镜头，美轮美奂的菜园，还有相对缓慢的节奏。

林晚星原以为学生们会对这些相对文艺的东西不感兴趣，没想到，他们不仅看得津津有味，甚至边看边做笔记。

记录的内容中英文都有，有各种植物的名字和习性，堆肥区域设计、堆肥箱和温室制作。

他们也会跟着纪录片学习画各种各样的花园设计图纸。

在林晚星看来，英国园艺大师的作品和她的破天台有着云泥之别，毕竟十来个泡沫箱已经是他们的全部，但学生们却不这么认为。

他们不仅开始幻想和规划更多的东西，甚至连新村楼下的小片空地也被纳入了考虑范围。

林晚星对学生们的兴趣没有刻意鼓励或者否定，除了强行否决他们要在天台养鸡的提案外，她完全随他们的便。

学生们的足球训练表格，慢慢攒起了薄薄一叠。

林晚星为他们每个人准备的学习文件夹，也越来越厚。

元元补习班桌上的书也变多了。

秋风渐起，就在学生们种下的第一茬生菜种子萌芽的那天，他们迎来了青超联赛正赛首战、对阵禹州银象的比赛正日。

早上，学生们起了个大早。

按照赛程，比赛午后开始。林晚星本来安排大家早上好好休息，中午在家吃饭，午后在学校门口集合，一起乘坐大巴前往宏景明珠足球俱乐部的基地。

学生们却拒绝了这项让他们睡懒觉的提议，表示一定要在她这里集合，吃完午饭后一起出发。

林晚星一开始还以为，这是因为学生们培养了良好的作息习惯，不想打乱。

可当学生们一早跑上天台，张罗着要拔葱炒鸡蛋的时候，她突然意识到，这其实是种该死的仪式感。

学生们一定要在出征前，吃上一口自己亲手种的菜。

这两者之间其实并没有什么必然联系，但对学生们来讲，他们认定了这一定代表了某种好兆头。

午饭后，秋日暖阳和煦。

二十多天来，学生们第一次重回宏景八中学校门口。

校门口卖东西的小店还和往常一样，门口挂着五颜六色的货品。

接送他们前往赛场的大巴，等候在校门口。

林晚星想，这大概也是种奇异的仪式感。

学生们一个个登上大巴车。车辆驶动，他们踏上了全新的征程。

宏景明珠俱乐部足球场。

进入青超联赛正赛后，比赛场地也发生了一些变化。

环境更加正式，从没有看台、围着铁栅栏的训练场，更换到俱乐部带有塑胶跑道和看台的标准足球场。

比赛前，王法和学生们在更衣室布置战术，林晚星先出来探探风。

她对青超联赛的概念，大概还停留在他们上次和绿景国际踢的那会儿。

大家都是学生，别的学校比他们学校有钱，所以后勤人员配备更好。

但这场比赛明显不同。

球场中线有第四官员所在的监管台，监管台边架有摄像机，连接着监管台上的电脑。

球场边的休息区，还有个记者模样的人挂着工作牌，捧着长镜头照相机候场。

禹州银象俱乐部的球员从球员通道鱼贯而出，他对着他们“咔嚓”“咔嚓”拍了几张照片。

闪光灯亮起，林晚星感到了一种莫名的压力。

她很清楚，这是真正的青超联赛正赛，和他们之前参加的入围赛规格完全不同。

同样变的，还有他们的对手。

禹州银象是支实打实的“正规军”。

光是球员的身材，都比他们之前遇到的校队要高大威武。

他们皮肤黝黑，目光炯炯有神。

热身的时候，禹州银象的球员们看似悠闲，两两一组，相互之间轻松闲聊。可是实际上，每个热身动作，他们都用堪称教科书一般的标准，将身体的每块肌肉都彻底地活动开。阳光下，那每一寸肌肉，仿佛都蕴含着强大力量。

过了一会儿，宏景八中的学生们也列着队从球员通道走出来。

他们吵吵闹闹，刚刚停下的照相机“咔嚓”声再次响起。

林晚星转过头，午后灿烂的阳光，同样落在了她的学生们身上。

宏景八中足球队的球员们换上了全新的队服，白底蓝字，他们背后是广阔的绿色球场和更广阔的连绵草甸。

也是这个时刻，林晚星才骤然发现，她的学生们好像也变得不一样了。

或许是连续一个多月的高强度训练，他们每天暴晒，使他们的皮肤黑得彻底，因此看上去非常精神。

也可能是一个月来的体能训练成果，终于逐渐显现在他们的身体上面。学生们的肌肉线条更加明显，身材愈发挺拔，连带气质也更加硬朗。

林晚星左看右看，比较两边的球员。

似乎她的学生和禹州银象的职业梯队球员相比，在体态和精神上并没有那么大的差距。

林晚星想起赛前王法说的话。

那时学生们围着他们的教练，一定要王法讲点儿鼓舞士气的话，给他们比赛获胜的信心。

王法同志秉承一贯朴素平和的训话作风，在分发新一周的足球训练表格后，让球员们捏了捏这些天来积攒的表格厚度。

王法说："相信我，积累永远是有用的，你们这么多天来的训练，会回报在你们的赛场上。让你们有充沛的体能，来完成整场比赛。"

阳光猛烈地照下来，照得草坪油光发亮。

各色各样的球鞋在其中不安地踢踏，蓦然全场安静。

裁判就位，嘹亮哨声响彻云霄，鞋钉踢翻草皮，带出泥土，比赛正式开始。

禹州银象并没有轻视他们这次的对手，他们和绿景国际不同。

禹州银象的教练周红波很清楚，能够淘汰绿景国际的队伍，哪怕是业余的，也必定有着自己的实力。因此，他屡次警告球员们，不要轻视本轮的校园足球队，并且做出了针对性的开场布置。

周红波明白，业余队伍对上职业队，最大的差距往往不是技术，而是心态。

业余队伍进入比赛状态，需要很长时间。

绿景国际就是犯了这个错误，他们并没有抓住最佳时机。他们开始的进攻太过不温不火，给了宏景八中进入比赛状态的机会。

所以，周红波要求球员们开场后就必须抢攻，务必手起刀落，迅速解决对手，争取一开场就让这群业余球员感受到职业比赛的残酷。

带着这样的想法，禹州银象在开场哨吹响后，率先发起进攻。

宏景八中以前经历的对手都很看不起他们，往往控住球，就对着他们的球门进行狂轰滥炸。

禹州银象的情况则不同。

禹州银象的球员们都是准职业球员，他们脚下技术细腻，互相配合已久。

球员们试图通过运球，不间断施压，用如流水般的进攻，温柔地渗透入宏景八中的禁区。

当你意识到问题时，杀机方才骤然出现。

开球后，禹州银象的球员们耐心倒脚，将足球送入防线。

禹州银象10号胸有成竹地送出最后一传，9号趁势摆脱防守队员前插，足球划过一道柔和的弧线，滑入宏景八中禁区。

可就在这时，两道矫健的身影，如闪电般前插，将禹州银象行云流水的进攻一刀斩断。

“砰”的一声。祁亮和陈卫东双人夹击，直接将球断下。

禹州银象的10号球员一个踉跄，有些发蒙。

他传球的时候明明注意到，宏景八中的球员离他的队友9号还有一段距离，可是在他传球的一瞬间，对方扑了过去，以至于脚下技术出色的9号连拿球的机会都没有，就被断球了。

赛场局势瞬息万变。

没等他仔细思考，宏景八中的反击已骤然展开。

林鹿无人防守，他接到了球，直接一脚，将球传给了靠前一点儿的付新书。

付新书拿球，转身，在对方中场上来逼抢之前，将球长传给秦敖！

足球如白色闪电，划过绿色球场。

虽然此情此景，林晚星在训练中已看过无数次，可当它真实地在比赛中出现，还是令她激动地跳了起来。

按照王法无数次在战术板上画出的反击线路，下一个就是陈江河。

禹州银象回防速度超乎想象，就在陈江河前插时，两名中卫立刻死死缠住了他。

秦敖和陈江河之间的传球线路被完全切断。

禹州银象的教练周红波并不紧张，这也是他们和绿景国际的不同之处。

禹州银象是配合默契的队伍，攻防之间张弛有度。宏景八中这种只有一套快速反击战术的队伍，在他们这里不会有太多可乘之机。

下面，球该断了……周红波判断。

可就在秦敖抬脚的瞬间，他却方向一转，并未勉强将球传给前方的陈江河，而是在禹州银象后卫逼抢上来之前，迅速抬脚，用力将球朝着边路踢去。

在那里，是高速前插的林鹿！

平时可爱的少年，在这一刻前插时，却是如此迅速、如此果决。

一个月来的训练，每天汗流浃背的日子，让林鹿在此刻拥有了足够的爆发力。他接到传球，将足球向前蹬了一大步，撒丫子就开跑。

在宽阔的绿茵场上，原先的脚伤已被他完全抛之脑后，他追逐着前方的足球，只有这么一个目标。

快一点儿、再快一点儿！

禹州银象防守球员立刻跑位，像卡车一般，隆隆地向林鹿撞来。

身材看似瘦小的少年无所畏惧，在即将与对方防守球员撞上的瞬间，林鹿冷静抬脚，将球回传中路。

而那里，正是再次前插的陈江河。

陈江河在林鹿身后，却在所有回防的禹州银象球员身前。

他接到球，面对出击的禹州银象的门将，冷静地推射了一个远角！

禹州银象门将倒地之时，银刃般的弧线已从他身下划过，滚入球门！

1：0！

开场仅五分钟，通过一次闪电般的反击，宏景八中就首开纪录！

陈江河兴奋不已，这是他在本次联赛正赛的第一粒进球。

剃着板寸的少年不再冷酷，他兴奋地冲向场边，对着王法和林晚星就是一个俯冲！

其他的球员有样学样，跟着他，一同朝着教练席俯冲过来。

阳光灿烂，学生们拧开矿泉水，放肆地浇在陈江河头上。

林晚星摸了摸学生湿漉漉的脑袋，用力鼓掌。

场边休息区冰火两重天。

一方因进球而热火朝天，另一方则因失球而气氛沉重。

禹州银象的教练周红波看了眼宏景八中的休息区。

明明是他想手起刀落，却被对方在开场五分钟，以几乎完美的防守反击，斩于马下。

良好的执教素养，让他没有朝球员们大吼大叫。

球员们在场边喝水，他还很平和地鼓励球员们："没关系，他们这一球进得早，代表我们有非常多的时间扳平比分。你们耐心进攻，不要让他们有喘息的机会。"

球员们看着教练，纷纷点头。

周红波做出胸有成竹的样子，等球员们重新回到场上，他又向旁边的休息区看了一眼。

和他们这里人员齐备的情况不同。

旁边的休息区空空荡荡的，只有个戴着黑色棒球帽的青年和一位神情激动的女孩。

周红波的目光在那个青年身上停了一会儿。

虽然看不清脸，但他直觉对方年纪很轻，可能刚从体校毕业没多久。这样的年轻人，他的经验和执教能力，不足以应对青超联赛瞬息万变的局势。

周红波告诉自己要放宽心，并强行忽视了心中的一丝异样感觉。莫名其妙的，他总觉得自己在哪里见过对方。

事与愿违，接下来的比赛节奏逐渐脱离周红波的掌控范围。在比赛进行到二十分钟，或许周红波本人还没有意识到他已被完全拿捏。

可林晚星知道。

当她看到球场上禹州银象球员们流水般的倒脚进攻场面时，不由得想起王法赛前说过的话——

"禹州银象是一支技术细腻的队伍，他们擅长从地面进攻，换而言之，他们的打法相对文艺。但在这个世界上，太精细的东西，总是容易被果断和暴力所破坏。”

“破坏”这两个字，就是王法赛前对球员们的全部要求。

他要求球员们努力拼抢，不畏惧身体冲撞，用不断的暴力拉扯破坏禹州银象的进攻节奏。

他要求球员们勇于反击，只要有反击的机会，就向前、向前，再向前。

他告诉球员们，任何反击失败都不可怕，因为他们有足够的体能支撑整场比赛。只要敢于寻找，机会就一定存在。

场上，宏景八中的球员们呼喊跑动，来回防守，禹州银象的进攻往往打到禁区外，就被“破坏”出来。

那么多天复杂而详尽的训练，各式各样堪称酷刑的项目，健身房的辛苦，一点点积累的体能……所有这一切，都让球员们的前插速度与耐力有了长足的进步。

王法每天都会带球员们观看他们的训练视频，让他们回顾自己的训练数据。

身体容易受体感欺骗，但数字是不会骗人的。

体能进步清晰地反映在表格上。

而在训练中，如王法所说，很多他们曾在场上无法完成的动作，也因为体能的提升变得可以完成了。

所有一切对自己进步的清晰感受，都让球员们对于本次“破坏”行动，有了足够的自信。

而自信，带来了坚韧。

1：0的比分维持了整个上半场。

禹州银象的教练周红波脸色变得越发难看，他已无法维持一直以来的儒雅作风。就现在场上的情况而言，他的队伍极有可能像绿景国际那样输掉比赛。

面对技术不流畅、配合不到位，却猛冲猛打破坏性极强的校园足球队，周红波很清楚地认识到，他的队伍太软了。

半场哨声响起，禹州银象的球员们沮丧下场。

各种各样奇怪的想法充斥着禹州银象球员们的脑海，他们明明觉得局面一直在他们的控制中，而宏景八中从头到尾也只组织过那么一次进攻，可是他们就这样落后了。

就算他们掌握大部分球权，可渗透却完全打不进去，不管怎么调度，他们都找不出空当。

这支业余队伍的跑动和防守能力，让人吃惊。

球员们将这些内容告诉教练，收到的却不再是温柔的鼓舞和宽慰，而是强硬的要求："下半场，不管用什么办法，给我撕开他们的防线！一次进攻不行就两次，两次进攻不行就三次！"

必须用强硬对抗强硬，周红波非常确定。

禹州银象教练的喊声遥遥飘来，林晚星看了眼王法。

青年依旧面容沉静，只是静待比赛再度开始。

和宏景八中先前面对的所有对手一样，禹州银象也没有忍住，他们在下半场展开了水银泻地般的凶猛进攻。

而按照王法的安排，宏景八中顺利展开了三中卫的防守阵型。

这里共有三重防线。中场们禁区前沿是第一重，两个中后卫是第二重，中后卫身后的清道夫郑飞扬则是第三重。

禹州银象的进攻，一开始像汹涌的江水。可经过这三重过滤，再浑浊的水也会变得清澈透明，毫无威胁。

越是进攻不利，禹州银象的球员们就越发心浮气躁。

给他们带来压力的不光是面前的对手，还有场下要求他们积极逼抢冲撞的教练。

教练的情绪，会如瘟疫般传染给球员们。

禹州银象的进攻变得越发猛烈，可这和他们的特点背道而驰。

他们擅长打控球和短传渗透。当这样的队伍开始不顾一切前插进攻的时候，不仅进攻疲软，他们防守上的漏洞也会相应地增大。

随之而来的是，宏景八中球员们反击的机会变得越来越多。

他们深信王法赛前说的话，他们坚信自己有足够充沛的体能支撑全场。

禹州银象越着急，他们就越冷静自信。

全场比赛进行到七十分钟的时候，宏景八中抓住反击机会。

陈江河一脚射门被禹州银象门将扑出，而跟进的秦敖补射破门。

主裁判吹响全场比赛结束的哨声。

林晚星高举双手，站了起来。

周红波耳旁充斥着最后尖锐的哨声，他脑子发烫，不由得再度看向对方的休息区。他看着那位戴黑色棒球帽的青年，脑中灵光乍现，想起自己究竟是在哪里见过对方。

球员们如脱缰的野马，疯狂地冲向休息区。

下一刻，炽热的汗水味扑面而来，林晚星和王法被滚烫而坚硬的臂膀团团围住。

日丽风和，秋阳光芒万丈。

2∶0!

“我们也太猛了吧？！”

“我还以为有多难踢呢！”

“禹州银象也就这样嘛！”

赛后的那么几天，林晚星总能听到这些话。踢球时，吃饭时，或者浇水种菜时，学生们总聊着聊着，突然喊那么两嗓子。

有时她经过学生身边，学生们互相看一眼，会忍不住笑起来。场面有点儿诡异。

可他们就是很高兴，只要一想起自己赢了禹州银象，他们就会不由自主地咧开嘴。

那段时间，学生们格外幸福。他们每天训练都很兴奋，学习也越来越认真。

生菜种子从小苗变成了矮矮的一小株，被割了一茬的小葱重新长出新叶。

长风拂过天台，秋日碧空如洗。

顺利之时，无所不能。甚至连陈卫东想离开足球队的想法，好像也因为比赛的胜利而变成无事发生。

陈卫东每天按时训练，训练完就走。元元补习班的课他不会上，据他说，他在用上课时间练他的主项田径。

对其他学生来讲，陈卫东是个特殊的存在。

当时成立自治大会，陈卫东就没参加，所以大会决议对他没有约束力。

秦敖对他一直很不满，觉得他想来就来想走就走。

用秦敖同学的原话来说就是——“上次捡垃圾他觉得累，第二天就不来了，就是懒，没半点儿集体精神！”

秦敖屡次想发起动议，要求大会约束这种无组织无纪律的行为。可本质上，陈卫东来足球队是帮忙凑人头的，也一直好好训练，他根本没法开口提这件事。

胜利就是这样的东西，足以冲淡忧虑，抹平矛盾。

07.

月 考

十月底，学校月考如期而至。

林晚星接到通知，晚上回家转达了学生们月考的具体时间和安排。

她站在元元补习班教室里，把打印好的考试日程表发放下去。

“考试早上八点半开始，你们最迟八点一定要到校。因为会分不同的考场，到校后在门口找到你们自己的考场再去，别傻乎乎直接往班里跑。”她顿了顿，又说，“还有，睡觉前记得检查好要带的文具，如果到学校发现忘带了，就来小仓库问我借。”

林晚星一一提醒学生们注意事项，说完才意识到自己唠叨得有点儿多。

秦敖果然迅速打断：“行了老师，我们又不是第一次考试，别婆婆妈妈的。”

林晚星被噎了下，却无法反驳。

她想了下，自己之所以话有点儿多，或许是下意识地认为学生们在校外“放纵”太久，厌恶学校和考试，所以想多讲两句。

不过她没想到，学生们对即将到来的月考还挺期待。

比如俞明和林鹿，他们之前很怕考得不好，要被家里拎回去读书，现在却很兴奋地在那儿交头接耳。

林晚星放心不下，还是多问了一句："我们之前没有模拟考试课，你们需要我提供类似的练习吗？"

"不用，考试谁还没考过！"

"老师，你不要婆婆妈妈。"

"别担心，我们心里有数，不会让你难做的！"

学生们大手一挥，表示一切尽在掌握中。

时至初秋，天气已经转凉。

学校高三月考非常正式，每次都当模拟高考来布置。

上次月考时，林晚星刚来，没被安排监考。但这次，她顺理成章地被分配了监考任务。

月考前一天，林晚星被叫去接受统一培训。

培训在下班后进行，负责人是他们学校一位年轻的物理老师，姓金，名子阳。金老师据说是名校物理系毕业，高才生，同时是宏景八中"师草"，意思就是能力强、长得帅。林晚星曾有耳闻。

培训教室里，男老师穿着白衬衣和西装裤，五官清秀，戴黑框眼镜。他斜倚在讲台前，笔记本电脑放在讲台上，连接着投影仪。

林晚星拎着从食堂买的二十个包子，找了个位置坐下。

金子阳目光扫来，落在了她面前小山似的包子上。不只是他，教室里其他几位一起接受培训的老师也都看了过来。

林晚星尴尬地笑了下。

"林老师饿了吗？"讲台上的男老师问。

"呃，中午有点儿没吃饱。"林晚星说。

"我们培训会很简短，不会耽误你吃晚饭。"他说。

林晚星点点头，把装包子的塑料袋塞到课桌里。

金老师说是这样说，可他的培训并不快。

PPT有十几页，从考试流程到细则，包括考场突发状况的处理，他全部认真细致地讲了一遍。这还只是考场整体要求，他们这些新来的老师被安排的是副监考，下一部分，金老师开始讲副监考要负责的六个重点事项。

林晚星从头到尾认真听完，天已经快黑了。

金老师最后通知了整理考场的时间，这才宣布培训结束。

其余老师相伴离开。

林晚星和谁都算不上很熟，只有和小许老师闲聊两句，客套一下。

小许老师走后，她一个人拎着给学生买的包子，想着终于可以下班了。

可她刚下楼，就被刚收拾完东西的男老师在后面喊住。

“林晚星。”

声音响起，林晚星意外回头。

金子阳腋下夹着笔记本电脑，维持着单手插兜的姿势，站在教学楼的阶梯上喊她。

“我请林老师吃个便饭吧。”金子阳说。

“为什么？”

金子阳的目光落在她拎着的那袋包子上：“今天培训耽误你吃饭了。”

“啊，没事。”林晚星婉拒道，“我就是馋学校的胡萝卜牛肉包，想带回家吃。”

话说到这份上，金子阳倒也没再说什么，只是微微颔首，说：“那好，明天见。”

金子阳是纯粹的插曲，虽然林晚星也很奇怪对方为什么想单独请她吃饭，却没把这事放心上。

学校月考如期举行。

一半课桌被整理到教室最后，考场重新划分。林晚星负责监考的考场早就定好，在309，也就是高三（9）班。

按照《监考须知》上的内容，林晚星检查完教室，站在309考场门口，迎接参加考试的学生。

她依次检查学生们的考试文具和准考证。

准考证是学校特制，为了让高三生提前适应高考节奏。

学生们都很乖，大部分人在她交还准考证时还会说声“谢谢老师”。

林晚星把前面女生的准考证还回去，接过下一张，看到上面“文成业”三字，突然愣了下。

脚下是双黑色篮球鞋，手上是少有学生会戴的镂空机械表，林晚星抬头，看到了一张冷若冰霜的脸。

从上次文成业答应参加球赛却放她鸽子后，林晚星就再没有见过他，好巧。

文成业看上去和一个多月前没什么区别。他的校服穿得板板正正，脸色很冷，长着一双丹凤眼，眼皮耷拉在眼球正上方的一块区域，目光显得愈加冷漠。

林晚星将准考证还给他，说：“你的座位在2-10。”

文成业目不斜视，一声不吭，径直走向自己的座位，仿佛当她是个不存在的人。

除文成业外，足球队其他人没分在林晚星的考场。

按照《监考须知》，林晚星分发完试卷，坐到教室最后，那里是属于副监考的位置。

考试铃声响起，学生们俯身答卷。

林晚星靠着墙，只能看到每个人穿着校服的白色背影。

沙沙的落笔声和纸张翻飞声响起，她忽然有些恍惚。

距她真实地告别上段人生，也就过了不到一年时间。

现在，她坐在一所高中的考场里，成了这里的一名教师。

没人不会设想自己以后的人生道路，可在林晚星想过的诸多人生轨迹中，没有一种如她现在这般。

她带着一群足球生，做了很多她以前从未想过的实践工作。

这很真实，但又很不真实。

生活中总有这样的时刻。你在忙碌日子里突然得以空闲，却因为工作关系连手机都不能碰，只能发呆。

林晚星脑海里飘过很多念头。因为很闲，整个语文考试的时间，她靠坐在教室后墙上，一直漫不经心地观察学生们的背影。

大部分学生都答得很认真。

语文考试题量不小，主要还有作文部分，这导致学生们大部分时间都在不停地写写写。写得累了，他们还会用力甩甩手。

就是每个人的答题节奏会不太一样。有的学生运笔如飞，看上去就是急性子，写错的部分会用签字笔唰唰划掉，生怕慢了就赶不上交卷。也有的学生答题慢条斯理。林晚星虽然看不太清学生们的答题进度，但会莫名担心那位学生写不完卷子。

而所有学生里，唯一让林晚星觉得奇怪的，只有文成业。

林晚星发现，他的答题频率有些奇怪。

答题频率是种很难用语言描述的节奏。就好比大家都在考试，每个人都在答题，有人快有人慢，有人认真有人草率，因此你永远无法保证整个考场的学生都用同样的频率答题。

但总体来说，大部分人的答题速度是一致的。该翻页的时候，前前后后的学生总会一起翻页。

可文成业不同。

文成业大部分时间都写得很快，但也有停顿特别长的时候。这种快、慢的不协调，在同一人身上，显得非常奇怪。

反正林晚星也闲得没事，于是开始巡视考场。

她从后向前，走过一排排课桌，最后来到文成业身边。

男生很敏锐地抬头看了她一眼。狭长的凤眼微微眯起，一脸警惕地望着她。

林晚星扫过桌上的试卷，发现他正在做阅读理解最后一道语言文字运用大题。

黑色签字笔在阅读题材料上涂涂画画，看上去非常认真。

可稍仔细看，林晚星就发现，文成业圈起的内容其实和底下题目无甚关联，看上去只是随意在考卷上画一些东西。

可能是她站得有些久了，引起了文成业的不满。男生干脆放下签字笔，双手摊开，做出任由她查看的姿势。

林晚星看了眼文成业的表情，男生眼皮微抬，目光中有转瞬即逝的威胁意味，狼崽子似的。

虽然心惊文成业的目光，可林晚星不可能被这点儿眼神威胁到，她还是再次检查他的桌面和卷面。

笔袋是透明质地，内部一目了然，不像藏匿任何小抄的样子。试卷就更没什么问题，文成业甚至故意掀开自己的试卷，任她查看底下。

哗啦啦翻动试卷的声音响起，周围已有学生转头向他们这里看来。

林晚星看了眼主监考老师，对方也看了看她这边。

暂时没发现任何异常，为了不打扰其他学生答题，林晚星来到讲台前。

“怎么了？”主监考老师问道。

“没什么。”林晚星收回凝视文成业的目光，答道。

考试结束，铃声响彻校园。

按照《监考须知》，林晚星走到每位学生的座位上，收回试卷。

经过文成业的座位时，她拿起男生的试卷，又特地看了眼答题卡。

文成业的字还不错，答题也整洁干净，并且几乎没有涂改。

林晚星视线扫过他写的几行答题，虽然她没看过标准答案，但以刚才巡场随意看的几道题，林晚星认为文成业的答题水准非常高。

文成业这样的好学生要来踢足球？也难怪他妈妈不同意了。

学生们暂离考场，林晚星负责装订试卷，将之送往教务处，最后才去食堂。

考试后的高中校园比平时热闹。

一路上，林晚星耳边都是学生们互相对答案的声音。

他们或大声争论选择题答案，或懊恼自己的古诗文默写最后一句话怎么都想不出来。快乐的“嗷嗷”声和懊恼的“呜呜”声不绝于耳。

昨夜一场秋雨，校园里弥漫着丹桂浓郁的香气，地上满是米粒似的橙红桂花瓣。

林晚星踩着湿漉漉的叶片，迎着米饭香气，走到食堂门口。然而一抬头，她就呆住了。

她看到了 条横幅。

横幅是大红色的，系在两棵香樟树上，正好挡在宏景八中食堂门口的公告栏前，因此格外醒目。

望着横幅上的字，林晚星起码在食堂门口站了半分钟。

“热烈庆祝宏景八中足球队战胜禹州银象！！！”

横幅悬挂随意，三个感叹号突出强调，这显然不是学校体育组干的。唯一的可能，就是学生们偷偷搞了条横幅，庆祝自己小组赛首胜。

至此，林晚星也终于知道，他们对来校考试的兴奋劲儿是从哪儿来的。

他们期待的不是要回学校，而是可以回学校拉横幅给自己庆祝！

林晚星站在公告栏前，巨大的横幅张牙舞爪，一根香樟树枝条在上面随风飘荡，她看得有点儿头晕。

“老师你来啦！”身后传来学生们欢快的声音。

林晚星回头，俞明和郑飞扬从角落里窜出来，冲她兴奋地挥手。

而足球队的其他人也都从食堂外的各个角落出来，围绕在横幅前后左右，神采飞扬。

林晚星又抬头仔细看了一遍横幅上的字，很无奈：“你们是怎么想到的啊？”

“这不是要给你个惊喜？！”

“厉害吧，这地方厉不厉害？”

“很大吧，我们可是特地定了个最大的！”林鹿嚷道。

闻言，林晚星眯起眼，观察四周。

饭点的食堂门口人流如织，是除升旗仪式外，整个宏景八中最热闹的地方。

不过在这里，大部分学生都行色匆匆，赶着去吃饭，很少有人会驻足看公告栏。大家多是瞥一眼横幅，甚至没在意上面究竟写了什么。而真正在意足球队事情的，就更少了。

不过学生们却不在意这些。

他们就是要大张旗鼓地炫耀，他们战胜了禹州银象！

“是不是太张扬了，老师？”大概是见她迟迟没说话，付新书有点儿不好意思，“他们非说既然赢了为什么怕人知道，要自己宣传一下。”

“酷！”林晚星转头，赞叹道。

付新书愣了下，没反应过来。但其他人都很高兴，立刻顺竿爬。

“是吧！”

“你们还担心女人会批评我们，她就不是低调的人！”

“我怎么就不低调了？”林晚星抗议。

学生们却一副不想解释的样子。

林晚星：“我刚还想说，让你们下次提醒我，我们赢了比赛，自己拉横幅是有点儿不够低调，得让学校来拉。”

"我们又没夺冠，学校会帮我们庆祝吗？"秦敖问。

"只有夺冠了学校才会庆祝吗？"林晚星反问。

"我又不是老师，我怎么知道？！"秦敖说。

"哦，那一步步来吧，我们先把横幅上的禹州银象换成申城海波？"林晚星笑道。

"当然！"

"那必须的！"

学生们的嚷嚷声，比横幅更引人围观。

林晚星陪他们待了一会儿，在此期间还真有了解中超的高一学生过来问——"是真的赢了那个禹州银象吗？"

学生们特别骄傲地回答——"当然！"

高一学生对学长们的战绩非常震惊，不仅听学长们吹了半天的牛，还留下了彼此的联系方式。林晚星答应那位高一学生，如果有线下观赛机会，就邀请他一起。

林晚星陪学生们在食堂门口又站了小半个中午，美其名曰"足球队宣传活动"，实际上是怕学校管理人员来摘横幅。

不过幸好横幅粗看还挺正规，并且名正言顺，因此他们暂时没遇到这样的事。

等学生们饿得终于忍不住了才进食堂。人流高峰已过，饭菜所剩无几。

林晚星很大方地掏出饭卡，让学生们去刷。

学生们又开始震惊。

俞明向后一跳，很夸张地说："你谁，你不是林晚星，林晚星不可能这么大气！"

监考半天，又陪他们站了好半天，林晚星已经饿得头晕眼花。

她很没好气地说："赢了比赛你们不是暗示我没请过客吗？"

"请客就请学校食堂？"秦敖很嫌弃。

"这么抠，你还是林晚星！"郑飞扬评价道。

陈江河就很干脆，直接抽过她手里的饭卡，抢先往打饭窗口走。

剩下的学生们见状，立刻跟了上去，他们你争我抢，攥着她的饭卡去打菜。

一行十一人，占据了学校食堂落地窗边的长桌。

饭菜摆了一桌，紫菜蛋花汤一人一碗。

午后阳光洒入食堂，学生们为难得蹭了她一顿饭而举起鸡腿庆祝。

当然，祁亮同学是不会加入这种活动的。

空气里弥漫着食堂固有的饭菜味，这是林晚星记忆里第一次和学生们在学校食堂共进午餐。

学生们无忧无虑，林晚星看着他们的笑脸，欲言又止。

但最终，她和所有虽然想忍可没忍住的家长一样，还是问了学生们："今天上午语文考得怎么样？"

"老师你放心，都做完了。"俞明说。

"我也是。"陈江河答。

林晚星喝了口汤，点点头。

"别装了，'长河落日圆'前一句你们写的什么？"秦敖反问道。

"'大漠孤烟直'啊。"陈江河说。

"对啊。"俞明点头。

"老大，你不会不知道吧？"林鹿反问。

秦敖眼睛都直了，有种"大家说好了一起做差生，你们却偷偷学习"的愤懑感："你们怎么都知道？"

"我也不知道啊，就写出来了。"

"可能这个很有名，写出来很正常吧。"林鹿也说。

"别这么说，伤你老大自尊心了。"祁亮慢条斯理地嚼着青菜，慢悠悠地说道。

秦敖生气地咬了口鸡腿，想找回场子，他想了半天，又问："那……那个李白的《蜀道难》，哪两句描写了古时候什么秦蜀之间很难走的那道题，你们写了什么？"

"我写了'不会'。"林鹿理直气壮地道，"林老师说了，要让我们写完。"

"然后你就写了'不会'？"秦敖眼睛又直了。

"对啊。"

"那我下次也这么写。"秦敖终于舒服了。

对林晚星来讲，她认为学生们现阶段的考试任务，就是把题目耐心看完，然后用自己的理解来答题。

不用把考试当成考试，不要在乎考多少分，或者时间是否来得及，而是把这件事当成正常的阅读和写作业来完成。

学生们有一搭没一搭地聊着今天的卷子，他们真正很有把握的内容很少，但每一道题包括作文，他们都认真完成了。林晚星从学生们的聊天中，能确定这点。

“林老师，你今天是不是监考文成业了？”林晚星吃着饭，忽然听到林鹿开口问她。

林晚星愣了下，而后答：“是啊，怎么了？”

“没，就是我路过你那个考场，看到他也在那儿。”林鹿嚼了两口莴笋，问，“他是不是考得很好啊？”

文成业答题时的模样浮现在眼前，林晚星刚要回答，秦敖拍了记林鹿的脑袋，不爽地打断他：“吃饭呢，讲什么晦气人？”

“文成业的成绩很好吗？”林晚星想了下，这么问道。

她刚刚问完，旁边有人停下脚步。

“请问这里有人吗？”舒朗的男声从头顶传来。

林晚星抬起头，很意外，端着餐盘的人竟是金子阳。

“金老师？”

林晚星看了看自己对面，那里是有空位，但桌上堆了两个学生们刚清空的餐盘，所以她只能回答“不是很空”……

就在她犹疑时，秦敖咬着筷子，很不爽地说：“附近这么多位子，你干吗非和我们挤着坐？”

“你是谁啊？”俞明也帮腔。

“我是你们高三年级的物理老师，姓金。”金子阳很客气地说，“找你们林老师，聊一下工作。”

一听是老师，学生们的气焰瞬间灭了。而金子阳提到工作，他们更无话可说。

付新书把两个餐盘往旁边收了收，金子阳从善如流，在林晚星对面的空位坐下。

林晚星：“金老师有什么事儿吗？”

“也没什么事儿，我刚在教务处收拾完卷子。”金子阳边吃边问，“就想问问林老师第一次监考感觉怎么样？”

“还好。”林晚星很不解地看着金子阳。

“没遇到什么问题吧？”

“没有。”

问完这两个问题，金子阳“嗯”了一声，就埋头吃饭，仿佛只是因为认识她，坐她对面罢了。

在这段短暂沉默的间隙里，整桌的学生都冲着林晚星挤眉弄眼。

林晚星摊手，表示自己啥也不知道。

“林老师在体育组？”忽然，金子阳又抬头问。

“啊？是的。”林晚星立刻放下手，假装吃了两口饭，然后装作没事人似的说，“我分管体育器材室，你想借什么器材来找我。”

她这么说完，学生们都冲她投来鄙视的目光。

金子阳目光微移，又看向坐了一整条长桌的学生们。

林晚星明白他想问什么，直接回答：“他们是我们学校足球队的，也归我带。”

“哦，难怪。”金子阳点点头，他想了下，随后透过落地窗，看向食堂外的公告栏，“外面的横幅？”

“是庆祝我们球队最近成绩好，赢了很强的队伍。”林晚星说。

“那很厉害。”金子阳大概连“禹州银象”是什么都不清楚，随口敷衍了一句，接着又吃起饭来。

他吃得很快，说了句“我先走了，下午还有监考，林老师辛苦了”，就这么来去匆匆，端起餐盘离开。

“这人怎么回事？”望着金子阳清瘦的背影，陈江河第一个发问。

“我不知道啊！”林晚星也很纳闷，“总不见得是觊觎我的美貌吧？”

“那位男老师应该不瞎。”祁亮还特地顿了顿，显得这句话是经过认真思考的。

“能聊就聊，不能聊你们吃完赶紧滚！”林晚星拍拍桌，警告道。

秦敖从头到尾都没讲话，听到这话，他突然站起来。

男生面容严肃，林晚星不明所以。

秦敖："你可不能对不起我们教练！"

林晚星："？？？"

学生们的脑回路异于常人，林晚星早已习惯。

不过她以为，这事很简单，只不过是大家和金子阳一起吃了顿午饭。

可学生们好像不这么认为。

这伙人极其狗腿，考完试，他们在球场集合。

学生们像关了一天得以放风的小狗，欢快地冲向看台，见到王法就开始打小报告。

"教练，今天中午有个男老师非要和我们老师一起吃饭！"郑飞扬跳起来，朝王法挥手。

"对，食堂里全是空位，那男老师非要走我们老师旁边，还问什么'请问这里有人吗'。"林鹿说。

"我们坐了一桌，我们不是人？！"秦敖说。

王法边听学生们打小报告，边慢悠悠地从台阶上走下来。他抬了抬帽檐，眉目清秀。

见他带着问询意味的目光扫来，林晚星咽了口口水。

俞明："不过教练你放心，那个金老师肯定对我们老师没意思，他看我们老师感觉没看盘子里的红烧肉香。"

林晚星听到这里就忍不住了。

"这家伙还说人家男老师不瞎！什么意思这是？"林晚星拍了拍祁亮，也跟着告状。

"是啊，意思是我瞎吗？"王法闻言，慢条斯理地反问祁亮。

林晚星用力点点头，然后觉得这句话有点儿不对。

祁亮同学呆立原地，每一根卷毛都透着僵硬，过了很长一段时间，他才重重地骂了一声。

见他难得地吃瘪，大家都欢快地笑了。

08.

把握

每日考试安排紧张。

整整三天时间，学生们只有考试结束才有两个小时的训练时间。大家都很珍惜。

而按照比赛日程，他们下个周末就要迎战申城海波。

光考试就要占据三天时间，林晚星担心训练时间不够，学生们却像没事人一样。他们兴高采烈地参加学校月考，又兴高采烈地在球场上放肆奔跑。

周三傍晚，最后一门历史考试结束。

铃声响起，傍晚的风吹过整个校园，带起成片桂花枝丫摇曳。

林晚星收起考场所有试卷，也最后一次留意文成业的那份答卷。

和第一天的语文试卷一样，文成业卷面字迹工整，答题质量很高。

虽然她观察了文成业三天，也觉得这男生很奇怪，但她确实没发现他有什么问题。

如果说疑罪从无，她甚至都不清楚文成业罪从何来，只能暂时作罢。

在交卷后的几分钟，校园像被点燃。

不如少想一点
“谁的问题”，
把有限的精力
专注赛场本身。
足球是为了胜利。

非卖品 随《狭路·中》附赠

学生们吵吵闹闹的，那些放肆的喧闹声在教学楼内回荡。不管他们未来还要经历什么，起码现在，大家都得到了短暂放松。

考场外，文成业背起书包，一个人离开。

林晚星收拾好试卷，把考卷袋送往教务处。完成工作后，她回到体育器材室。

一推门，竟有人坐在里面。

钱老师端着他标志性的大茶缸，正站在窗边饮茶。

“您怎么来了？”林晚星很意外。

钱老师回过头，用他胖乎乎的手指戳了戳办公桌。

桌上摆着一叠红绸，上面还压着一本《Crossword》。

“上面的题目我做完了，麻烦林老师去图书馆还一下吧。”钱老师说。

林晚星尴尬了一秒，立马假装不记得自己上次说了什么，只是讲：“那我下次给您再挑两本好的。”

她说着，直接抽出书底下的红绸。其实光凭红绸上“象”一字，她就知道，这是学生们挂在学校食堂门口的那条横幅。

钱老师：“后勤处说太占地方，别的公告都看不到了，直接给我们体育组送来了。”

林晚星笑道：“好不容易赢了职业队，他们太开心，给您添麻烦了。”

“添麻烦也说不上，毕竟也是学校体育建设的成果，宣传一下理所应当。”钱老师端着大茶缸，开始打官腔。

林晚星站在一旁听，时不时有点儿小走神。

“……最后，还要戒骄戒躁！再接再厉！”钱老师做总结陈词。

林晚星只听到最后那句，下意识地说：“戒是不可能戒的。”

钱老师愣住，顿时眼睛瞪得老大。

“我的意思是，学生们骄傲很正常，骄傲也没什么不好的。”她说。

钱老师咂巴了下嘴，想说点儿什么，最后却把想说的话咽下去了。

窗外的夕阳红彤彤的。

林晚星监考了一天，浑身僵硬，她边活动脖子，边看着钱老师。

钱老师也看着她。

林晚星又转了圈脖子，假装收拾书桌。

可钱老师还没走。

林晚星实在忍不住，歪了歪脑袋，无辜地看着对方："您的茶喝完了，需要我给您把水续上吗？"

钱老师看了看自己的茶缸，又看了看她："林老师要下班了吗？"

"是的，到点了。"林晚星笑，"不过钱老师您待着也没事。"

"那我还待着干吗？走了走了，下班了。"钱老师抿完茶缸里最后的几滴，潇洒地往门口走。

他左脚刚跨出门，又像突然想起什么似的，转身扭头，做作极了。

林晚星又歪歪头。

钱老师低声道："你对他们这次月考有把握吗？"

"啊？"林晚星装傻，假装不知道他踌躇了半天想问的就是这个。

"就足球队这帮小子，你不是答应了人家家长，要把他们的成绩搞上去吗？"

林晚星笑了："我不太理解，您说的'把握'是什么意思？"

"就是进步啊，主要是成绩进步。林老师你看，你们现在比赛成绩很好，要是学习成绩也一起好了，不是双管齐下、相得益彰吗？"

"但考试成绩是他们自己的事儿啊，我好像不太能为他们自己的事情负责。"林晚星说。

钱老师闻言，呆滞地看着她。

夜，梧桐路7号，天台。

林晚星踩着梯子，把横幅的一端挂上天台的围墙。

今天考完试的训练榨干了学生们最后的体力，他们解散后就各回各家了。

现在的天台，是多日来难得的宁静时光。

"哎，我也是有工作压力的人。"林晚星在清朗的月光下，絮絮叨叨讲述傍晚钱老师来送横幅的事情。

她讲到钱老师问她对学生成绩有没有把握的时候，正准备回头下梯子。

一双修长却有力的手恰好扶住了她。

"所以你是怎么说的？"

王法疏朗的声音，在天台的菜园里响起。

“我说，那是他们的成绩，我把握什么！”林晚星顺利地跳下梯子，然后将它扛到围墙的另一边。

她站上梯子，示意王法把红绸的另一端拿来。

王法同志干这点儿小事倒是没收费。

林晚星说：“我跟崽子们说，下次赢了申城海波，就把标语上的‘禹州银象’几个字换掉。”

她接过王法递来的标语一角，挂上之前钉在墙里的铁钉，跳下梯子，和王法并肩站在天台的菜园里。

“热烈庆祝宏景八中足球队战胜禹州银象！！！”

标语在夜色中透着一点儿化纤绸缎的光泽，在灯下反着光。

“你觉得怎么样？”林晚星问。

“挂正了。”王法答。

这个答案有点儿直男，林晚星顿了顿，学着钱老师的样子看着王法。

王法也微低头，看向她。

林晚星歪歪头。

王法也跟着把头再低下一些……

秋夜星空静谧。

林晚星轻咳一声，说：“我是问，教练觉得呢？”

“觉得什么？”王法反问。

“就是教练觉得，我们标语上的‘禹州银象’，有没有可能再换成‘申城海波’啊？”

“你是想问，我们能不能赢申城海波？”

“对！”

“当然不能。”

王法的回答非常干脆。

林晚星看着王法，突然体会到钱老师被她噎到的感觉。

“在这方面，我和小林老师不一样，我不会盲目乐观。”王法继续“补刀”。

林晚星扶着“被扎中”的心口，和王法在菜园的小桌边坐下。

桌子是学生们重新定做的，菜园占地日多，他们就从废品站找了个旧木桌，改造成现在带伸缩功能的餐桌。

为了安抚她，王法从冰箱里拿出糖渍柠檬，又摘了点儿院子里生长很快的薄荷叶，加入苏打水，给她和自己端了两杯过来。

王法同志调饮料是一把好手。

林晚星用吸管戳着柠檬，吸了一口，入口酸酸甜甜，最后还是忍不住问："为什么啊？"

"嗯？"

"为什么我们能赢禹州银象，但肯定踢不过申城海波呢？"

王法也同样饮了口水，他喉结微动，然后将玻璃杯放下，空气里满是薄荷的清凉气息。

他问："在你看来，我们是靠什么赢的禹州银象？"

"呃……"林晚星没想到王法会反问自己，本着认真答题的原则，她说，"首先是一个月来的训练，每天的训练反馈帮助学生们认识到自己身体的变化，让他们有信心完成比赛，这是胜利的基础；其次是教练指导有方，制订了恰当的战术，在以往的比赛和训练中多次实践此战术，队员之间形成了良好的配合；最后是对对方教练和球员赛场心理的把握，据此将比赛和进攻节奏牢牢把控。"

她讲到这里，停下来看着王法。

青年单手支颐，另一只手轻轻摩挲冰饮杯口，目光平静。

王法："小林老师平时让学生们做总结，有没有更简单一点儿的说法？"

"呃……"林晚星心中似乎有答案，可一时间又说不上来。

"其实球队能胜利的原因很简单。"王法很干脆。

"什么？"

"我。"

总之，如果这个"我"字是别人讲的，林晚星肯定认为那人是自负鬼。

但王法不同。

王法的回答，向来是单纯就事论事的总结。

林晚星看着餐桌对面的人，轻声复述了一遍他的回答："你。"

一路走来，她比谁都清楚王法的重要性。

如果没有王法，他们大概还是那支被安宁实验打得落花流水的队伍。

只是现在，由王法本人讲清楚这一问题，还是有些令人难以接受。

林晚星想了下，问：“‘你’是关键变量，你这么笃定地认为我们下次就赢不了？是因为……‘你’出问题了吗？”

王法没有任何被冒犯的不悦。他轻轻端起自己的玻璃杯，和她的杯子碰了碰。

杯壁撞击，发出“叮”的一声轻响。

王法说：“足球虽然是运气游戏，但实力才是决定胜负的根本。校园足球队和职业梯队之间，有巨大的实力差距。”

林晚星望着桌上的两杯饮料。

王法那杯因为他刚才喝的一大口，几乎已经见底，只剩下杯底的薄荷和柠檬片。

而她那一杯还很满，碳酸水冒着气泡，绿色薄荷叶在杯中摇晃。

林晚星抬头问他：“那‘你’呢？”

王法握住桌上的易拉罐，把自己杯中再度倒满：“我，或者说我提供的训练和战术，充其量就是这些东西，或许能一时把杯子倒满，但多喝两口，也就喝光了。”

王法的袖子挽起一半，露出半截白皙有力的手臂。

林晚星蓦地抬头：“但我们之前赢了啊！你的战术很有效！”

“之前的战术，是建立在对方轻敌的前提下。因为我们很菜，对手容易松懈，我们就有可能找到反击时机。但现在，申城海波的球员和教练，他们看着我们的战绩表，还会同样轻敌吗？”

王法说的道理其实很简单。

之前对手会轻敌，可现在实际情况变了。他们已经在小组赛取得一胜，不会再有人轻视他们。

因为变成了有一战之力的队伍，而失去了一战之力。

大概就是这么个道理。

林晚星一时说不出话来。

王法拿回自己的水杯，手指摩挲着冰凉的杯壁。

好一会儿，林晚星开口：“可我总觉得，学生们一直在认真刻苦地训练，你也能弥补我们和职业队之间的很多差距，我们总还有一战之力吧？如果真的实力决定一切，比赛前已有定论，那所有热血竞技故事都不存在了。”

“你觉得什么是热血竞技故事？”王法抬眼，反问她，“以弱胜强，追求极限，将不可能变为可能？”

林晚星用力点了点头：“差不多是这样。”

“可我反而觉得，数十年如一日地艰苦训练，用细腻高超的技术，专注缜密、一丝不苟地完成比赛，这才是热血。”

王法坐在天台最朴素的木桌前，灯光昏黄，勾勒出他的轮廓。

林晚星望着他。

有时她会觉得，是因为王法自身的经历，让他不再有憧憬和梦想。

可有时又觉得，王法仍留在他们身边，本身就是最大的执着与热血。

林晚星久久说不出话来。

最后，她干脆一口气把水喝完，趴在桌上，直接摆烂：“那要怎么办嘛，真等着输？！”

“这有什么关系？”王法很意外，“林老师不是一直觉得，胜负结果没那么重要？”

“你是不是在嘲讽我？不要学祁亮啊！”林晚星用湿乎乎的手指在桌上画来画去，认真强调，“我从来没有觉得胜负不重要，而是足球运动本身比赛场结果更重要。”

“那很好，你接下来可以观看一场不同的比赛，然后看看这样的足球本身。”王法说。

十月底，宏景八中主场迎战申城海波。

天气已然转凉，但午间球场被炽热阳光暴晒后，还是热气蒸腾。

申城海波与宏景八中的球员在场上列队。

两队都是十七八岁的少年人，身高相仿。大概是连胜让人自信满满，宏景八中的学生们显得精气神十足，反而是申城海波的球员们淡定许多。

不过正如王法所说，常年的艰苦训练是最能反映实力的部分。

林晚星坐在休息区，观察对方球员。

如果用某些小说里的夸张形容，申城海波的球员们就像是草原上身形优美的小野兽。他们从小就长在这片土地上，肌肉线条在阳光下熠熠生辉，奔跑起来从容自若。仿佛下一刻，他们就会突然跃起，扑倒猎物。

事实上，正如王法所说。

申城海波球员们的心理准备，远比禹州银象球员们的更充分。

和禹州银象不同，从比赛一开始，申城海波球员们的进攻就完全不显急躁。

他们不断从中场发起进攻，然后分到边路，他们不会强行突破到底线附近，碰到阻碍后，就迅速将球再次传回中场，重新倒脚发起进攻。

就连林晚星都能看出来，申城海波的球员们踢得很有耐心。

他们保持控球权，不断倒脚，没有好机会绝不轻易传中，好像很忌惮宏景八中的逼抢。

足球比赛，或者说大部分竞技比赛都是如此，当一方示弱，另一方就会自然而然地强硬。

宏景八中的球员们经历连胜，自信满满。

像是受不了这种老爷车似的比赛节奏，以林鹿为首的宏景八中球员们，开始了前场积极逼抢。

可申城海波的球员们还是很谨慎。

在进攻的同时，他们并没有过分前压，而是在后场一直保持了足够的防守人员，这让宏景八中往往好不容易断下一球，却很难将反击有效地打出来。

十七分钟，林鹿获得拿球机会，却发现付新书身边有对方两名球员紧跟。

于是他只能长传给己方两名前锋，可这样的长传，需要极高的控球能力，很容易被破坏。

秦敖也是同感，他偶尔拿球，举目四望，发现处处都是问题。不管是付新书还是陈江河，甚至是边路前插的林鹿，他和所有人之间的传球线路上总卡着申城海波的球员。

显然，申城海波认真研究过他们的比赛战术。

申城海波的教练准确发现了宏景八中反败为胜的关键人物。

秦敖虽不是反击的发起者，却是攻防转换之间的重要枢纽。不管是林鹿或者付新书发起反击，都会把球传给他。

而秦敖接下来的传球，则交给陈江河或者是分给边路，甚至是和前插的陈江河配合。

通过秦敖的快速跑动和分球，这四个人的反击才能够成为一体。

这就是他们一直引以为傲的“战术一”。

可现在，每当林鹿或者付新书打算将球交给秦敖，他的身边都会出现一名对方的球员。

只要稍微这么延缓一下，原本在进攻中的申城海波其他球员都已迅速回防了。

线路被尽数切断，宏景八中曾引以为傲的快速反击，再也打不起来。

原先，宏景八中的球员们很适应被压打的局面。反正每场比赛他们的球门都是被对面狂轰滥炸。

可对面突然变招，既不压也不打，反而让他们很难受。

之前击败禹州银象，让宏景八中的球员们充满信心。他们认为，他们与职业梯队之间并没那么大差距，所以在赛场上有了很多不一样的想法。他们不再时刻警惕防守，而是在防守中试图寻找更多断球反击的机会。

第三十七分钟。

申城海波发起新一轮进攻。

由身穿11号球衣的边路发起的一脚传中球，飞向宏景八中的禁区。

林鹿看着球，朝落点开始移动。

平时防守，当林鹿看球的时候，陈卫东会协防盯住对方的进攻球员。

可这次，陈卫东也和林鹿一样抬头看球，同时望向后场方向，寻找断球后反击的机会。

下一刻，陈卫东就“砰”地和申城海波防守球员撞在一起。

陈卫东脑袋一痛，结结实实倒地。

乘此无人防守的空当，申城海波前锋瞬间就在禁区内接到这粒传中！

郑飞扬扑了上来，可是禁区内出现大片空间，前锋和后卫的一对一，后卫的抵挡杯水车薪。

申城海波前锋轻松晃过了上来防守的郑飞扬，果断起脚射门。

足球离球门实在太近，球速又快。

饶是门将冯锁先前已做出几次精彩扑救，面对这次近距离射门，他也只能无奈倒地。

足球擦过冯锁指尖，蹿入球网，最后被球网阻隔，停了下来。

球，进了。

“犯规，这不是犯规？”秦敖冲到倒地的陈卫东身边，上蹿下跳，冲裁判大喊。

裁判将哨子放入口中，吹响进球哨的同时，一手平举指向中场，示意进球有效。

秦敖又喊了几声，但裁判根本没有理他。

草地上，陈卫东动了动，秦敖赶忙蹲下身子：“有事没事啊？”

陈卫东抱着头不说话。

林晚星很担心地跑到场边，只能远远看着。

“怎么了陈卫东？”

“疼不？哪里疼？”付新书也跑了过去。

可陈卫东迟迟没有反应。

正当裁判也迈步走过去时，陈卫东才突然躺平在地，他的胳膊搭在眼睛上，用很长而虚弱的声音说：“没事。”

“你吓死我了，别装死啊。”秦敖顿时松了口气。

“能站起来吗？有没有恶心、想吐？”付新书伸出手。

陈卫东拉着他的手，又在地上坐了会儿，最后才虚弱地缓缓站起。

对这种磨叽的态度，秦敖满脸不爽，可碍于队友刚冲撞受伤，他只说：“赶紧的，没人说你刚才的防守问题，我们积极点儿，抓紧时间把丢的分扳回来！”

但残酷的现实很快让秦敖知道，在真正的实力差距面前，积极的态度只能让人在输的时候，稍微好受一些。

1：0后，压力瞬间来到宏景八中。

随着比赛时间推移，宏景八中球员们的情绪从不安变为烦躁。他们的控球和对防线的组织能力，也随之变得支离破碎。

在取得进球后，申城海波一改刚才谨慎的态度，进攻变得轻松写意。他们利用球权，不停倒脚拉扯，消耗宏景八中球员们的体力。

宏景八中的球员们则急于求成，开始放弃禁区内的防守，转而加强中场逼抢。可当他们下意识压上进攻时，己方禁区就变成收割过的麦田，空荡荡的。

申城海波的长传球打向他们身后，几乎没受到任何阻碍就取得进球。

丢第二个球时，宏景八中的球员们还有积极拼抢的意志，可是在丢掉第三个球后，他们逐渐感到了无力和无望。

上半场结束，比分终止于3：0。

下半场开始，宏景八中球员们因前期逼抢和心理压力而显得体力不支。

下半场第三分钟和第十五分钟，申城海波利用一次定位球和一次强行突破，将比分定格在5：0上。

与此同时，申城海波宣布换人，连续换上了替补席上的三名球员。

这大概是对比赛最好的宣判。

大局已定，可以给更多球员锻炼的机会了。

09.

离 队

宏景明珠俱乐部，球场更衣室里空气沉闷。

离比赛结束已经过去二十分钟了。

和申城海波的比赛结束，宏景八中的学生们并没有在球场上多做停留。他们快速而沉闷地回到了属于他们的更衣室，把带来的毛巾盖在头上，仿佛这样就能沉浸在自己的世界里，不用见到任何人。

空气里是剧烈运动后汗水的味道，空间昏暗寂静，只有学生们粗重而吃力的呼吸声持续不断地响着。

林晚星想让学生们赶紧擦干汗，把衣服换上，担心他们着凉。可她喊了很多遍，都无人理睬。

最后，她只能求助似的看向王法。

“把汗擦干，衣服换好，我们回去。”王法的声音冷静而有力地响起。

更衣室里终于有了点儿动静。

男生更容易听从直接指令，由付新书带头，大家开始麻木地擦头，可他们动作迟缓，像完全被抽干了力气。

这让林晚星想起冰箱里放了一周脱水的白菜，蔫了吧唧的。

秦敖躺在长椅上，毛巾盖着头，机械地一上一下地擦着。

王法坐在长椅的另一头。

“早点儿回去还赶得及复盘，再晚就只能明天了。”他这么说。

林晚星也趁机开口：“其实呢，按照心理学的说法，我不能说让你们不要难过，因为‘不要’本身就在强调、暗示‘难过’，但是！”

“老师，你能安静点儿不？”秦敖立刻嚷道，一屁股坐起来，用疯狂擦头发的动作表示愤慨。

“就是就是，老师很吵。”林鹿也说。

“女人唠叨太多容易老得快。”陈江河评价。

林晚星没想到，她说点儿废话比王法还管用。

学生们嚷嚷了两句，他们就不再是刚才那副一团死水、万念俱灰的模样了。

大家换完衣服，再走到大巴上，已经叽里呱啦地开始争吵。一会儿说这个球不该那么传，一会儿又说那个球防守有问题。

这或许就是王法说要复盘的意义所在。

学生们在失利后，很快就重新将注意力集中回比赛这件事上。

林晚星一路听着，觉得这差不多就是在互相甩锅。

但不管怎样，总算又恢复了以往精力过剩的样子。

大巴照例还是在校门口停下。

学生们比了大半天赛，又吵吵了一路，后半程已显现疲惫之态。一半人醒着，另一半人已呼呼大睡。

醒着的学生们直接往梧桐路7号走，而林晚星和王法则挨个把睡着的学生叫醒。

她询问他们是想先回家，还是一起去梧桐路7号，得到的答案却很一致。

“当然要直接去复盘！”

林晚星下车后，发现陈卫东还没走，一直在路边树下等她。

林鹿和郑飞扬满脸困倦地下车，两个男生迷迷糊糊地揉着眼睛，下意识地要走到他们身边来。

王法却拍了拍两个男生的背，示意他们跟自己先走。

秋日梧桐树凋零，路上是几片枯叶。

陈卫东一脸疲惫，林晚星先行问道："头还不舒服吗？"

男生看着她，欲言又止。

"我陪你去医院吧。"林晚星拉着男生，拿出手机要打车。

"不用了老师，我真没事。"陈卫东赶忙阻止她，还跳了两下。

"还是要检查一下。"林晚星坚持。

"真不用了老师，我就是想回去休息了！"陈卫东的音量突然提高，显然是真的急了，片刻后，他又说，"我主要是今天太累了，不想一起去复盘了。"

男生的嘴唇有些干裂，身上也脏兮兮的。

林晚星于心不忍，也不再坚持："那你回家先好好休息，有什么不舒服马上和家长说，然后给我打电话。"她再次嘱咐。

"知道了老师。"陈卫东挥挥手，转身离开。

和申城海波比赛完的这顿晚饭，是学生们近日来吃得最随意的一顿。

他们再次拿出雪藏已久的泡面，扒拉了两口，就急着要看王法给他们录的比赛视频。

元元补习班教室窗户都开着，晚风穿堂而过，凉飕飕的，吹散了学生们身上残留的汗味，以及空气里红烧牛肉面的味道。

投影仪播放着整场比赛的录像，每个人都仰着头，安静地观看。

到丢球的关键处，学生们提前屏住呼吸。

陈卫东倒地、足球被踢进门框，那一刻的景象连林晚星都不忍看下去。

随后又是很长一段无声的时光。

虽然投影仪里还有现场的声音，嘈嘈杂杂的，但学生们只看到他们自己在场上的茫然神态。

王法按下暂停键。

"靠。"秦敖骂了一声，吐出一口浊气。

视频回退，王法放慢速度，让他们观察这粒丢球之前发生的事。

秦敖只注意到最后陈卫东倒地进球，他在教室里左顾右盼："欸，陈卫东这小子呢？"

“我让他先回去休息了。”林晚星说。

“不会因为我说了他两句就甩脸子了吧，我在车上也没怎么说他呀。”秦敖恼怒不已。

“你是没怎么说他啊。”祁亮慢悠悠的声音从角落传来。

“你可别说话了，以为自己防得很好吗？这球丢了你的责任还不大？”秦敖立刻呛了上去。

就在学生们又要吵起来的时候，王法的声音适时响起：“我们看下一段。”

比赛录像继续。

王法像是对整场比赛熟稔于心，他很快将录像快进，切到学生们一次快速防守反击被打断的部分。

然后，他又将这段放了一遍。

教室里很安静。

学生们的注意力又重新回到比赛上来。

王法播放的片段很有代表性。

以林晚星这样门外汉的角度，也能看出申城海波好像早就知道他们的传球路线，因此总卡在非常恰当的位置。

然后又是一粒进球。

再一粒。

进攻失败。

相似的内容重复多次，学生们同样意识到了问题所在。

王法暂停播放画面，在黑板上画出了相似的战术图。

“他们是知道我们要怎么传球对吧？有内鬼泄密？”郑飞扬嚷道。

“泄什么密，人家是专业的职业足球俱乐部。就我们那点儿套路，他们看两眼不就知道了？”秦敖骂道。

“我这不是活跃下气氛吗？”郑飞扬委屈道，“就你这脾气，难怪陈卫东受不了。”

秦敖怒道：“我怎么了我？”

“太急了啊。”祁亮说。

秦敖就是一点就着的类型，眼看他要冲去教训祁亮，王法开口了：“申城海波的准备很充分，他们很清楚我们的大体战术思路，赛前对我们做了详尽的战术布置。换个角度想想吧，他们真的很尊重我们。”

“是吗？”学生们的眼睛忽然亮了起来。

“职业球队这么重视我们？”

“他们是不是还看过我们和禹州银象的比赛录像啊？”

“肯定看过。”王法说。

“也太尊重了吧。”俞明嚷道。

“这怎么好意思呢？！”郑飞扬继续活跃气氛。

吵吵两句，学生们又不由自主地不说话了。

王法在黑板上画的战术图非常清晰，这是他们一直以来练习的那套东西，但同样，这对职业球队来说，也是相对低级而简单的战术。

学生们对套路被破解的事很迷茫，摸不着头脑。

“那我们怎么办？”

“申城海波也知道了，永川远大不可能不知道吧？感觉这样下去不行。”

“你别提永川远大，听到这个名儿我汗毛都要竖起来了！”

“瞧你怕的那样儿。”

学生们你一言我一语。

王法安静地听了一会儿，反问：“所以，你们认为，我们球队现在的问题在哪里，又该如何改进呢？”

“我不知道啊。”俞明说。

“我们难道要多练两套反击体系？”秦敖反问。

“我们很容易被对手牵着鼻子走。”陈江河说。

“好像是哦，我们一开始想好的东西，要慢慢防守反击，但对面都是老油条，跟我们倒脚，我们就急了。”郑飞扬赞同。

“感觉体力还是不够，一急就乱跑，一乱跑就累。”

学生们不知不觉从互相埋怨的情绪中抽离，开始认真讨论起他们比赛中的问题，并由付新书做认真总结。

一场输掉的比赛，大家看了很多遍。

在王法的引导下，他们自己总结了比赛中出现的问题，和他们想要改进的方向。王法则讲述今后训练的注意重点。

等真正散场，时间已经是晚上十点多了。

王法去洗澡，林晚星一个人坐在天台的小桌前。

她面前摆着笔记本电脑，从铁栏杆上伸出来的灯泡摇摇晃晃的。

学生们都走了，天台清寂，头顶是一轮新月。

林晚星登上电脑微信，把手机里今天拍的照片导了一部分进电脑。

带学生们经历失败，这对她来说也是从未有过的体验。

她一张张翻看今天拍下的赛场照片——

比赛前，大家在大巴上神采飞扬。

列队时，学生们精气神十足。

林晚星还拍到一张祁亮高高跃起，头球解围的照片。

但最后比赛失利，她也就没再拍了。

将照片整理完毕，她打开浏览器，登录邮箱。

邮箱是神秘人留在黑板上的那个。

反正是用她的名字注册的，她也就把它当成了自己的东西。

一直以来，她都不清楚是谁在默默帮助学生们，也从未在邮箱留言问一句——“你是谁”。

当然，其实她也很想问。只是她多次打开邮箱，都觉得好像保持这种神秘的默契感也不错。所以她最终还是把写好的问询邮件删除，将其当作存储学生们日常的备忘录。

她有时记两笔训练日常，偶尔发些天台照片，同样，她也会如实记录他们比赛时发生的事情。

她想着或许某一天，那位神秘人突然登录邮箱，能看到草稿箱里的这些记录，并将其当作一种单方面的默契。

2019年10月24日　星期天　天气晴

今天比赛，我们0：5负于申城海波。

赛前，我们教练就提前给我打过预防针，他说这次我们可能会输。哦不，他的意思是，我们赢不了。

可我总觉得，我们之前已经赢了禹州银象，不管怎样，我们应该还有一战之力。

但其实没有。

虽然已经提前被通知了结果，可失败真正降临时，我还是很难受。

我现在闭上眼睛，眼前都是陈卫东倒在草地上，足球被灌入我方球门的场景。

原来我们和职业球队间的差距有这么大啊！

那一粒又一粒的进球，和球场上对方球员的神情，都不断在向我强调这一点。

教练说，那是因为我们和职业球员间有绝对的差距。

但是，这就代表我们永远也不可能战胜强敌了吗？

其实在我的世界观里，足球输赢没那么重要，重要的是足球本身。

你在这个过程中是否快乐，是否有收获，是否找到了意义。

可一旦失败，这些所谓的过程，哪有什么快乐、收获和意义，它带来的全是痛苦。

赛前，我们教练让我看看这样的足球本身，看看它到底是什么？反正他自己也没想明白这个问题，我暂时想不明白也没问题吧？

但到目前为止，我认为竞技体育令人憧憬之处还是在于此吧。

以弱胜强，将不可能变为可能。

你怀揣着很多想不明白的问题，追求着明明无法追求的胜利，却还是在这块草地上奔跑着，奔跑着。

林晚星写完邮件。

夜渐渐深了，星空静谧。

她慢慢地往邮件里贴了今日比赛的照片、黑板上王法的复盘图，最后点击保存草稿。

王法洗完澡，推开房门出来。

就在这时，林晚星的手机铃声响起。

她接起电话。

“林老师，你好。”

黑夜里，陈卫东沙哑的声音出现在电话的那一头。

林晚星对接到陈卫东的电话并不意外。

“陈卫东啊，是有什么不舒服吗？”林晚星关切地问。

“没有、没有。”男生的声音低沉而紧张。

“那是怎么了？”

电话那头是沉默。

林晚星骤然明白，陈卫东能打来这个电话，是因为他已经做出了自己的选择。

片刻后，男生像下定什么决心似的，说：“老师，我明天不来了。”

“啊，好。”林晚星说。

天台那盏灯很暗，因此除了月光，其他地方都是昏暗色的。

王法擦着头发，在她对面坐下。

林晚星没挂电话，当然陈卫东也没有。

电流声在空间中流转，林晚星在等待陈卫东。

“老师，我是说我明天不来了，以后也来不了了！”男生又强调了一遍。

“我明白。”林晚星说。

就像王法之前说要走一样，陈卫东已提前多日和她打过招呼，林晚星也一直在观察。

与王法不同，陈卫东是她的学生。思考再三，她无法强行挽留，也只有这样回答。

“今天我……您说我胆小害怕我也认了，但我真被吓到了，就那种眼前一黑的感觉，我感觉自己要死了。我是正规的体育生，下个月还要参加田径比赛，足球的对抗性太强了，受伤的可能性太大。而且这边球队就算拿到名次，也不算我的成绩。我还是得去田径比赛拿省里的名次，考大学才好。”

像打开了话匣子，陈卫东把心里想说的话，一股脑说了出来。

林晚星突然明白过来问题所在，这是她从没考虑过的地方，她赶忙说道：“是我的疏忽，可以把你的名字加进我们球队的大名单吗？这样如果我们以后踢了更好的名次，你也有成绩，同样可以申请体育特长生，就是我目前不太清楚这是否可行。”

“不是这个问题，老师你不懂。就算把我的名字加上去，对我来说，踢足球也太累了，而且很危险，我觉得还是跑步更适合我。”陈卫东显得很苦恼，

“其实，我一直觉得我和他们不是一伙的，他们从小一起长大、一起踢球。我是个外来的，还不是这个专业。我以为踢一场就行，没想到要一直踢那么久。其实和他们踢球挺开心的，但就是后面太累了。”

陈卫东讲到这里，已经将他所有的顾虑和权衡和盘托出。

他害怕受伤，担心影响田径主业，并缺乏融入感。

林晚星也停顿下来，认真思考。

其实陈卫东自己已经想得很明白，甚至连她也给不出更好的建议。

最后，她只能说：“我明白了。”

听她这么说，陈卫东又显得焦急，话还是不停：“老师我之前就跟你说过，让你再找个替补，其实我也没见过哪支球队只有十一个人的。我现在说，也是因为离下场比赛还有很长时间，你们还来得及找人。”

“嗯，我知道。”

“嗯，如果下次实在找不着人，我还是可以过来。”男生这么说道。

“谢谢你。”林晚星说。

其实电话打到这里，应该可以说再见了。

可林晚星仿佛能看到男生握着电话，在那头焦急和不舍的样子。所以，她也没挂断电话。

“怎么了？”她轻声问道。

“就……就……您怎么也不留我一下呢，我感觉自己挺多余的！”陈卫东终于说道。

林晚星的手搭在电脑键盘上，眼前是那封刚保存进草稿箱的邮件，她换了只手拿电话，然后缓缓开口：“陈卫东……”

“啊？”

“虽然类似的话，我说过很多遍，但我相信你，相信这是你深思熟虑后的选择，你的决定我无权干涉。”

“可是老师，你别生我的气啊，我挺喜欢你的……不对，你是不是因为我不踢了，就觉得我不是你的学生了，所以生气了？”男生絮絮叨叨起来，带着一种对成年人的恐惧，“你刚才没说什么，就嗯嗯啊啊的，我就难受……”

“小陈同学，这么讲呢，可能有点儿肉麻，但你永远是我的学生，在我这里，你和其他人都没有区别。”林晚星想了下，略带笑意地说，“所以，只要你自己遵循内心的想法做出的决定，我都会无条件支持，你也得相信自己啊。”

“我就怕你生气。”陈卫东说。

“也怕自己选错了？”林晚星反问。

“嗯……”男生声音很轻。

“又不是没有纠错的机会，也不是什么生离死别的大选择，你想回来随时都可以啊。”

“真的吗？”

“真的。”

像放下心中的大石头，陈卫东的声音终于放松下来。

林晚星和男生聊了两句，就在她要挂断电话时，忽然又听到陈卫东问：“可当时教练要走，您劝他留下来了吧，您肯定有劝他留下来吧？”

“我吗？”林晚星忽然笑了起来，望向木桌对面的人。

王法正在捣鼓今天晚上的饮料。

“他根本不想走啊。”她这么说。

这么多天来，其实林晚星想了很多。

她要怎么做呢？

因为球队只有十一个人，离开谁都不行，所以劝陈卫东留下？又或者说，按照陈卫东的说法，再去找个新的队员。

但林晚星最终还是决定尊重学生，等陈卫东做出决定后，再做打算。

纵然心中有万语千言，最后好像也只剩下单纯的“嗯”和“好”。

电话挂断，天台又陷入了寂静。

楼下人家刚关掉电视，似乎要准备入睡了。

王法递来一杯粉色的苏打水。

林晚星的手指轻触键盘，原本暗下的电脑屏幕再次亮起。

她喝了一口饮料，重新打开草稿箱，将刚才陈卫东的电话如实记录进去，最后留下一句话。

——我去哪里找人啊？

抛出问题和解决问题，永远比反复抱怨和思考重要。

因此，第二天早上，林晚星告知学生们陈卫东的决定时，也用这句话做了结尾。

可学生们都不是好脾气的人，听她从头到尾讲完电话内容，大家立刻炸了。

“他什么意思？想来就来想走就走？”

“那也不是人家想来就来，是我们求着人家来的，你没明白这里的问题吗？”

“那他也不能因为怕受伤就一走了之啊！”

“你名单上也没人家的名字啊，人家不得去干主业？”

祁亮的声音总是适时响起，虽然大多数情况下他都在呛秦敖，但林晚星也能从他的语气里听出他对陈卫东的不满。

林晚星很无奈地看着王法。

其实昨天夜里，她已经和王法再度交流过陈卫东退出的问题。巧妇难为无米之炊，无论王法再怎么牛，也不可能用十个人的球队踢比赛。对于缺人这件事，他表示爱莫能助。

“要不我去把他打一顿，是不是他就听话了？”秦敖说。

话题到这里，已经进行到讨论是否要强制执行的地步。

林晚星赶忙打断：“要尊重陈卫东自己的意愿。”

“我尊重他，那他有没有尊重过我们？”秦敖反问，“这小子之前收垃圾嫌累不干，现在输了一场比赛就想跑，我看还得找他去！”

“你找他有用？陈卫东烦的就是你吧？”陈江河说。

“烦我什么，就因为我昨天说了他两句？”秦敖愤懑不已，“那怎么着，我还得去给他道歉，求着他回来？”

讲到这里，秦敖竟然莫名其妙心动了：“那我去求他，给他道个歉？”

望着男生真诚询问的目光，林晚星很无奈。

“秦敖啊。”她喊道。

“干吗？”

“你知道为什么陈卫东单独给我打这个电话，而不跟你们亲自说吗？”

“能为什么？这小子不就是胆小吗！”

“因为他怕你们，也深知自己做的事有问题。但就算这样，他还是做了这个决定。他很清楚自己想要什么。”

“靠！”秦敖低低地骂了一声。

“更重要的是，他知道我能劝住你，我会让你们不要去找他。”林晚星强调了一遍，“他不想你们去找他。”

“就你？”秦敖瞪了过来，“你能劝个鬼，还不是我给你面子。”

“嗯，那你会给我这个面子吗？”

秦敖没想到她会这么说，顿时噎住。

“算了，就当我让着你！”他松开了一直握紧的拳头，“好男不跟女斗！”

林晚星点了点头。

学生们闹了一阵，原先因陈卫东离队的恐慌和不满发泄了不少。

但摆在他们面前迫在眉睫的问题还是那个，从哪儿找新的人？

讨论到最后，林晚星布置下任务，让学生们先找找自己认识的人。看看学校里体育好的学生里，是否有人愿意顶替陈卫东的位置。

而在她自己的求助名单里，还有一个人。

10.
纳新

“钱老师您看事情就是这样的，您给我们想想办法呗！”

体育组办公室里。

林晚星堵在钱老师庞大的身躯面前，做了个拜托的动作。

“又缺人了？”钱老师放下大茶缸，也很震惊。

“对啊。你看我们和申城海波比赛，人家教练都是拿垃圾时间换其他替补队员来锻炼，我们连上场人数都凑不满。”

“那你想怎么整？”

“您给我们提交的名单上，当时不是还有四名替补球员吗？”林晚星拿出早就准备好的表格问钱老师。

“他们就是凑数，根本不踢球。”

“但是我能去找找这四位学生吗？或者您出马，问问他们是不是有人愿意来踢球？”

钱老师望着名单，陷入沉思。

林晚星继续道：“我们最近好歹也出了一些成绩，如果他们跟着球队训练，说不定到时候能拿到省里的名次，对高考也是有利的。”

说到高考，钱老师像被说服，他点点头：“那行，我去找他们，问问有没有人愿意吧。”

“谢谢您，又麻烦您了。”林晚星赶忙道。

就在这时，钱老师的目光停留在名单上，他用被烟熏得略带焦黄的指尖，抵在名单第十行那个名字上：“文成业呢，他以前不也是球队的，这才是特长生，你们找过他没有？”

林晚星对文成业的了解，仅限于监考那三天她的观察。

如果非要算，足球队第一次集结前后，她对文成业和他的家庭也算有过大致了解。

文成业性格冷漠孤僻，和其他同学的关系不好，在足球队所有学生里，唯一与他稍显亲近的就是祁亮。

他家境优渥，父母对他要求非常严格。可除了要成绩优秀这一结果外，似乎也没有其他太多关心。

当然，仅凭和文成业的妈妈一通电话，就做出这些推断，显然不够客观。可在文成业身上，林晚星确实无法感受到，他是在充满爱意的家庭成长起来的。

中午，林晚星特地回家里吃饭。同时试探着，把钱老师的建议告诉给学生们，想听听他们的看法。

没想到，餐桌上学生们反应强烈，比听到陈卫东走还要生气。

“找文狗干什么？”

“我就是和条狗一起踢球，也不可能找他。”

“丫根本没人性，就是个畜生。”

他们边说边吵，当然，反对文成业的主力军是秦敖。

其他学生确实也在跟着骂文成业，但多是嚷嚷两句，然后还会下意识看向付新书。

而付新书从头到尾都很安静，并没有像从前那样，习惯性地安抚队友。

直到最后男生们发泄完，懒得再骂，付新书才发现，大家都在注意他的情绪。

他有些不自在地放下筷子，一只手摸了摸裤缝，缓缓说道：“找文成业也行，好像也没别人了……”

虽然他嘴上这么讲，可眉眼低垂，像在回避什么。

林晚星能很明显地感觉到他和文成业之间的芥蒂。

于是，林晚星宽慰道：“别想太多啦，我们找文成业，人家也不一定愿意来啊，上次不也是这样？而且他成绩很好，他妈妈对他也很严格，家里的意思应该是全力主攻高考，所以我们还是先等钱老师那里的消息，然后你们也多找找自己的朋友吧。”

林晚星嘴上这么说，可她最寄希望的，还是钱老师。

钱老师的消息回得很快，但反馈并不好。

他先是对着足球队原先的名单，把替补们都问了个遍，想让他们顶一下。

确实有学生愿意像陈卫东一样，偶尔来客串那么一两场，但说到随队训练，就没人乐意了。

按钱老师的说法，秋天是各大田径赛事的高峰期，体育生都在努力冲自己的项目，没那么多时间兼项足球。而且青超联赛到了小组赛，不是业余水平能胜任的，大家都知道自己几斤几两。

还有陈卫东的事情，体育生彼此都认识，可能也和陈卫东一样，怕受伤。

最重要的是，他们自己的时间表经常会和青超联赛有冲突，很难调整。

“你说嘛，调配一两个人给你凑凑比赛还行，真要一场场踢下来，我是真找不到愿意来的学生。”最后，钱老师这么无奈地说道。

林晚星站在体育组办公室里，正是课间，对面教室的学生来来往往。

她大致明白钱老师的意思。他所说的，也是陈卫东离开足球队的理由。

他们本就不是足球队队员，现在要求他们为足球花费过多的时间和精力，确实强人所难。

对面教室里，老师分发试卷，学生们拿到属于自己的那份。

林晚星想，事到如今，她好像只能将希望放在学生们身上。希望他们在这个学校，还能有什么别的好兄弟。

她没想到，她给学生们布置了这个任务，被唯恐天下不乱的学生们，当作宏景八中足球队纳新的大好机会。

第一张海报，被贴到了体育器材室的大门上。

赭红色的门板，墨绿的海报纸，黑色毛笔字极其大胆飘逸。

宏景八中足球队招新通知

为响应党中央号召，更好地普及校园足球运动，现宏景八中足球队招募新球员。球员将由名师指导，享受超一流教育，感受英超顶级教练的魅力。

虚位以待，机不可失，时不再来。

如有兴趣，请至宏景八中体育器材室林晚星老师处报名。

联系电话：1895341××××

林晚星从钱老师办公室回到自己的小仓库，一眼就看到器材室大门上贴着这么一张大海报。

学生们现学现卖，海报明显照抄秦敖收到卷烟里的文字。右下角还画着个扎着麻雀尾巴的女孩，鬓发上别着发夹。

林晚星看了半天，摸了摸自己头上的发夹。

这个抽象简笔画的女生，好像是她?

她总算知道学生们中午背着她鬼鬼祟祟，究竟在谋划些什么了。

她盯着那个海报上的简笔画女孩一阵头大，用手机拍了张照片，把上面“感受英超顶级教练的魅力”用截图画笔圈起来，将之发送给王法。

很快，王法回了张愣住的小猫表情，小猫脑门上有个问号。

“这个点他们在训练吧，帮我问下崽子们，这里面怎么还有我的事儿?”林晚星边气边笑，发了条语音给他。

不一会儿，微信那头唰唰回复了四条语音。

“足球队的事情，你不得负起责任来?”秦敖说。

“对啊老师，你先过一遍人能不能行，你不是那个学什么的吗?”俞明说。

“心理学，傻!”祁亮无语。

“反正来人你就登记一下，不碍事，我们准备周六下午招新，你通知来的人就行!”

学生们的行动力惊人。

林晚星下午有空的时候，在学校里逛了一圈。

按照学生们训练的时间表，他们每天就那么点儿休息时间。可在有限的时间里，他们做足了贴海报工作。体育器材室、学校食堂宣传栏、教学楼公告栏……都有足球队招新海报出现。甚至拿下午茶的时候，林晚星也在学校后门大家定点取外卖的栏杆处，发现了一张巨幅绿色海报。

为此，林晚星不仅遭到了取外卖同学的围观，还被后勤的老师找上门，数落了一顿。

总之，在学生们的不懈努力下，数日后的下午一点整，宏景八中足球队在宏景市五川路体育场，准时举行了建队以来第一届纳新大会。

对足球有兴趣的男生不少，所以周六下午的纳新大会，也不至于没人来。

林晚星登记的名单上就有七个，包括那天他们在食堂门口遇到的小球迷。

学生们还拉了健身房认识的兄弟，包括小孙教练，总计十一人，恰好凑齐一支足球队。

林晚星只管通知登记的学生到场，没干涉他们自己设计纳新大会流程。

等她来到球场时，人已经来得差不多了。

学生们组织的阵仗看上去不小。

地上有一网袋足球和标志杆、标志桶，草地上画着标准体能测试的线条。

试训者看上去良莠不齐，年龄跨度非常大。

林晚星到场后，在旁边围观了一会儿，就被秦敖赶走。

她只能跑上看台，坐在王法身边。

球门前，秦敖举着个不知道从哪里搞来的扩音喇叭，一本正经地让来试训的选手们在球门前列队。

“同志们、兄弟们，大家下午好！”秦敖吼了一嗓子。

林晚星坐在看台上，手里刚开了包乖乖脆果，被吓得差点儿撒了一半。

祁亮站在人群外，翻了个白眼。

秦敖不以为意，继续喊道：“首先，非常感谢大家来到这里！然后，你们不要以为来到这里，就能进入我们优秀的足球队了！入队要通过严格的考核，容不得半点儿虚假！”

“啊，还要考核吗？”

来凑人数的试训选手们顿时嗷嗷叫起来，很不理解。

“不考核，你能轻易享受到英超顶级教练的指导？”秦敖遥遥指着看台上的王法，这么喊道，“这种足球课，怎么也得五百块一节吧！”

林晚星把乖乖脆果递给用手遮住阳光的王法，凑近了问：“五百？”

“收小林老师的一直都是优惠价。”他们忽然贴得有些近，王法的瞳色很浅，从她手里轻轻抓了把脆果。

林晚星觉得脸有点儿热：“他们怎么和你说的？”

“什么？”

“就拿着你的名号出去招摇撞骗？”你还同意了……林晚星把后半句话吞进了肚子里。

“说实话，算招摇撞骗？”王法反问。

林晚星愣了下，下意识点了点头。

“当然，他们也做了一些交换。”王法补充。

林晚星：“什么交换？”

“显然不能告诉小林老师。”王法边说边轻快地嚼着膨化食品，空气里有奶油的香气。

林晚星决定克制住好奇心憋死卖关子的，于是她换了个话题：“这个招新考核，他们来问过你吗？”

球场上，秦敖刚宣布考核第一项：3000米跑！

“3000米？”

“疯了吗？”

球场上的试训选手们嚷嚷起来，个个都很震惊。

“问过。”王法说。

“你讲了什么？”林晚星收回放到球场上的小耳朵，转头问王法。

“我说都行。”王法说。

林晚星觉得很不可思议。

同样觉得秦敖乱来的，还有球场上来参加试训的选手们。

“3000米也太多了吧？”脾气好的这么说。

“跑不动啊大哥。”有人无奈。

“周六让我们跑3000米你是不是有病！”脾气差的直接骂了起来。

“3000米跑也坚持不下来，怎么能成为我们光荣的足球队的一员？！”秦敖说。

“那我不跑行了吧？”

“得，您一个人玩吧。”

试训选手们立刻作鸟兽散。

秦敖也急了，他左顾右盼，收到祁亮的一句“傻子”。

“这样吧，就2000米，围着操场跑五圈。”

没人停步。

“1600米，四圈！”

“1500米！不能再少了。”

最后，留下的八个勉强开始漫长的跑圈。其中就包括小孙教练，他今天换了件荧光粉背心，是试训选手里比较积极的。

林晚星往旁边靠了靠，低声问：“为什么小孙教练也在啊，青超联赛可以让非本校学生参赛了吗？”

“应该不可以。”王法说。

“啊？”

那怎么办？

“托儿。”王法嚼着乖乖脆果说，“和我们一个性质。”

林晚星震惊了。

球场上，包括小孙教练在内，其实只有三名选手看上去有体育底子，在认真跑步。其他剩下的，不是散步，就是细胳膊细腿的，一看就是来凑数的。

他们愿意跟着跑圈，与其说是出于对足球本身的喜爱，更多的是碍于来都来了的情面。

难怪需要个托儿来带动全场……

1500米跑完，林晚星不用看时间都知道，没人合格。

真要矮子里拔将军，有位体型偏瘦、皮肤黝黑的男生，和另一位听说是铅球运动员出身的男孩，勉强符合标准。

但实际上，他们哪有资格挑人，求着别人来还差不多。

秦敖一开始嚷着要高标准、严要求，现在，他装模作样地按了按秒表，登记了下1500米成绩，就睁一只眼闭一只眼，开始了下一项测试。

下一项是和足球相关的。

球场上摆着专业的足球训练标志杆，测试项目为绕杆跑。

其实这些标志杆学生们用得也不多，现在拿出来，主要是为了撑场面。

理想与现实的差距，在绕杆跑这项上显露无遗。

在林晚星看来，原先她认为还不错的那两位男生都对足球一窍不通。

人与球的亲和度，不是一朝一夕能培养起来的。

大部分学生们把球带了两步，就远远脱离脚下，更别说还要控制好速度力度，绕过标志杆。

当然也有脚下技术看上去还凑合的，但年龄上怎么都不算高中生了。

秦敖有时会忍不住嚷嚷几句，说他们技术差，但立刻就被人呛："不是说免费授课吗，我要那么会踢，来你这儿干吗？"

自己挖的坑自己跳，秦敖同学哑口无言。

有位身材健壮的胖男孩还被杆子绊倒，结结实实摔了一大跤。

绕杆跑到最后，可以用鸡飞狗跳来形容，大家感觉比跑完1500米还累。

付新书上看台来拿矿泉水，给入队测试的朋友们喝。

"你们认识的那些朋友，是哪里找来的？"林晚星悄声问道。

"我们也不认识其他人，就之前踢球认识的两个大哥今天愿意来。"付新书有些尴尬。

"几岁啊？"

"好像是上班的。"

"那位呢？"林晚星指着刚跑完1500米，正站在阳光下擦汗的男生问，那是她刚才认为还勉强符合体能标准的一员。

"他是我们认识的那个废品回收站的小工，秦敖觉得他体能还不错，就骗来了……"

"骗"字是精髓，林晚星忍不住提醒："非本校学生，应该不能参赛吧？"

"我们找不到别人了。"付新书无奈地说，"就想实在不行，凑个人数。"

“欸。”林晚星也很无奈。

虽然测试准备得有模有样，但实际不过是草草收场。

绕杆跑项目结束，人又跑了三个，现在场上只剩下四人。

其中两位是年长的上班族大哥，还有秦敖找来的小工同学，以及大家的好朋友——小孙教练。

为了展示球队的专业性，秦敖最后想让四人和他们一起随队训练。

学生们的本意是想让大家感受下氛围，想着来都来了，也可以提前融入。

但比起1500米跑和绕杆跑测试，王法制订的每日训练就吓人多了。

学生们每天那么练，早就没感觉了。其他人可受不了。

两位上班族大哥跟着跑了两个项目，直接躺在了地上。

“你们太变态了，每天要做这些项目吗？”两位上班族大哥说什么也不肯起来了。

“真的不了，累死了……”小工同学也说什么都不动了。

就连小孙教练也弓着背，双手撑住大腿，疯狂喘粗气。

“你们放心，现在不行没关系，加入我们，经过完整系统的训练，说不定就可以了！”秦敖跑跳了两下，给其他人展示他完美的体能。

“对的，我们还有直升永川远大专业队的渠道！我们教练有关系！”陈江河跟着帮腔，活像那位他遇到过的足球经纪人。

祁亮连翻白眼都懒得翻，他看了看傍晚暗下的天色，觉得这帮人已经彻底没救了。

学生们说着，试图提溜四人进行剩下的测试。

两位上班族大哥立刻找借口，说老婆催回家吃饭，跑了。

小孙教练：“我想起来有个单子要签！”

小工同学：“我兄弟喊我去开黑了，对不住，先走了。”

说完，所有人跑得一个不剩。

“你一个青铜，开黑个鬼啊！”林鹿对着小工同学飞也似逃跑的背影，痛骂道。

夕阳西下，看台投下巨大阴影。

人群散去，热闹归为平静。

学生们沉默着完成了剩下的训练，最后坐回看台。

王法从头到尾都没发表什么意见。

林晚星在一旁默默喝水。

“我要不给他们发条短信，明天早上九点见。”秦敖给自己灌了瓶水，终于开口，很颓丧地说了那么一句。

“会有人来吗？”

“来了就能去踢，踢了还得不被组委会发现他们年龄、学校不相符？”祁亮冷笑。

“那怎么办，难道我们阿猫阿狗都收吗？”秦敖很不确定，声音都弱了起来。

学生们最后求助似的看向王法。

付新书问：“教练觉得呢？”

王法的回答倒是一如既往：“都行。”

“嗷……”

“唔……”

听了王法的话，学生们一齐发出闷闷的语气词。

“他们上场也是添乱，还不如我们十个人踢。”陈江河倒是一如既往的冷酷。

“陈卫东不是说，实在不行他还是可以来吗？”

“还去求他？”

祁亮“呵”了一声。

颓然而沉寂的看台上，不知道是谁低声开口：“要不，还是去找找文成业？”

11.

在 意

提议者当场被暴打一顿。

可等到第二天早上，约定训练集合时间到了，昨天的“新人们”一个没来。

学生们心知肚明，虽然很不乐意，但他们确实得去找文成业试一试了。

林晚星以为，他们会直接去文成业班里问：你要不要来我们足球队踢球?

可她没想到，这帮崽子做的比她想象的迂回曲折得多。

高三（1）班学生是学校里冲击985、211的主力军，学习气氛浓厚，很容易让人有格格不入感。也是因为这个，学生们不愿意直接去班上找人。

“我走到他们班级门口就憋得慌，喘不过气来。”林鹿这样对林晚星说。

林晚星提议：“要不放学以后在校门口堵他？”

学生们：“不急，先制订方案。”

他们请了半天假，观察文成业的每日路线，准备找机会拿下他。

于是，大概名为——“文成业捕捉方案”的行动计划，正式展开。

文成业由家里的私家车接送。

每天早上七点左右，一辆黑色小轿车会准时把他放在校门口。

下车后，文成业直接步入教室，正好能赶上七点十分开始的早自习。

学校十二点半下课，文成业不去校外，会拿着饭卡乖乖去食堂打饭，和所有模板里的好学生一样。

半小时午饭，文成业下午一点左右回到教室，午休半小时，下午的课程一点半开始。

而文成业在教室里的具体情况……上课听讲，低头做题，和班级里其他人没半点儿区别。

"我总觉得这小子在装，但我说不出为什么。"

"确实装，文狗什么时候是这种人了？"

"就怪。"

学校体育器材室里，行动暂告一段落，学生们开始总结大会。

林晚星边听他们吵吵，边吃零食。听到俞明最后那句话时，她正咬着根巧克力棒："怪……是什么意思？"

"啧！就是……怪啊！"秦敖说。

"感觉像个幽灵。"

"冒着寒气，飘啊飘的！"

林晚星被学生们的创意词汇搞糊涂了，想到监考三天中文成业的表现，她问："以前文成业不是这样的吗？"

"以前也这样！"秦敖过来，很自然地抽了根她手里的巧克力棒。

"哦……"

"但他以前就是高高在上，讲话很装，很烦人。现在和以前还是不一样的。"俞明说着，也来抽了根巧克力棒。

"那么，现在具体哪里不一样呢？"林晚星问。

此言一出，学生们都表情复杂。

他们用各种小动作抽光了她的巧克力棒，边嚼边思考，可又支支吾吾，想说却说不上来。

"他以前会说鬼话，现在话都不会说了。"祁亮突然说。

"反正他变了。"郑飞扬说。

"我就是想问他什么时候变的，具体哪里变了？"林晚星觉得自己的语文课可能还得继续深入、加强。

“从……从他考上一班开始。”平素沉默寡言的智会同学忽然开口。

林晚星看了过去：“他以前不是一班的吗？”

“他以前就是个烂人，不知道为什么成绩突然变好了，然后去了一班，也跟我们分开了。”林鹿说。

林晚星吸了吸手指，心中有个很奇怪的答案。

“意思是，和你们在一起的时候成绩不好，离开你们就变好了？”林晚星这么问道。

“老师，你是不是暗示我们带坏了文成业？”俞明突然问。

“她这属于是明示了好吗？”祁亮无语。

“老师你逻辑有问题，他是突然成绩好了上了一班，才不和我们一路的。”

“也不是吧，好像是先那啥，不是因为……”郑飞扬说到这里，秦敖捶了他一下。

秦敖看了眼付新书，示意郑飞扬闭嘴。

小仓库里顿时沉默，付新书又开始尴尬地用手擦着校服下摆。

林晚星把学生们的反应看在眼里，没再追问，而是笑道：“所以啊，你们观察这么久，准备什么时候大发慈悲宽恕文成业，允许他重新加入我们宏景八中足球队呢？”

就算再不愿意，学生们也知道，他们快把文成业吃喝拉撒的时间都登记造册，再写下去就要变成“文成公主”起居注了。

再不去找本人，真说不过去了。

因此，通过多边磋商，主要是互相推让，大家最后选择了最公平的抽签方式，由抽中的倒霉蛋去找文成业，那个人就是林鹿同学。

林鹿同学为人比较单纯善良，身先士卒，前往高三（1）班教室。

整个过程很快，基本就是林鹿直接走进文成业所在的教室，然后又直接走出来。

林晚星比较好奇，所以跟着学生们一起，整齐划一地躲在楼道转角处。

只见林鹿双手插兜，大大咧咧进去，又昂首挺胸大步走了出来。

“怎么样？”付新书有些紧张地问道。

“文狗放什么屁了？”这是秦敖。

“没有。”林鹿说。

“什么没有？”

“没放屁。”

“你是不是弱智，我当然不是问你他是不是真放屁了！”秦敖愣是弹了下林鹿的脑门。

“不是老大，我是说，他什么也没说。”

“什么也没说？”陈江河蹙眉。

“嗯，是啊。”林鹿理直气壮。

“那你进去是干吗的？”秦敖立刻提高音量。

“我啊？我就进去拍了拍他的肩说，‘文成业，要不要加入我们足球队，带你飞啊’。”林鹿说。

“然后？”

“然后他什么也没说啊，就当我是空气。”

“然后你就走出来了？”

“是啊，难道我还要下跪求他吗？我不是这样的人，求他不是给兄弟们丢脸吗？”林鹿非常理直气壮。

林晚星听得乐不可支。

学生们立刻用目光警告她。

“我下午有课，你们自己搞定啊。”林晚星做了个加油的手势，赶紧溜了。

等她忙完，已经三个小时过去了。

学校下午的课都快上完了，学生们却还没来汇报最新情况。

她先去后门定点放外卖的栏杆边，拿了刚点的红茶玛奇朵。

栏杆上学生们贴的海报裂了一个大口子，在秋风中飘荡。

林晚星收回视线，吸着奶茶，在学校里逛了起来。

她先去操场检查了一遍大型器材，拍照记录情况，然后环视了下校园。

脑海中回顾了下学校平面图，她往心远楼走去。

正是上课时间，校园里非常安静。

林晚星在学生们习惯蹲点的教学楼间的小花园和楼顶天台转了一圈，都没有看到他们的身影。

她上四楼，有个两栋教学楼间的连廊。她找了个合适的角度，站在连廊里吹风。

不远处正好是高三（1）班，位置很好，能看到教室后黑板上的板报，林晚星环视教室，却发现教室里有个位子空了，文成业并不在那里。

也就那么看了一会儿，林晚星突然被拍了拍肩。

“林老师？”身后是严肃的中年女声。

林晚星回头，看到了年级组长眉头微蹙，视线落在她手里的奶茶上。

“陆老师，您好。”林晚星也没法把奶茶藏起来，只能尴尬地打招呼。

陆老师显然匆匆而来，神情焦急：“我正好有事找你，你学生把文成业带哪儿去了？”

林晚星心中一震，随后反应过来。

“你学生”指的是足球队那帮崽子们。

“文成业不见了吗？”她站直身子。

“对，我们班学生说，刚才课间你学生来把文成业叫走了，现在英语课，文成业人还没回来。”

校园静悄悄的，一阵风吹过连廊。

教学楼下，秋天的梧桐叶片渐次落下，沙沙声响起。

林晚星道：“您别急，我现在就给他们打电话。”

“你赶紧把人给我找到，别弄出什么事来。”

林晚星连连点头，安抚了下陆老师，表示交给她来处理，陆老师却不放心，准备下楼去找保卫科的老师，一同寻找。

一手消息更快一些。

学生们汇报的位置，是学校正在新建的科技楼附近。

林晚星害怕保卫科先到，紧赶慢赶，跑过一条狭窄的墨绿色工地围栏。等跑到尽头时，场面豁然开朗。

此处是打群架的最理想场所。

夕阳西下，满地黄沙，一侧是坍圮的砖墙，更远处是拆到一半的老旧校舍。文成业一人站在墨绿色工地围栏前，面容冷傲，与其他男生遥遥相对。

而祁亮站在人群的最前方，离文成业最近，像在和他交涉什么。具体交涉内容，林晚星没有听见。

因为在她踏入巷道的那一刻，学生们停止一切交流，不约而同地向她看来。

气氛剑拔弩张，黄沙在脚下打转，这场景很像什么暴力校园片。

唯一和那些剧目不同的是，无论是文成业还是足球队其他男生，他们校服齐整，脸上都没伤。

很明显，双方没动手。

林晚星提着的心放下一些。

不过，学生们很明显不想让她省心，就在这时，秦敖扮演了校园片里大哥的角色。

他非常进入角色，挑眉问道："你来干什么？"

林晚星被他这么一问，方才焦急的情绪顿时重新冒了出来。

她脑补自己拽住秦敖的耳朵，开始说"上课时间你们把文成业领这里来你说我来干什么"的场景。

她深吸一口气，按捺住心中的火气，笑着指了指文成业："文成业的班主任说自己学生丢了，很着急，让我来找。"

文成业闻言，瞥了她一眼，双手插兜，转头就走。

这很明显是谈判破裂的信号。

其他男生都不动声色，目送他离开。

林晚星站在巷口，文成业和她擦肩而过。

就在这时，林晚星伸手抓住男生的手臂。

文成业浑身一凛，刀锋似的目光扫来。

林晚星很温和地说："都逃课出来了，也不用那么着急回去。"

学生们本来还在装酷，见此情形，瞬间目瞪口呆。他们每个人身体微微后倾，向她投来"你好勇"的目光。

"老师有什么事儿吗？"

"我们聊聊。"林晚星说。

“老师不让我回去上课，你和陆老师打过招呼了？”文成业问。

“你不是真想回去上课的乖学生，我也不是真怕上级的小老师。”林晚星说，“既然难得聚一下，不如再多聊两句，比如你可以讲讲，你为什么不想和大家一起踢球呢？”

文成业像是听到什么不可思议的问题，他回头看了眼其他人，然后一字一顿地说：“老师，我、不和废物一起踢球。”

此言一出，林晚星背后的小伙子们果然炸了。

“找你是给你脸。”

“别给脸不要脸。”

“爷们堂堂正正打进的小组赛，你是什么废物东西轮得到你说话？”

崽子们顿时群情激愤。

文成业回头看着他们，目光满是不屑：“傻×。”

秦敖立刻攥紧拳头：“嘴巴放干净点儿！”

见前队友的情绪被挑动，文成业脸上有丝得意的情绪，然后凤眼微垂，目光落下：“老师。”

“啊？”林晚星微抬头。

“松手。”文成业凑过来，又用很冷的声音说，“然后，管好你的狗。”

林晚星：“……”

在她身后，秦敖和其他人像被点燃的木炭，噼啪作响。

林晚星几乎无法想象，刚才她不在的时候，他们要如何忍耐，才能不和文成业打起来。

林晚星忽然意识到文成业想做什么：“你很想看到他们生气啊！”

文成业停下脚步，投来冷漠一瞥。

“你跟他们出来，又不按时回去上课，话里话外刺激他们，是想看他们生气，然后激他们打你？”她思考了下，继续说，“到时候总有老师找过来，看到你们打架，肯定会处罚他们吧。”

她的语气既轻又缓，最后看了眼秦敖：“你再打架就要被开除了吧？”

“这还用你说，我当然知道他什么伎俩。”秦敖在后面嚷，“饶他一条狗命他还狂！”

"卑鄙小人！"俞明也跟着自己老大喊。

文成业的脸沉了下来，但也没有被揭穿心思的恼羞成怒。

可能对他来说，这只是他临时兴起，想处理烦人前队友的行动。如果失败，也无所谓。

文成业一把甩开林晚星的手，径直往狭长走道的另一端走去。

林晚星冲学生们挥挥手，表示自己要送文成业回教室。

她跟在他后面，迈着轻快的步伐，自顾自说道："你的计划是这样的，可你没想到，我的那群'狗狗'，哦不，同学们，他们和之前不太一样了，他们这次居然没冲你动手，你计划失败，所以只能放点儿狠话，对他们发泄情绪，骂他们两句，是不是这样啊？"

听到最后一句话时，文成业身体僵硬，可他不做回应，只是闷头走路。

就像祁亮说的一样，或许文成业以前会说鬼话，但现在已经习惯不说话了。

林晚星摸着下巴，跟着文成业越走越快："我不太明白，像你这样的好孩子，不想踢球直接拒绝就好了，为什么非得想着摆他们一道，骂他们两句呢？"

"老师。"文成业停下脚步。

"啊？"林晚星差点儿撞上他，她摸了下鼻子，很好奇地看着眼前的男生，等待回答。

"你为什么觉得，我会愿意和一群废物一起踢球？"

男生的声音很冷，有种高高在上的残酷无情。他面容冷酷，狭长凤眼里冒着怒火。

望着男生的面容，林晚星笑了起来，恍然大悟道："我知道了，原来你很在意他们啊！"

文成业很生气，林晚星确实是在故意激怒他。

不过作为老师的好处就在于，文成业不管多生气，也只能自己生闷气。

男生快步走回自己的教室。

林晚星则去高三年级教师办公室，汇报工作。

她之前已经给文成业的班主任陆老师发了消息，说人找到了，稳住心急如焚的老师。所以一见她，陆老师就问："文成业回教室了？"

"回去了。"

"没打架吧？"

"没有。"

林晚星乖巧地站在陆老师的办公桌前。

办公室里，小许老师在，林晚星意外发现，金子阳也在。

男老师冲她笑了下，颔首致意。林晚星也跟着点了点头。

"到底怎么一回事？"陆老师严肃的声音响起。

林晚星赶忙回头，解释了一下因为足球队缺人，所以学生们希望文成业归队参赛的事情。

大办公室里其他老师都竖着耳朵。

陆老师听得眉头紧皱："这不是胡闹吗？"

林晚星："我们也没办法，所以想问问文同学是不是愿意，今天耽误他上课了。"

"小林老师你知道现在是什么时候吗？马上就要高考了，虽然说还有半年多的时间，但每一分每一秒都至关重要，你让文成业这样的学生去踢球，这不是耽误他吗？"

林晚星："其实主要还是看学生自己的意愿，如果文成业愿意踢球，还是可以试试的。"

"那他愿意吗？"陆老师反问。

"呃……"林晚星语塞，"目前不愿意。"

"小林老师啊。"陆老师推了推沉沉的镜框，拉开抽屉，从里面拿出一沓试卷。

林晚星发现，那是学生们这次月考的卷子。

试卷按照科目整理好，陆老师每份都夹了个回形针。

在试卷最上方，有一份学生成绩汇总的表格，以及每门考试的标准答案。

陆老师的工作做得很认真细致。

"我本来打算今天晚点儿找你的，这次你们足球队成绩有很大进步，我都想夸你，没想到整了这么一出。"陆老师很遗憾地说。

"实在不好意思。"林晚星说。

她搬了张椅子，在陆老师办公桌前坐下。

陆老师是年级组长，所以这些目前不属于各班学生的卷子，最后都落到她手里。

林晚星翻看学生们的试卷。

先看成绩汇总表，正如陆老师所说，大家都比上次月考有了很大进步。

毕竟上次考试，男生们大多纯摆烂。缺考、考试睡觉、只写名字、画乌龟的比比皆是。而现在，起码他们能把卷子都写完。

文科那几门课，他们最近学习了各式各样的材料，虽然回答不一定对，但看到问题，总能分析几句。光是态度改变，就让各科老师愿意给他们多加几分。

英语要求语感，大家对语法之类的还是似懂非懂，但因为近来看了不少美剧和纪录片，相对的蒙题正确率，都有了那么一些提升。

而让林晚星非常惊讶的是，她发现包括秦敖在内的每个人，都把英语作文写完了。

虽然有点儿文不对题……但能写就很好了。

而关于数学的部分，她的好友讲课喜欢讲体系，所以卷面上有很大一部分内容，学生们仍然不会。可相关好友讲过的数列基础题部分，他们都回答出来了。

就这样，每门科目一点点小小的进步，累积起来，整体成绩就有了显著提升。

林晚星翻完试卷。

陆老师缓缓开口："小林老师，其实我没有批评你工作的意思。你能在短时间把这些孩子带成这样，还是有水平的。"

"我明白。"

"我理解你这种素质教育的思想，但是文成业啊，他不一样。他成绩太好了，去踢球实在很浪费。"

"这次月考，文成业的成绩很好吗？"林晚星问。

陆老师没有说话，只是打开电脑里的文档，选中文成业的名字，让她自己看。

林晚星怔住了。

文成业总分615分，年级排名第53位，处在稳211冲985的分数线上。

林晚星继续看向文成业上次的月考成绩，发现比这次更高，竟有655分之多。

"他成绩确实很好，但似乎有些不太稳定？"心中有诸多不可思议的想法，林晚星略一迟疑，还是说出了口，“听说他以前不是一班的，后来分班考考上来的？”

陆老师：“是，文成业以前成绩是不好，但很多学生都这样，突然想努力学习了，成绩突飞猛进，因为基础不牢固，成绩波动也是正常的。”

接下来，陆老师或许认为她很关心文成业，所以讲了不少他之前的情况。

年级办公室里，以前教过文成业的其他任课老师也跟着一并补充。

诸位老师的大致意思还是，以前足球队组织活动的时候，文成业的成绩确实不好，但后来不踢球了，成绩就在几个月内突飞猛进。

林晚星边听边重新翻看他的月考试卷，最后，她指着文成业波动最明显的数学部分，说：“他数学不太稳定啊。”

“哦，他这次主要是粗心，数学题两道大题写反了位置，不然分数会更高。”陆老师这么说。

12.

外卖

林晚星拿着试卷，回到她的体育器材室。

推开门，发现足球队的崽子们全部坐在里面。

室内昏暗，夕阳透过窗户照下。他们一个个耷拉着脑袋，神情中透着沮丧，看起来没什么精神。

想来，虽然大家面对文成业的时候都狂得要命，可私下里，还是会为足球队招不满人而充满忧虑。

看见她进门，秦敖“咳咳”两声，提醒众人。

倏忽间，学生们要不坐直身子，要不就突然对着空气打了两下拳，装出一副元气满满的样子。

“老师你进门就进门，别不喘气啊！”秦敖第一个嚷嚷。

“我喘了，你们没听到而已。”林晚星回到自己的办公桌前，放下试卷，收拾东西，“今天怎么这么尊师重道，来接我下班吗？”

“因为文狗，耽误我们一天训练，不是特地等你啊！”秦敖边说边翻了个白眼。

"哦，文成业比我重要。"

林晚星说着，把保温杯和两袋零食塞进包里。

俞明同学坐在软垫上，第一个发现那沓卷子。他睁大眼睛，满脸惊恐，扯了扯秦敖的袖口，指着卷子。

秦敖："干吗，发病呢？"

然后他走过来，也同样石化，满脸惊恐。

越来越多的男生围过来。

"怎么了？"

林晚星笑着摊开试卷。

学生们就像被闪光弹炸到，夸张地集体捂住眼睛后撤。

"有话好好说，别发卷子。"

"这是什么鬼东西！"

林晚星："怎么了嘛，上次也没这么夸张啊？"

"上次随便答的，这次是认真写的。"陈江河说。

"因为认真写的，所以怕考不好？"林晚星问。

"对啊。"

"那不然呢？"

"我觉得你们考得不错啊。"林晚星很轻快地说。

直到看到自己的试卷前，学生们都不太相信她的这句话。

不过让林晚星没想到的是，等看到卷子，学生们对自己的成绩满意到了震惊的地步。

"他是不是乱批卷子，我凭什么能有这么高的分数？"郑飞扬问。

"这老师语文还能给我作文20分，我配20分？"

"我英语作文也有分了，7分，老师怎么能给我7分？"

他们凑在一起，吵吵嚷嚷。

沉闷的空气一扫而光，学生们捧着卷子兴奋不已，恨不得在小仓库里就听她讲题。

林晚星的肚子饿得咕咕叫，让他们拿好自己的试卷，然后把他们集体赶出器材室。

自从学生们有规律地训练、学习、生活以来，林晚星很久没有和他们一起下班了。

他们从学校往梧桐路7号走。

恰逢傍晚，秋日夕阳洒下橙红色温柔的光。

路上车流如织，两旁商铺林立，卤肉店门口排起长队，羊肉汤和烧烤香味从店铺中各自飘出。

学生们折腾了一个下午也没有吃饭，被路上的香味一激，开始很居家地商量起家里有什么菜，以及还要买什么别的菜。

聊起吃的，他们的精神就更好了。

林晚星以为刚发下的试卷，还有对晚饭的憧憬，能让学生们暂时忘却烦忧。可大家心里始终记挂着球队的事，不知不觉，话题又再度回到球队上面。

提起这个，秦敖又对文成业恨得牙痒痒："真是狗，软硬不吃油盐不进，还贱！"

"你也不是第一天认识他了。"付新书说。

"老大，他怎么就这么拽啊。"俞明跟在后面真心实意地感叹，"他今天真就单刀赴会，想弄死我们啊，甚至不怕我们打他，太狠了啊！"

"文狗人品是真的不行，就算他愿意来咱队，我也觉得他在使坏，要不还是算了。"林鹿边说边推祁亮。

"推我干什么，他是人渣啊，但我又是什么好东西？"祁亮双手抱头，百无聊赖地说。

"你就是对他念念不忘！"秦敖骂道。

"那怎么办，现找一个会踢球的，不如等天上掉馅饼。"祁亮慢悠悠地说。

"文狗千万别被我抓到什么把柄。"秦敖更气了，"我总有一天让他在地上爬！"

林晚星拍拍秦敖的肩笑道："您息怒啊。"

"接下来怎么办？"陈江河的声音响起，很明显在问她。

"办法总比困难多嘛。"林晚星在路边看凉皮摊，"实在不行，也只能到比赛时候找陈卫东来。"

"老师你这'实在不行'我就不喜欢听。"郑飞扬嚷嚷道，"他都走了，那么多借口，我们再去求人家我真不乐意。”

“那找文成业你们就乐意了呀？”林晚星笑问道。

“老师，你好恶心啊！”

“可你们明明很在意文成业啊。”林晚星笑着说。

“你别说了！”

“想吐！”

学生们纷纷哀号，让她闭嘴。

“哎，不懂你们男孩子。”林晚星在凉皮摊前被学生们拉走，走两步路，又看上了隔壁的牛肉馅饼。

“你们饿了吗？”她问。

“你要干吗？”男生们问。

“大家也辛苦了，老师请客。”林晚星说着，想让老板称几个。

“七块钱一个的牛肉馅饼你疯了吗老师！”郑飞扬跑到摊位前，看到价目表，突然提高音量。

林晚星：“啊？”

郑飞扬的话，把其他男生都引了过来。

一群人就这么围在老板的摊位前，开始数落她。

“你居然要吃七块钱的牛肉馅饼，太败家了吧？”

“一斤牛肉馅才多少钱？”

“对啊，你知道面粉多少钱一斤！”

“一人一个就得七八十块。”

学生们站在牛肉馅饼摊前，开始算起账来。

“对啊，等下就去买菜，等我们回家给你烙去，别败家了女人。”

老板听得额头青筋直冒，这不是明显砸场子嘛。

“对不起啊，对不起啊。”林晚星赶忙立刻向老板道歉，并在老板发飙前，拉着骂骂咧咧的学生们赶紧离开。

学生们对于她这种明明可以自己做饭，还准备吃路边摊的行为表示极大愤慨。

从收垃圾赚钱到开始种菜，学生们的抠门劲儿愈演愈烈，基本到了锱铢必较的地步。

比方说，明明讲好了要烙饼，可等真正到了菜场，他们也没买牛肉馅。因为菜场冷链价格不好，据说网购用优惠券更便宜。

之前学生们都会制订菜谱，可今天的计划被文成业打乱，他们只能随便吃点儿。

根据菜价，他们最终决定晚饭吃豆角焖面，听说这是最近网络上很火的做法，当然这和豆角以及猪肉的价格便宜关系巨大。

他们拎着几袋菜回家，推开天台门，王法正坐在屋外喝饮料。

林晚星已经习惯了学生们忙活，她和王法两人等吃的场景。所以她放下包，洗了手，拿了两袋零食，就坐在王法面前。

“饿了吗？”林晚星撕了袋零食，递给他。

王法点了点头，顺手端起茶壶，往她杯子里倒了半杯刚泡好的柠檬红茶：“今天怎么这么晚？”

林晚星端起茶杯，吹了吹热气，开始给王法讲今天的神奇经历。

她从学生们的“文成公主”起居注，讲到文成业干脆地拒绝林鹿。当故事进行到建筑工地前那段，文成业想坑其他人的剧情时，王法终于露出一丝惊讶的神情。

“虽然目前想这些有些多余，但如果文成业真加入我们，你会觉得这届学生更难带吗？”林晚星问。

此时，天台上的学生们正在各自忙活。

菜园的小葱长势喜人，他们刚讨论完熬葱油的事情。现在大家间或互相骂上两句，吵吵嚷嚷。

王法抿了口茶，反问她：“小林老师有什么误解吗？”

“什么？”林晚星不懂。

王法笑问道：“你是觉得，我们现在的这些球员还算好带吗？”

“现在应该还是比较好带吧？”林晚星有些不确定。

“还是你认为，我以前带的球员都很乖，所以我会觉得一个刺儿头球员难带？”

“呃？”林晚星望着他淡定的面容，露出困惑的神情。

“我最早也是球员，我们队里有些孩子被父母送来踢球，就是因为他们小时候有暴力倾向，家长们希望运动能释放他们多余的精力。”王法补充道，“当然，不是所有来踢球的学生都是这样的，只是其中一种情况。”

“嗯。”

“后来我当了教练，虽然球队规章制度严格，但还是有不少人在街头厮混。有自控能力的，顶多是打架或用自己青年队球员的身份去泡妞。而管不好自己的，被打断腿或者吸毒最后断送职业生涯的也有。所以，不用担心文成业会给我带来什么困扰。”王法很平静地解释道。

林晚星忽然觉得自己确实想太多。

王法曾是踏足山巅的雄狮，在他漫长的半生里，必然驯化过诸多桀骜不驯的野兽。

和那些球员比起来，宏景八中的学生们确实只能算是刚刚断奶的小狗崽而已。

林晚星说：“我就是怕他们吵得你头疼。”

王法：“任何涉及集体的东西，又有共同目标，都不可避免会吵架，那么难不难带只取决于一点。”

“什么？”

“球队成绩。”王法很坦白地说。

虽然言简意赅，但也是最好的总结。

林晚星想了下，确实是这样。

当队伍成绩好时，队员们都拧成一股绳，向着胜利冲击。可一旦成绩不好，就会开始互相责怪，逐渐分崩离析。

成绩和关系两者相辅相成，互相影响，这是最简单的道理。

可或许也正因为此，使王法感到疲倦。

林晚星抿了口酸味渐重的柠檬红茶，没有再问下去。

文成业现在根本就不来踢球，他们很难继续讨论了。

学生们分工合作，手脚麻利，大半个钟头后，十二人份的饭菜上桌。

就在这时，天台门开了。

铁门发出“吱呀”一声轻响，学生们都在各自忙碌，没有注意到来人。

一个穿着蓝色工作制服的小哥站在门前。他头上戴着同色的头盔，手上拎着一个纸袋，环顾四周，神情茫然。

这身穿着实在太过显眼，就算他不转身露出背后的标识，林晚星也知道他是外卖小哥。

“你点了外卖吗？”林晚星问王法。

王法摇头，指指学生们：“已经被警告过了。”

“你们谁点了外卖啊？”林晚星边喊，边去门边接小哥。

“是我们这里的外卖吗，送给谁的？”

外卖小哥拿着袋子上的小票，因为爬了五楼，他气喘吁吁的，看了眼小票，然后说：“祁亮。”

“干吗？”正在拿碗筷的祁亮听到有人叫自己的名字，站起来下意识说道。

“你点外卖了吗？”林晚星问。

“什么外卖？”祁亮放下碗筷，走过来。

林晚星接过袋子，外卖小哥直接走了。

“文记馅饼。”林晚星看着纸袋上的字，觉得很离奇，“你点馅饼了？”

“什么鬼！”祁亮难得地不再慢悠悠的，有些不解地接过袋子。打开一看，里面还真是包得好好的馅饼。

“这么体贴老师吗，特地买给老师吃的？”林晚星震惊地问。

“不是我买的，我没买过。”祁亮一把扯过小票，气急败坏地说，“你别往自己脸上贴金，喂猪也不可能买给你吃。”

“这么凶？”林晚星露出受伤的表情。

学生们听到这里的动静，都围了过来，凑在一起看那张小票。

小票上写着“文记馅饼”的店名。

清单列表上，共豆沙、牛肉、桂花白糖、三鲜、韭菜鸡蛋、梅菜扣肉六种口味。每种口味各两个，加起来不多不少正好十二个，和现在天台上的人数一致。

看到最后，他们又核对了一遍小票上的地址——梧桐路7号，5楼天台。

是这里。

看来这袋馅饼确实是有人特意给他们点的。

学生们也意识到这点，非常惊讶。

林晚星不由得看了眼王法。

王法走过来："不是我，我向来蹭吃蹭喝，什么时候主动花过钱？"

好像也对。

林晚星又看向小票上的电话，可惜电话打了码，看不出端倪。

票据在学生们手里传了一圈，林晚星也看了一遍大家的表情。他们每个人都一脸纳闷，很明显这袋馅饼不是他们中的任何一个点的。

祁亮终于有些抓狂："这玩什么，真'天上掉馅饼'吗？"

林晚星看着小票，上面没有任何关于购买人的线索。唯一要说可疑的，大概就是备注那栏的两个数字。

俞明问道："这个备注的19、20是什么意思？"

林晚星摇头。但不知为何，一种熟悉的感觉浮现在她心头。

"不会是……那个神秘人吧？"

林鹿的声音响起。他的眼睛睁得大大的，满脸兴奋。

此言一出，整个天台都静悄悄的。

秋风有点儿凉，小菜园里的生菜苗在晚风中摇曳，唯独袋子里的馅饼还热乎乎的。

不知是谁喊了一句："我靠！"

这几乎是学生们现在心情的最好诠释。

他们顿时炸开了锅。

"不是吧？"

"这人又来帮我们？"

"帮我们什么？文记？不会是指文成业吧？"郑飞扬指着纸袋上的印刷字，这么说。

"难道说神秘人送我们这袋饼，是暗示关于文狗的什么事？"秦敖沉思。

"我懂了，暗示文狗是烧饼！"林鹿举手。

"这用你说？谁都知道他是傻×。"秦敖很不屑。

"如果是那个人，应该会有深意吧？"付新书开口，"就像秦敖、陈江河，还有我之前收到的东西一样……"

林晚星闻言，将目光重新投向包装袋上的"文"字。

"他总不会真想让我们找文狗一起踢球吧？"学生们说。

“难道是知道我们对文狗求而不得，所以来助我们一臂之力？”郑飞扬问。

此言一出，秦敖又忍不住抽了郑飞扬一记：“我们求他？会不会说话！”

“但为什么是给祁亮的？”王法忽然问道。

“对啊！这种关键物品不都是给主角的吗？”秦敖说着握拳，捶捶自己的胸口，指向前方。

“可能因为祁亮和文成业关系好一些？”林晚星说。

“你这么说，整得我像内鬼。”祁亮无语。他一把抓起桌上的外卖袋子，像检查什么故障机械似的，装作漫不经心，但又很仔细地把馅饼袋子里里外外都看了一遍。

“你看屁啊！”秦敖很烦地说。

“给我这袋馅饼想干吗？让我拿去给文成业？”祁亮问。

“说不定是鱼腹藏剑？”冯锁同学突然道，“饼里有东西！”

学生们意见很多。

王法一直看着桌上的馅饼。

林晚星低声问他：“想尝尝吗？”

“这怎么好意思呢。”王法客气道。

袋子里的烤馅饼传出特有的香味，大家聊了这么半天都饿了。

林晚星拆开袋子，把馅饼拿出来放到盘子里，推到王法面前，让他先挑自己喜欢的口味。

俞明很想阻止她：“老师，万一这饼真是要祁亮拿给文成业的，被你们吃了怎么办？”

林晚星看了眼王法，对祁亮说：“吃你一个饼，大不了还你十倍。”

“不要玩老梗！”学生们嚷嚷。

配着各种口味的馅饼，林晚星又沏了一大壶红茶。

他们头顶有盏微黄的吊灯，挂在据说是丝瓜爬藤的架子上。在秋日夜里有些凉意的天台，红茶、馅饼、豆角焖面，别有一番风味。

茶没喝两口，馅饼已经吃完了。

学生们抹着嘴，回味着馅饼的余香，早就忘了先前的任务。

“吃到什么了吗？”林晚星问。

“桂花糖还挺好吃的。”

“这么好吃吗，我吃了个梅菜扣肉的，早知道和你一人一半了。”

“我是说，找到‘鱼腹’里的剑了吗？”林晚星问。

“什么剑？没有剑，只有贱人。”秦敖看着纸袋上的文字，恶狠狠地说。

“老师你是不是傻，这种大店的馅饼里怎么可能有别的东西。”俞明认真地说。

“那怎么办？”林晚星摸着下巴，无奈地笑道，“饼都吃完了，东西还没找到。”

她说完，学生们又开始七嘴八舌。

有人说可能压根没线索，都是他们自作多情，也有人说一个饼不够，再吃两个可能能想到。当然，还有比较纯朴的同学开始相信，这袋馅饼真是要祁亮拿给文成业的贿赂。

林晚星边喝茶边安静地听。

大家争论到最后，包装袋里里外外翻了几遍，最后，付新书说：“按照神秘人以前的思路，肯定会给我们线索的，就是需要动点儿脑子。”

“你们又没脑子，怎么动？”祁亮冷笑。

“你就有脑子了？”秦敖逼视着他。

祁亮仿佛早就有了想法，他斜看秦敖一眼，讲出了自己的推断：“唯一能被称为线索的东西，就只有小票上这两个数字了。”

祁亮扯下被订书机钉在纸袋上的小票，放到木桌中央。

订单备注栏里的两个数字格外醒目。

“难道这两个数字是什么箱子的密码或者楼栋号、座位号，反正类似的东西？”付新书说。

祁亮：“我们教室后面的储物箱又没锁，而且19、20真指的是我们班上的箱子？我的学号也不是这两个啊，要我去看别人的箱子？”

“我只是举个例子。”

大家再次陷入沉思。

为了验证学生们的推理，林晚星特地在原店重新订了一份六种口味各两个的馅饼。她特地在小票上留下了同样的备注，想看看这版小票和神秘人送给祁亮的有什么区别。

等东西送到，学生们又开始嚷嚷“每人只能分一个，老师太小气了”。

“其实你是自己还馋着，想尝尝别的味道吧。”祁亮吐槽道。

林晚星舔了舔嘴角的馅饼屑，把两张小票放在一起：“怎么可以这么说老师呢？”

学生们再次围过来，事实上，这两份外卖的小票确实一模一样。

经过排除法，线索还是只有19、20两个数字。

“所以，这到底是什么意思啊？”学生们边嚼着饼边问。

这个问题在第二袋馅饼送来前的间隙里，学生们已经讨论过很长时间。

祁亮根本没有任何想法，唯一的可能性还真就是教室后面的柜子。虽然也有什么一栋二层、年龄啊或者密码之类的猜测，但都显得不靠谱。

祁亮一直在看桌上的两张小票。

“靠，只有两个数字，这要猜到哪年哪月。”秦敖一口吞下最后的饼，很不爽地吐槽祁亮，“就你这脑子，也能看出什么来？”

祁亮缓缓抬头：“你知道我和你的区别在哪儿吗？”

“在哪儿？”

“区别在于我不仅比你多个脑子，还比你多长了双眼睛！”祁亮说着把两张小票放到秦敖面前，手环抱胸口，倨傲地说：“两张小票有个很明显的区别，我说的不是收件人电话的乱码，你们知道是什么吗？”

听祁亮这么说，学生们立刻围过去。

林晚星也开始安静地重新审视两张小票。

地址是她按照原来小票地址填的，连“5楼”都打得一模一样。点的馅饼数量、品种甚至是顺序都一样，那么有什么区别呢？

林晚星最后又只能将目光放在备注上……

“我知道了！”林晚星蓦地抬头。

“你又知道了？”秦敖很不屑。

“祁亮来说吧。”林晚星看了眼学生。

祁亮没卖关子，他把两张小票贴在桌上：“最先的备注是‘19.20.’，而老师打的备注是‘19 20’。”他指着小票后非常细小且不起眼的那个点，这么说道。

“就这？”

“啊，就一个点？”

“这算什么明显区别、重大发现？”

“这说明，那个人留给我们的线索不是19、20这两个数字，而是19点和20点。”林晚星说。

“难道是时间？或者什么点数？但为什么是那么小一个点？”

学生们又开始你一言我一语讨论，林晚星也不说话，只在一旁若有所思地喝茶。

等他们聊得差不多了，她摸着杯壁，说：“我大概知道是什么了。”

“是什么？”

林晚星点点头，举起那张小票：“如果我猜得没错，这是一个能让文成业加入我们的线索。”

后面学生们吵吵嚷嚷，想知道究竟是什么事情，但林晚星并没有告诉他们。

大家你争我吵了很长一段时间，林晚星不在意学生们起哄说她故弄玄虚，或者说她根本没猜到究竟是什么。

她始终对自己猜测的内容闭口不谈。

最后，学生们恋恋不舍地回家了。

他们对这么一个吃馅饼猜谜的游戏，感到意犹未尽。

茶壶和杯子还摆在桌上。

茶汤冲了很多次，已经很寡淡。

林晚星打开茶壶盖子，打算往里面再加点儿热水，却被王法制止了。

“你这样泡红茶，会被我英国的邻居奶奶报警。”他说。

林晚星松开握着暖水壶的手，她知道王法在开玩笑，但情绪和思维都不在这上面，让她接不了下面的话。

天台上是夜的沉寂。

林晚星沉默着。

王法叮叮当当地洗完茶壶和杯子，又泡了一壶新茶。

琥珀色的茶汤汩汩流下，热气飘浮而起。

王法的声音随之而起：“谜底是什么？”

“啊？”林晚星蓦地回神，见王法用平静而关切的眼神望着她。

林晚星很清楚，王法看似是在问谜底，其实是在关心她。

理了理思绪，林晚星半开玩笑地说：“教练有点儿八卦了。”

“我当然会好奇。”王法说。

林晚星抿了口茶，食指沾了点儿碗碟上没擦干的水，在木桌上写下了“19.20.”。

“这是两道题号。”她说。

“题号？”

“嗯，这次月考的数学考试题号。”林晚星很笃定地说。

“你怎么知道？”

“这件事说来话长。”林晚星托腮，“得从我监考文成业讲起。”

13.

对 峙

林晚星告诉王法，自从上次她监考文成业，就一直觉得他写卷子的时候很奇怪。

“虽然这么说可能不太恰当，但正常考试答题，你会需要思考和演算，但文成业没有。后来我想了很久他考试时像什么……”

王法问：“像什么？”

林晚星：“像在默写。”

“默写？”

“我怀疑文成业一直在作弊。”林晚星讲道，“但我的猜测只是我的猜测。毕竟我是文成业的监考老师，我监考了他整整三天，没发现他考试过程中有任何问题。”

“你认为，是有人提前给了文成业答案，他一直在作弊？”王法问。

“我本来没有想那么多。”林晚星说，“我毕竟也算个教育和前科学工作者，会比较客观。当我无法证明文成业在考试过程中作弊，那他肯定就没作弊。所以在我这里，这件事就这么过去了。”

“真过去了？”王法问。

“呃，其实也没完全过去啦。”林晚星尴尬了下，“我后来问了下陆老师，也就是文成业的班主任，问他以前的成绩怎么样。因为崽子们说文成业以前也很烂啦，我就想证实一下。”

“你证实了？”

“是啊。”林晚星突然有点儿生气，“陆老师的意思是，文成业以前的成绩不好，是他远离之前足球队这帮狐朋狗友后，成绩才突飞猛进的，排名直接飙升年级前列。”

林晚星拍了拍桌，低声道：“不是我自夸啊，就算我本人倾囊相授，也不可能在两三个月时间里，把我们崽子这种水平的学生教到年级前列好吗？！”

“所以，你还是在怀疑文成业。”王法饮了口茶，淡淡地道。

“我看过文成业上课，他一直在走神。用通俗的话来讲，他人在教室魂却不在。那为什么他根本没好好听课，成绩却能考那么好？我想，如果他不是天降奇才，就只剩下另外一个可能。”林晚星说。

“作弊。”王法说。

“对。”

“所以，作弊和这有什么关系？”王法指着桌上的字迹问。

“不是‘19点20点’，是19题和20题。”林晚星说。

王法：“题目？”

“对，是题目，这次月考的数学题。”

林晚星虽然之前一直有怀疑文成业，但没有证据。可事实上，她想要的证据早已看过，只是并没有往那个方面想。

王法问：“题目怎么了？”

“不是题目有问题……”林晚星有点儿犹豫，她的手机一直摆在桌上，手指轻轻抚过屏幕。

王法看着她。

林晚星不知该如何解释：“我看过我们学校这次数学考试的卷子，这是两道几何题，它们的题目没有问题，但答案好像有问题。”

她拿出本次月考的试卷，在王法面前摊开。

陆老师之前把所有考卷的标准答案也整理给了她。因此，在数学答案的19题和20题题号前，有个明显的倒置箭头。

王法抬起眼眸，显得很不可置信。

“这两道题目的答案，印反了。”林晚星说。

“文成业也把答案写反了？”王法神情微凛。

林晚星微叹了口气。

虽然很离奇，但将线索串联起来，林晚星认为，外卖小票备注的“19.20.”，是要揭穿一个关于文成业的谎言——

文成业所有答卷的成绩并不是他独立思考和答题的结果，他不知从哪里搞到了每次考试的答案。

他一直在作弊。

茶汤仍然温热，夜风却已渐凉，林晚星陷入沉默。

其实她现在要做的事情很简单。

打开手机，给陆老师打个电话，核对数学考卷上文成业填反的两道题，是否真是19题和20题。

可坐在藤蔓架下，思绪凝滞，林晚星却没有这么做。

楼下人家开窗说话的声音可以听到一点儿。

她很少有这样犹豫的时刻了。

王法的声音适时响起：“就算你打电话给陆老师，证实文成业这两道题确实写反了，但也还是没证据说文成业作弊了。他大可以说自己是看错题号写错了位置，一切是个巧合。”

“嗯，他大概也是这么和陆老师说的。”林晚星用很平静的语气讲道。

“其实很有意思。”王法说，“这张小票是个线索，但同样也是个任务，它是在要求你，找到能揭穿文成业的证据？”

“可是教练，我没有在担心证据……”林晚星望着王法，很不确定地说，“我只是在想啊，我要怎么做才好呢？”

天台围墙上，还挂着“热烈庆祝”的横幅。而更远的地方，球场和城市都陷入黑暗。

她的脑海里出现了男生的样子。

文成业面容冷漠，微仰着头。

他用作弊应付考试，拒绝交流，厌恶所有人。

她发现这件事，理应上报学校，学校或许会按规章制度开除文成业，也有可能放他一马留校察看。

然后呢，这样就完成她的工作了吗？

不确定像遮住月亮的云，光色朦胧。

林晚星看向王法："你们球队以前是怎么处理那些犯了错的球员的呢？"

"你是想问，我们会怎么处理像文成业这样的作弊球员？"

"嗯。"

"如果他不值钱，我们会解约然后开除他。但如果他足够值钱，那我们的容忍度会变高，可如果触碰到一些涉及利益底线的问题，他还是必须离开。"王法的回答很残酷。

"利益底线？"林晚星不解。

王法沉吟片刻，说给她讲个故事。

"我们球队以前有个球员，叫彼得·沃伦。他天赋很好，身体强壮、速度快、动作敏捷。那时候我的职位还很低，也是听上级说起，他们都认为他是下一个马修·勒蒂塞尔。后者是南安普顿俱乐部历史上最伟大的球员，终生效力南安普顿。"

王法停顿了下，抿了口茶，继续说："因为彼得·沃伦天赋出众，所以俱乐部对他多有纵容。在青训队里，只要你实力足够强悍，能卖很多钱，那你迟到早退都不算什么问题。"

"然后呢？"

"然后这就造成了彼得·沃伦的顽劣性情，他无法无天，经常口无遮拦。有一次，他在酒吧里发表种族歧视言论，被人发布到网上。因内容太过恶劣，引起轩然大波，俱乐部迫于舆论压力，开除了他。"

林晚星终于明白，王法所说的"利益底线"是什么意思。如果这位球员造成的损失大于他的价值，那他就会被无情抛弃。

她看向王法："彼得·沃伦后面去了别的球队吗？"

"没有。"王法摇了摇头，"在那之后，他颓废了一段时间。一次酒后争执，他被人用钢管打断了腿。这是发育期间的重伤，修复手术需要一笔极其高昂的费用。但他被我们开除了，球队不可能为他花这笔钱。他最后走投无路，甚至把借钱电话打给了我。那时候，他哭着对我说，他非常后悔。”

王法讲故事的时候，虽然很平静，但林晚星也能听出他深深的遗憾。

凉风如水，茶汤汩汩流下。

他端起茶壶，又给她倒了半杯。

林晚星陷入沉思。

文成业本人并不知道，昨天夜里，他在足球队朋友们的对话中，被反反复复讨论了很多遍。

对他来讲，这仍是普通和无聊的一天。

和往常一样，他早上七点到校，走进班级时，教室里坐满了人。

门窗紧闭，书本摊开，试卷和练习册纷飞。

收作业、交作业、抄作业，教室里有股难闻的气味。

那种味道让文成业想到自己很小的时候，站在猪肉摊前时的情景。

那是闷热潮湿的午后，他被家里的阿姨带去菜场，台面铺着一块巨大的猪肋排。

摊主一刀剁下，白色骨渣飞溅，整个空间霎时弥漫着腥臊的生肉味，和现在一模一样。

文成业在课桌边漫无目的地站了会儿，直到有人拍了拍他的肩膀。

回头，他看到了组长赭红色的脸，颜色像悬挂在摊位上的那种肉排。

“你作业呢？”组长问。

“忘带了。”他说。

“又忘带了啊？”那张脸皱在一起，“你怎么老忘带作业，以后三好生什么评优都轮不上你。”

文成业放下书包，假装把自己抽离出这个空间，任由对方在他耳边喋喋不休。

“就不知道你成绩怎么混上去的，也不交作业，你其实根本没做吧……”

腥臭的味道从左上方飘来。

文成业抬起头，视线里有一张不断开合的嘴。

他的手掌不由自主地按上课桌，终于有了那么点儿烦躁的感觉。

就在他觉得克制不住时，对方忽然想起什么，说："啊对了，有人让我给你带个东西。"

文成业停下动作："什么人？"

"是只恐龙，我找找。"组长挪动手指，在肥硕的校服裤兜里翻找。

"我问，是什、么、人？"文成业强调了一遍。

"一个女的，说自己是我们学校足球队的带队老师。你等下啊，我找找，欸，东西怎么不在？"

文成业的脑海中不由自主浮现起一张笑脸。

"哦，我放课桌里了！"

对方噔噔噔跑去又跑来，然后把东西拍在了他的课桌上："她说里面有字，让你千万别看！"

文成业难以置信地看着课桌。

那确实是只恐龙。

一只纸折的、绿色的霸王龙。

阳光下，恐龙只有半个巴掌大，趴在他刚发下的考卷上，像在嘲笑什么东西。

"她是不是有毛病，为什么给你又让你千万别看？"组长嘟囔着，离开了他的座位。

文成业脑子里响着"千万别看"这四个字，他死死盯着那只绿色的恐龙。

他知道这是个陷阱，也有非常确定的预感。无论里面写了什么东西，他都知道自己不能看。

一整个上午，文成业都在克制自己的冲动，不去拆那只恐龙。

他一开始把恐龙夹在数学课本里，这是他最讨厌的课。好像这种令人厌恶的玩意儿也能隔绝那只恐龙散发的气息。

她说："千万别看。"

那句话简直像有魔力，他越来越想打开数学课本，拆开恐龙，看看里面到底写了什么。

数学课后，他把恐龙扔进了垃圾桶。

可在这之后的整整一节语文课时间里，他都在想，这也不对。

因为垃圾桶里的东西不会被很快倒掉，还会有人往里面扔新的东西。如果他不把恐龙拣出来，那么那张纸和里面的东西，会一直留在教室里，留在他的身边。

文成业松开拳头，决定不折腾自己。

在下课铃响起的瞬间，他站了起来。

老师说“下课”，众目睽睽之下，他走到教室最后面。

他弯下腰，忍住恶心，把垃圾桶里那只绿色的恐龙捡了出来。

文成业走出教室，站在栏杆边。

教学楼高处的风有点儿冷，俯瞰楼下，树木露出枯枝，人员进进出出，如同浑浊的池塘和里面缺氧的鱼。

那只带着恶作剧意味的恐龙，被他紧紧攥在手里。

文成业的手越过栏杆，只要他松手，这该死的恐龙就能滚蛋了。

他拽住恐龙的脑袋，将它从中间撕开，可当那抹绿色在他指缝冒头的瞬间，一股奇怪的烦躁感从他指尖窜到头顶。

“千万别看。”

如果不看，会被认为是在害怕吗？

那个恶心的女老师会说什么？

——你还是很在意我们啊！

想到这里，文成业展开了那只被撕开的恐龙。

“啪”的一声。

绿色便笺纸被用力扔在办公桌上，依稀能看清上面复杂的折痕和被揉搓的痕迹。

到了秋天，体育器材室电风扇也不开了。天有些凉，窗户关得严实，因此室内光线有些昏暗。

林晚星坐在办公桌前，抬起头，首先看到的是文成业冷漠的眼眸。

完全形容为冷漠也不恰当。文成业冰冷的眼睛里，其实还压着两团火焰。

林晚星闲暇时看过的修仙小说里，常用这个短句来形容主角压抑到极点的愤恨目光。

按照小说里的套路，下一刻主角就要突然暴起。

所以林晚星决定先动一下。

她抬起手，指了指自己办公桌对面。

那里摆着一张板凳，是林晚星早就准备好的。

等了一上午，才等到要等的人。

男生当然没有立刻听话，他非常固执地盯着桌上被揉烂的便笺纸。

便笺纸上的19、20两个铅笔字淡得快看不清了。

而在办公桌右下角，同款绿色便笺本刚用了小半。

文成业也注意到这点，他的目光更加坚定冷酷，锁定在她的脸上。

林晚星直直对上男生的目光，温和地说："请坐吧。"

男生拳头紧贴裤缝，身体却没有任何动作。

林晚星在做新器材登记，见他不愿坐，就低头继续忙自己要做的事情，很随意地问："你吃午饭了吗？"

当然，这个问题也同样没有得到任何回应。

林晚星习以为常，她只是自顾自地说："看起来是没吃。也对，收到这种东西，怎么也该纠结半天，茶饭不思，对吧？"

"哐"的一声巨响，办公桌前有了很大动静。

文成业发泄似的拖开板凳，一屁股在她对面坐下。

响动过后，整个器材室又恢复了安静。

头顶白炽灯的光铺开来，从文成业头上落到肩膀，将他整个人照得纤毫毕现。

林晚星和学生分坐在办公桌的两边。

这大概是林晚星第一次认真看文成业。

文成业也看着她。

林晚星没说话。

时间轴缓慢地向前移动，从文成业紧蹙的眉头和拉得直直的唇线上，林晚星大概能猜出他在想什么。

大概是诸如"你想怎样""你到底想干什么"之类的话，但怎么喊，都听上去不够狠辣。所以文成业需要思考好自己的台词，林晚星也在等。

“什么意思？”

终于，文成业清冷的声音响起。

林晚星品味了下这句话，觉得文成业还挺聪明。

但她没有和文成业进行任何虚与委蛇的交流，而是单刀直入：“是这样的，我查了下你这次月考的数学考卷，19题和20题正确答案印反，而你的答卷也同样写反了。”

“老师，当时我在草稿纸上演算好，写到答卷上的时候，正好誊反了。”文成业说。

“嗯，我猜你会用这个理由。”林晚星把手上的圆珠笔转了一圈，对文成业循循善诱，“可我叫你过来，是想听实话。”

“我没有作弊。”文成业重复道，“我只是把答案写反了。”

林晚星盯着男生的眼睛，笑了下。

她低下头，翻过一页笔记本，在上面画了一张图，写下一道题目。

正方形ABCD所在平面与平面四边形ABEF所在平面互相垂直，△ABE是等腰直角三角形，AB=AE，FA=FE，∠AEF=45°

1.求证：EF⊥平面BC；

2.设线段CD的中点为P，在直线AE上是否存在一点M，使得PM∥平面BCE？若存在，请指出点M的位置，并证明你的结论；若不存在，请说明理由；

3.求二面角F-BD-A的大小。

她停下笔，将自己的笔记本推到文成业面前，旋转360°，最后，她把她的那支圆珠笔搁在文成业的手指前。

文成业抬起眼皮。

“那做一下这道题。”林晚星说。

“我为什么要做你出的题？”

“这不是我出的题目。”林晚星很平静地说，“这是你‘誊错’几何题的其中一道。”

文成业闻言微怔。

他低下头看了一会儿，乖顺地拿起笔，按下按钮。

就在要落笔的瞬间，他突然松开了手。

圆珠笔从他指缝间滑落，“吧嗒”一声掉在地上。

文成业抬起脚，踩住了那支笔。

塑料和地面发出了刺耳的咯吱声响。

“不好意思老师，笔掉了。”文成业说。

林晚星认真说道：“文成业，这样做是没法激怒我的。我大可以领你到教务处，在你面前摆上和你上次月考一模一样只是把题号打乱的空白卷，你手边有且只有一支笔。到那个时候，你也会像现在这样把笔扔掉吗？”

文成业还是看着她，男生眼神中的嘲讽意味隐去，但也还没到不知所措的地步。

时间轴继续缓慢向前，操场上学生们的笑闹声遥远得像在另一个空间。

器材室里格外冷寂。

“那你为什么不这么做呢？”文成业反问。

“是啊，我为什么不这么做呢？按理说，我是应该把你举报给学校的。因为你考试作弊，本质是对其他认真学习的同学的不公平。”

“所以我问你，为什么不带我去教务处？”他又重复了一遍。

“我说了，在我做决定之前，我想和你谈谈。”林晚星说。

“你不会这么恶心，想感化我吧？”文成业突然身体前倾，压迫感十足。

“首先我想知道，你为什么要作弊呢？”林晚星问。

文成业愣住，突然靠回椅背，没有回答。

林晚星审视着面前的男生：“你对一切都表现出满不在乎的态度，可作弊说明你很在意考试成绩。为什么这么在意成绩？”

“是我在意吗？明明是你们很在意。”文成业说。

“我们？”林晚星顿了顿，“你是说我们老师、家长？”

“不然呢？”

“所以你考出好成绩，是为了满足我们的诉求。”林晚星缓缓说道，“那你很在意我们啊！”

果然，这句话又触到文成业的逆鳞。

他再度露出压抑的暴戾神色："老师，所以你还是没回答，为什么不把我送去教务处呢，你是真想感化我？"

"说感化其实也不对。"林晚星向后靠去，说道，"我刚才在思考，像你这样的学生，就算我带你去教务处，好像也没什么意思。"

文成业脸上露出讥讽的表情。

"你想象一下那个场景：你的父母和老师全部被叫到一个办公室里，大家围着你，这种情况，你该怎么办呢？"

桌对面的男生脸冷了下来。

林晚星自顾自说道："我觉得，你应该自始至终都不会说话，因为沉默是最好的自我保护。你作弊那么多次，应该早就想过被逮住该怎么办了吧？"她停了一下，问他，"那你想知道，我会建议学校怎么做吗？"

听到这话，文成业的眉头皱了起来。

"你可以闭嘴，一题也不写。但我会建议学校，之后每次考试，都把你放到一个单独的房间里，你的试卷和别人的不一样。我能保证，无论你的作弊方式是什么，又是谁向你提供考试答案，他都没法搞到这些。到那时候，你又要怎么做呢？"

林晚星不断在说，也不断在观察文成业的表情。

文成业终于有些慌乱。

"请你继续想象一下那个情景，直到你被学校以作弊开除前，你都必须待在一张又一张考卷前。九十分钟又九十分钟，你什么都做不了，什么也说不了，你能想象这样的场景吗？"

"你到底想说什么？"

文成业终于无法忍耐，踢开板凳站起来。

"我想说，这似乎挺折磨人的，你想经历一次吗？"林晚星问。

"你在威胁我，你拿我作弊这件事在威胁我？！"文成业像摊牌似的，突然露出嘲讽的笑容，仿佛占据了制高点，"其实说白了，你就是想让我回去踢球，是不是？"

"你当然也可以这么理解。"林晚星很平静地说，"我们现在确实需要一个球员。"

办公桌前的男生露出得意扬扬的表情。

林晚星却没再看他，而是重新撕下一张绿色便笺纸，在上面写了一个地址，推到他面前。

“本来我很犹豫。但和你聊到现在我突然发现，对你这样的学生来讲，学校的惩罚根本算不上什么，那些都不会让你太难受。”林晚星说。

“所以你想怎样，亲自折磨我？”文成业冷笑。

“怎么会呢？”林晚星笑道，“我一向是用爱的感化教育。”

14. 归队

对林晚星来讲，她不能确定让文成业加入究竟是对是错。

大部分事情，也没办法简单以正确与否来评判。

更多的评判标准可能是，这么做比较好一些，或者说，不这么做比较好。

梧桐路7号，二楼。

室内昏暗，投影幕布放下。

悬挂在天花板上的投影仪光束变幻，幕布墙上的画面五彩斑斓，教室里响着悦耳的音乐。

小教室里几乎坐满了人。

前排是年纪偏小的孩子，小学生初中生都有。

足球队的男生们坐在靠后面一些。

而在那些光线暗些的角落里，有年轻的情侣，还有几位中年人，甚至有一对头发花白的老夫妻，他们都是楼里的邻居。

具体这个活动是怎么开始的，已经无法考证了。

总之大概是夏末初秋时，有天楼里的小朋友被补习班里放电影的声音吸引。

然后就是大人来找孩子，也不知不觉坐下，跟着看完整部。后来，小朋友们天天到点就来，吵着闹着要看动画片。

可这影响足球队学生们每天晚上学习。

所以林晚星作为自封的楼长，只能提议，每周选两天，作为固定放映日。

渐渐地，邻居们都知道这么个活动。周三、周五晚上，大家逐渐就会聚在一起。

林晚星还被要求在补习班门口放块小黑板，写上放映片名，方便预告观众。

破旧的居民楼，放太久会自动关机的投影仪，不算鲜明的人物在幕布上浮动，还有音乐，喑哑但灵动的管弦乐。

今日放映的片目，是著名科幻电影《火星救援》。

选择这部片子，并非因为学生们对科幻感兴趣，而是他们近来在聊种土豆的话题，不知怎么就搜到了这部。

整部影片讲述在一次火星登陆任务中，宇航员马克·沃特尼因沙尘暴而被误以为已死亡，独自流浪火星求生的故事。

投影幕布上，宇航员正在火星钻研如何种土豆的问题。

文成业进入教室中时，见到的差不多就是这样的场景。

一开始，没人注意到文成业。

空间里是跳跃的音符，所有人都被冒出地面的土豆苗攫住心神，所以背书包的男生在门口站了有一段时间才被发现。

先是秦敖踢了踢前排的陈江河，然后是付新书吃惊地盯着门口，林鹿的反应最大，直接惊叫出声。

男生们看到文成业，都像见鬼似的，闹出不小动静，引得其他观众不满。

而文成业只是板着脸站在门口，凤眸微敛，仰起白净的脸。虽然他的拳头悄悄在身侧握紧，却没有调头离开的意思。

林晚星和王法目光接触了下，她冲王法点了点头，推开椅子站起来，走到文成业面前。

“欢迎光临。”她用轻快的语气对文成业说。

男生当然没有第一时间接受她的邀请。

林晚星看了看时间，又问文成业：“和爸妈说好了吗，我们这里结束会比较晚。”

男生把下巴放下些许，差不多算作点头。

教室里骚动不已，前排小朋友也被影响了。

文成业还是站在门口，不进也不退。

林晚星看出男生心中所想。

“放心，你是被我威胁才来的，一点儿都不自愿。”她宽慰道。

台阶也够用，而且来都来了，转头再走也丢人，文成业终于抬起脚步，迈入教室。

男生走得很慢，有那么一瞬间，投影灯光在他的脸上和校服上变幻，如梦境般迷离。

电影中的故事徐徐推进，主人公记录自己的火星生活，而地球上，他曾经的机组成员们也开始了营救之旅。

对于年纪稍小的孩子来说，这些剧情略显平淡无趣，小朋友们后来走了一些。一对租住在楼里的小情侣自始至终都相互依偎，安静地看着电影。

林晚星在电影高潮的瞬间看向文成业，发现他正聚精会神地看着幕布。

在那里，宇宙浩渺的深空背景之上。两个身穿白色宇航服的人类终于相拥，橙红色的救援绳在他们周围环绕飘荡。

从六点到将近八点半，两个多小时的电影时间。

电影最后，以男主人公对未来宇航员们的一席轻松讲话，作为结尾。

片尾曲响起，大家终于回过神来。

林晚星又等了一会儿，站起来，打开了教室里的灯。

和往常一样，如同电影院散场般。

楼里的其他邻居依次离开，教室里的座位又空下来不少。

林晚星走上讲台。

文成业独自坐在教室一角，其他人则分布在另一侧。

他们中间的空桌椅，就像火星和地球间的宇宙空间。再没有电影放映时的昏暗，能遮掩鸿沟。

林晚星慢条斯理地收拾电脑和投影幕布，黑板逐渐显露出来。

“今天的电影，感觉怎么样？”她问道。

像一语惊醒梦中人似的，秦敖在座位上半跳起来，指着文成业，嗓门巨大："他怎么来了？"

这句话并不是对文成业说的。林晚星知道，这个问题是在质问她。

于是她看向文成业。

男生面容骤然紧绷，眼神里也终于露出不安，但他还是坐在那里，并对她接下来要说的话充满警惕。

林晚星的目光略过文成业，看向其他学生。

她没讲任何她和文成业的谈判内容，而是笑道："啊，你们不是都知道吗？"

"知道什么啊！"

"老师你别装傻！"

"你让文狗来这儿的？"

"对啊。"林晚星很平和地道，"我们足球队不还缺一位队员，之前大家不都真心想邀请文成业加入吗？"

"你好恶心啊老师！"

"谁邀请他了！"

"不是，就算我们找他凑人数，那你为什么让他来这儿？"

学生们纷纷做出快吐了的动作，显然对她这番场面话不买账。而他们更不能接受的，是自己的领地被文成业侵犯。大概就像一群小金毛对于窝里新来抢地盘的杜宾犬充满敌意。

林晚星："我们的目的是比赛，可时间紧任务重，磨合时间太短，我认为，让小文同学加入我们的生活，能更好地……"她想了下，突然有点儿卡壳，不由得看向文成业身后的位置。

"培养队员间的默契。"王法的声音适时响起。

文成业震惊地回头。

在那里，王法在课桌后微起身，绅士地伸出手，自我介绍道："我叫王法，你的教练。"

文成业的表情很冷漠。他板着脸，只是低头看着王法向他伸出的手，却没有任何动作。

片刻后，王法很自然地收回手。

秦敖立刻不忿："教练你给他脸了，理他干吗？"

"不要吃醋。"王法安抚秦敖。

秦敖立刻瞪大眼，有点儿结巴："吃什么，我吃什么啊？！"

"不会说话就去吃屎。"祁亮在旁边冷冷地道。

秦敖"嗖"地转身，冲祁亮喊："你主子来了，跟我这儿找碴呢是吧？"

眼看学生们又要吵起来，林晚星说："看来大家已经很熟悉了呀，那还需要再互相自我介绍一下吗？"

"老师，别尬聊了！"秦敖愤愤地道。

"啊呀，难得来了新人，我也不知道要说什么好呀。"林晚星看向文成业，笑着拉开抽屉，"那我们到下一个环节吧。"

从抽屉里，林晚星拿出一份表格，放到文成业面前。

"这是我们每天的日程表，都是大家自行开会讨论制订的。如果你对表格的内容持反对意见，可以在每周日晚上的大会上提出动议。"她边说，边看向身边其他学生，"他们会给你介绍我们自治管理的具体流程，你熟悉一下，就知道怎么进行了。"

对此，足球队其他人满脸写着抗拒，没人愿意介绍，总之还是不爽文成业真要和他们一起。

文成业低头看着时间表，眉头紧蹙。

林晚星给了他充足的阅读时间。

"你们每天破事真多。"文成业看完表格，很不屑地说。

在学生们要呛文成业前，林晚星说："我们是很忙啊，因为大家有很多感兴趣的事情。"她温和地说，"如果你有想一起完成的事情，也可以在每周日的大会上提出来。"

学生们听到这话，又很自然地抗议了几句。诸如"谁要和他一起"这种，都被自然过滤了。

"那我现在可以走了吗？"文成业问。

"还不可以哦。"林晚星说。

"还有什么事？"

"是这样的，"林晚星缓缓走回讲台前，"我们每次观影后，都要写一份电影的观后感。”

文成业：“那么无聊的片子？”

林晚星对他的评价不以为意：“就算电影无聊，你也可以写出有趣的观后感啊。我们的观后感，没有固定的主题，没有固定的格式，更没有字数要求，你可以随意发散，写点儿什么或者画幅画都可以。”

“画画？”

“对，我画过漫画，老师说我画得好。”林鹿很配合。

“确实不错。”林晚星认真点头。

“你真把他们当弱智哄。”文成业很不屑。

“找碴呢是吧！”秦敖又忍不住，一拳捶到文成业的课桌上，替自己小弟出头。

“楼下奶奶这个点准备睡了，你小点儿声。”林晚星无奈地道，“时间差不多了，大家收拾收拾，我们带文成业参观一下。”

虽然很不情愿，但文成业对加入观光一事并无任何实质性抗拒。总结一下，他还是乖乖跟着走了。

文成业这么听话，其他人都觉得无法理解。走过转角时，林晚星被秦敖偷偷拉住，问她到底对文成业做了什么。

林晚星神秘地笑了下。

秦敖搓了搓身上的鸡皮疙瘩，说：“别笑了，怪瘆人的！”

学生们对文成业颇有敌意。林晚星介绍生活设施，他们就像一群小尾巴，缀在后面，监视着文成业的一举一动。

首先是补习班。

林晚星告诉文成业，他们现在的小教室，是她爷爷奶奶发挥余热，退休后经营的地方。这里虽然地方不大，但五脏俱全。左右两边有教室，还有小的休息区，供不上课的学生们休息交流。

林晚星打开最后一个房间，是杂物间。

“这里有很多平时上课会用到的材料，所以要定期整理，具体各人负责的时间以后跟你讲。平时无聊的话，有很多杂志和各类书籍可以看。”林晚星指着杂物间角落的两排大书架，做总结陈词。

“上课，谁教？”文成业冷漠的目光瞥来，“你？”

“除了我，也没别人了啊。”林晚星耸了耸肩。

“你教？难怪他们还是这么废物。”文成业说。

“看不起谁呢？”俞明立刻挺身而出，“我们林老师可是高考状元！”

“还发表什么S什么I，然后拿了很多奖，是很厉害的老师！”郑飞扬也说。

“你们低调一点儿。”林晚星谦虚地对学生们说。

“你也知道低调？”

“你自己吹牛的时候怎么没见你低调！”

“我是说，这种事情我喜欢自己来。”林晚星转向文成业，自我介绍道：“我是林晚星，永川大学硕士研究生，省高考文科状元，七年国家奖学金获得者，共发表九篇SCI论文，其中六篇一作。”她顿了顿，最后说，“你的老师。”

文成业冰封了似的脸上，终于出现了裂痕。

林晚星很满意地带队走出杂物间，关上灯，和学生们一起往楼上走。

夜里拾级而上，学生们已经习惯于照顾邻里，放轻脚步。

楼道里只有呼吸声和很细碎的脚步声。

人都是不由自主的从众生物，在这种环境下，文成业也变得很小心。

还是那扇铁门，只是身后的学生人数出现了小变化。

林晚星把门推开。

秋天夜里的风灌入走廊，眼前是一片开阔夜空。

天台上，满满当当，热热闹闹。一半是种菜的白色泡沫箱，另一半是各种手工打造的生活设施。

“这里是……”林晚星想了下，向文成业介绍道，“我们的家。”

文成业有那么段时间没说话。

秋夜清寂，星空下，天台笼着白纱似的月光。挂藤植物随风摇曳，还有那么点儿萧瑟的感觉。

不过幸好，学生们种下的生菜和小葱长势茂盛，秋天也适于杭白菜生长。所以放眼望去，仍是欣欣向荣。

菜园主要负责人是林鹿、俞明和冯锁，林晚星派遣他们，给文成业介绍菜园的构成。

空气里是泥土和蔬菜苗混杂的气味，学生们你一言我一语，七嘴八舌地介绍他们对菜园的规划。

文成业双手插兜，眼高于顶，虽然表情不屑，但菜园的丰富程度还是很让他震惊。

从蔬菜区到大棚区，俞明给文成业展示他们刚栽下的萝卜和莴笋，并表示文成业运气真好，过段时间就可以享用新品种成果。

文成业在一大堆木质架前，再度停下脚步。

这里有木沙发、木长桌、木秋千，还有悬挂着的两张吊床，以及矗立在墙边的巨大木架。

空间被堆满。

王法没有加入参观活动，一早就坐在长桌前饮茶。

林鹿给文成业演示他们自己打造的木沙发和可伸缩餐桌。

文少爷还被强行按在沙发上，踩着轮胎脚垫，半躺着感受夜里的风和头顶的星空。

夜色中，他身后木架上的漳红樱灿烂盛放。

“很爽吧，你家没有吧？”秦敖自豪地说道。

最后，林晚星给文成业介绍她和王法的两间屋子，他们也终于走到栏杆边上。

万籁俱寂，夜色下，广袤的球场缓缓铺陈开来。

月光如水，草地上每根叶尖都莹莹发亮，跑道外点亮着一串路灯，光色莹润，如珍珠项链般环绕。

风拂过耳旁，是凉爽的，是畅快的。

“那就是我们每天训练的球场。”林晚星说。

学生们全部站在栏杆边上，那个时间，所有呜呜嚷嚷的声音全都消失了。

那座静谧而宏伟的球场，占据了每个人的视线。

空气里只有他们彼此的呼吸声。

但又在某个瞬间，百年来在这里曾发出的所有欢呼声，都一并响起。

星光闪烁。

一起，一伏。

文成业终于看向她。

“欢迎加入。”林晚星向他伸出了手。

当然，和王法一样，林晚星最终没和文成业握上手。

虽然林晚星很确定，有那么一刻，文成业被这里的气氛所感染。

可他本身不是容易被打动的类型，所以很快，那些莫名的情绪就消散在了风里。

院墙上挂着“热烈庆祝宏景八中足球队战胜禹州银象！！！”的横幅。

文成业的视线落在红色化纤断面上，嘴里轻轻吐出“傻×”二字。

这话，又瞬间把秦敖点炸了。

他一个箭步过去，拽住文成业的领口：“说什么呢，嘴巴放干净点儿！”

果然啊，刚才的和睦融洽都是假象。

眼看着又要吵起来，楼里晚上睡觉的叔叔阿姨们可容不得这种暴动，林晚星只能开始赶人：“好啦，欢迎仪式到此结束。你们各回各家吧。”

“结束什么结束！”秦敖的火没发出来，转头瞪着她，很不满意。

“意思是来日方长。”林晚星轻轻拍了拍秦敖的肩，示意他松开文成业。

虽然很不乐意，但秦敖还是松手了。

学生们走时不太情愿，拖拖拉拉的。

他们眼神闪烁，每个人都一步三回头，仿佛在说——

“老师，你到底怎么办到的？！”

“你明明和我们是一伙的，怎么和文成业有小秘密了？！”

林晚星却只是看了看身边的男生，笑而不答。

文成业当然是想第一个走的，但被她叫住。

“今天感觉怎么样？”林晚星问。

“我能有什么感觉？”文成业提了提肩上的背包，反问。

“呃，也可以没有。”林晚星笑了下，“你明天能按时来吗？就是突然想到，你父母会不会不同意你来我们这边上课，需要我向他们打声招呼吗？”

文成业反而笑了：“你觉得他们会管我？”

林晚星心下了然，对着文成业的背影说："那记得交作业，我们早上六点半就开始，明天要来哦。"

文成业头也不回，径直往天台大门走去，根本没理她。

铁门"砰"的一声被关上。

人员散去，天台这才恢复往日的宁静。

一杯温热的茶递到手边，林晚星收回视线，发现王法端着茶，站在她身旁。

茶汤是蜜黄色的，闻到的是甜蜜的果香。

林晚星喝了一口，发现是百香果和柠檬，加了点儿蜂蜜，因此唇齿间酸酸甜甜的。

理智上，林晚星很清楚，文成业并不适合加入他们。

虽然其他学生平时也吵架，但那属于男生们之间正常的意见不合。

可文成业不一样，他的道德观和善恶观都非常弱。

他可以为了个人喜好伤害他人，并对大部分事情都缺乏兴趣，很难调动积极性。

大家一起看电影都不得安宁，文成业还要加入球队，配合其他人一起踢球组队，更像天方夜谭。

林晚星完全可以想象，以后大家每天和文成业吵架的样子。

她又喝了一口茶，对王法说："虽然知道很麻烦、也很难，但总想试试，这也很奇怪吧？"

"不奇怪。"王法看着远处的球场，这么说。

"会不会给你添麻烦？"

王法听到这话，有些意外。

他浅色的眼眸轻抬，端起杯子，和她的轻轻碰了下："林老师见外了，其实我很闲的。"

文成业的《火星救援》观后感是一幅画。

第二天，林晚星收作业时，文成业很明显没有交作业的准备。

林晚星站在他的课桌前。

文成业见她不走，当着她的面，从书包里拿出一张白纸。他按了按自动铅笔，在白纸上画了一个圆。

小文同学就这么把纸递过来，眼里尽是挑衅。

“嗯，画得不错。”林晚星接过，评价道，“还是很圆的。”

她收起文成业交来的“作业”，然后看向其他同学。

不同的学生交上了不同的观后感。

林鹿作为菜园负责人，交上了他昨晚查资料后整理的“土豆种植计划”。他还是画的漫画，有非常清晰的流程图，很有实施计划的空间。

付新书一如既往，认真写了电影观后感，讲的是关于“人遇到困难后解决困难”的感想。

祁亮则提出了一个很有趣的问题——地球上的土豆和火星上的土豆，口感会有什么区别？

林晚星把这个问题抛给了文成业。

文成业很明显愣住了。

大概碍于祁亮已是整个团队最接纳他的一个，他并没吐槽这个问题本身，而是沉默。

沉默当然也是叛逆期的一部分，但很大程度上同样意味着退让。

“他脑子里哪里想得出这些，你问他也是白问！”秦敖见状，却立刻嘲讽起来。

“电影编的东西不过就是消遣，人类先能登陆火星再说，讨论这些有意义？”文成业立刻忍不住，出言反击。

“什么叫编的，这是科幻！”

“没有想象，哪有科学进步！”

“现在没登陆就代表未来不可能登陆火星吗，他脑子不行就是这样的。”

学生们立刻头头是道，共同批判文成业。

其他人气势汹汹，文成业眉头紧皱，像是没想到他们竟然这么能说，而他自己一时好像也找不出反驳的点。

林晚星看向文成业，觉得他的想法很有意思：“确实，电影未必都是有意义的，你可以保有自己的观点。”

文成业的肩膀向下放松了一瞬，但立刻双手抱臂，似乎懒得理她。

根据昨天晚上的电影，林晚星准备了火星探索的视频材料。

视频的重点在于陈述人类登陆火星的几大难点。

学生们这才意识到，虽然早在1971年，苏联的火星3号登陆器已抵达火星，但这只是人类登陆火星漫长征程的一小步。

全世界对火星开始了漫漫探索，而中国则预计在2033年，开启首次载人火星探测计划。

文成业从头到尾都没有说话，但其实也安静听着，某一瞬间，林晚星看到他微仰头，认真看着投影仪中播放的火星研究。

简单介绍后，林晚星给学生们发下了今日的阅读素材，同样是关于火星计划的。

素材由两篇中文阅读和两篇英文阅读材料组成。

林晚星会和学生们一起，进行一段时间的安静阅读。

中文科普文章，让学生们对相应内容有一些了解，每篇阅读后有一些启发式的问题。有些是简练概括文章内容、整理文章条理的部分，有些则是比较复杂的选择题。

而英文材料，则是林晚星从一些国外英语学习网站上找到的内容，大致契合学生们今日的兴趣主题。

有了中文阅读部分的铺垫，学生们或多或少能理解英文材料的内容。

林晚星以前教过大家阅读英文短文的一些技巧，比如对于不认识的单词该怎么处理，或者长难句阅读，语法反而是最其次的东西。

可比起中文阅读，英文阅读更需要意志和努力，也就是说，学生们需要集中精力，进行阅读。

所以刚开始的时候，他们每天都看得很烦躁。

一来英语不是母语，他们读起来费劲，二来他们常有看不懂的词汇和长句，这使他们并没耐心仔细读完一篇文章。

这种时候，林晚星就知道，她需要降低一点儿阅读材料的难度，并让整个过程再多一些趣味性。

整个阅读时间，往往会比常规课程的四十分钟更长一些。主题也根据学生们的兴趣不同而经常变化。

有时学生们对一些问题感兴趣起来，光看完视频就会持续讨论很长时间，并乐此不疲讲个没完。

林晚星不会强行压缩这个过程。

其他学生早就习惯这个流程，文成业却是第一次参加。

从头到尾，他都表现得很高冷。他拒绝回答和讨论任何相关问题，也不愿意看任何材料，属于纯纯的编外人士。

林晚星也没有让他一定要参与进来，只是在其他同学聊得热火朝天的时候，她会时不时凑到小文同学身边，和他说上两句，让他不至于感到被完全排除在外。

阅读课程的最后，林晚星会和大家一起回顾今天看过的内容，并继续介绍一些与火星计划和宇宙探索相关的书籍、电影进行拓展。

大部分书，在她爷爷奶奶的图书库存中可以找到。

学生们可以自由决定，是否要在上午课程结束后的休息时间里，再阅读这些。

所有这些，就是属于学生们的早读课程。

时间是早上八点多，林晚星宣布阅读课结束。

学生们很自然地伸了个懒腰，准备换好球服，开始接下来的足球训练课。

大家收拾东西，勾肩搭背，离开教室。

文成业既没有经验也没有朋友，一个人落在最后。

林晚星拿出准备好的活页夹，把文成业早上交来的作业放置在里面，还给他本人。

“这是你今天的家庭作业，单独的。”她这么对文成业说。

文成业蓦地抬头，大概是一个多小时马不停蹄的阅读，他处在完全无法融入的环境里，真的憋坏了：“你不嫌累吗？不会真觉得自己很了不起吧？你讲这些乱七八糟的东西有用？”

林晚星没想到文成业反应这么大。

文成业真的很生气，可生气总比沉默要好。

林晚星思考了下，说：“具体来讲，我们的阅读课好像确实没什么太大用处，因为它没什么明确目的。”

“很无聊。”文成业冷笑。

“但你知道吗，其实我很喜欢上这节课。因为对我来说，我需要一个契机，来对世界保持好奇心。我每天查看资料，促使自己再多了解一点儿这个有趣的世界。”

林晚星讲到这里，恰到好处地停下，留文成业一人，对着面前白纸上的圆圈。

“那么你呢，文成业，你有感兴趣的东西吗？如果有，请在这个圆圈里填上它，然后交给我。”林晚星这么说。

15.

热　身

对林晚星来说，她不确定文成业何时能填上属于他的圆圈。

可能就在明天，也可能他永远都无法填满。

文化课，暂且能算文化课的课程，勉强还能让文成业和其他同学保持和平，坐在同一个教室里。

但正式的足球训练课，情况就没有这么和谐友爱了。

因为没人带文成业，林晚星只能亲自将他带到球场。

早上前两节课学校没体育课，林晚星顺利地向学校请了两个小时假，以防万一。

球场上，其他十名球员和教练都已准备就绪。

而她带着文成业，姗姗来迟。

每位足球队的队员都有自己的训练记录表。记录表会用一个文件板夹着，上面记录着他们每天要进行训练的项目，和各自每日训练的结果，以此来让大家直观感受到每天训练的进步。

文成业当然也领到了同样的文件板，但他的文件板上暂时只有薄薄一张纸。

虽然已到深秋，但中午的太阳还有颇为毒辣的温度。

文成业独自一人站在草地上，其他队员们则在草坪上一字排开，摆出围观的架势。

王法简单向文成业介绍："我们要先给你做个体测，然后根据体测的成绩，再为你制订相应的训练。体测的项目就是表上面这些，你先看一下有什么不太清楚的，我会给你进行详细讲解和示范。"

文成业并没有什么太大反应，在太阳直射下，他眉头微蹙，看着手上的文件板。

虽然他一句话也不说，但林晚星大概能猜到他心中所想。

操场上其他人摆开架势要围观，她回头看了看他们，直接催他们去热身。

"凭什么不让我们看！"

"老师你就算把我们赶走，我们也能看着他！"

"我倒要看看这小子现在是怎样一个废物东西！"

学生们立刻吵吵嚷嚷，开始起哄，誓不罢休。

林晚星头疼地看着王法。

王法吹了下哨子。

学生们突然浑身一凛，下意识地开始列队。

虽然恋恋不舍，但每天训练已形成习惯，他们自然而然地开始训练前的热身活动。

文成业的体测项目，也是其他队员曾经做过的那些。

王法简单示范后，一项一项让文成业测了起来。

虽然队友们离开，可他们刚才的话还是落在了文成业耳朵里。因此，整个测试过程并不顺利。

倒不是说文成业有什么质疑或者不配合，他只是单纯表现出懒得做。跑的时候懒得跑，跳的时候懒得跳，无论折返跑或者绕杆测试，他永远都显得懒洋洋的。

文成业的不合作态度，最难对付。

而他们的教练呢?

林晚星站在王法身边，看着戴棒球帽的青年。

王法很平静。

他一次又一次掐下秒表，在文件板上记录一个又一个非常夸张的时长。

王法对文成业没有任何额外的纠正和示范，他很冷静地看着他的球员用极其消极的态度，开始他的第一堂训练课。

林晚星屡次想开口，但又不知该说点儿什么。

时间一分一秒过去，文成业在塑胶跑道上懒洋洋散步，这是最后一项经典的长跑测试。

秦敖已经忍不了了，直接冲过来告状："丫就懒得好好练，要不我去教训一下他？"

林晚星笑了："你不是在热身吗？"

"热身个鬼，老师只要你一声令下，我立刻去给文狗屁股来那么一脚，让他端正态度！"

"过于暴力。"王法评价道。

说来也很好笑，因为文成业态度消极，也影响了其他人。男生们热身结束后，自己的体能训练也做得马马虎虎，做几组训练，就要抽空跑到林晚星和王法身边来叨叨几句。

男生们就在等他俩发号施令，只要一声令下，他们立刻出手修理文成业。

"和文狗比起来，我们都是好孩子吧！"林鹿骄傲地仰头。

林晚星看着王法写下文成业1500米的成绩，只能被迫点了点头。她忽然觉得，秦敖的提议也不是不能考虑。

文成业的全部体测结束，竟然已经过了夸张的一个多小时。

中场休息，文成业独自在球场边喝水。

林晚星和王法坐在看台上休息。

王法同志按照文成业的步调，完成了所有测试项目，并没有任何表态。

这让林晚星实在忍不住问："你不生气吗？"

"看小林老师这么淡定，我也得保持沉着冷静。"

"我肯定是装的啊！"林晚星背对球场，面向王法咬牙切齿，"我恨不得揍他一顿呢。"

"那我不一样，我确实经历过大风大浪，所以不生气。"

“你不要装！”

林晚星对王法不和她保持同一步调的行为表示抗议。

文成业的体能测试，同时也算他的热身。

短暂休息后，王法就继续不生气地安排文成业随队训练。

按照训练计划的安排，今天的基础训练项目为队内对抗的传接球训练。

球员们两人或三人一组，在跑动过程中进行传接球，这是一项非常基础的足球训练。

训练的目的是让球员们在跑动过程中熟悉身边的队友，并通过大量传接球配合，来达到场上的默契。

内容学生们已非常熟悉，王法早安排过很多次训练分组，大家熟悉整个训练流程。

以前他们会自动分组，但文成业的突然加入，让他们一时不知该怎么开始训练，所有人都等待王法的安排。

“你是打后卫的吧？”王法拿着自己的本子，转了圈铅笔，问文成业。

文成业愣了下，他记忆里好像没讲过自己之前的具体位置。但想到可能其他人曾透露过，他只是点了点头。

“那你和秦敖，还有付新书一组。”王法这么说。

闻言，三位男生同时抬头，难以置信地看向王法。

付新书欲言又止。

秦敖则更加爽快：“教练，他怎么可能跟得上我们？”

“这不是我要考虑的问题。”王法说。

“不是教练，文狗……你不知道文狗已经多久没踢球了，他连我们的传球线路都不知道，其实我也不知道……所以他怎么跟我们配合训练？”

“慢慢摸索配合。”王法这么说道。

在训练方面，王法属于霸权主义，是说一不二的典型。

他给文成业和其他学生再度讲解了一遍今日的训练战术：迅速由守转攻的训练。是在对手补位前，迅速找到对手防守空当的练习。

王法在战术板上勾勒出学生们的传球线路和跑动路线，其他学生都已熟悉，这主要是讲给文成业听的。

“你和付新书上前断球，观察秦敖的动向，并伺机传球。”王法对文成业说，“如果秦敖接球，秦敖可自行选择进攻或回传球线路。”

直线表示进攻路线，曲折的虚线表示防守方路线。

王法讲解完毕，就让学生们操练起来。

防守方是林鹿、祁亮和陈江河三人组。

祁亮开始带球跑动，付新书伺机卡位，将球断下，将球斜传给前方跑动的秦敖。

付新书这脚传球非常精准，这是他们长期训练磨合后的结果。

秦敖脚背将球停下。

这时，林鹿开始盯防秦敖。

按照王法的要求，林鹿以干扰球为目标，紧盯秦敖。

而林鹿的干扰也确实奏效，秦敖开始寻找文成业的位置。秦敖大脚开合，然而下一刻，文成业却站在原地，没有任何动作。

“跑啊。”付新书遥遥冲文成业挥手，示意他积极跑动。

可在那瞬间，文成业却只是呆立原地，茫然地看向前方。

足球在草坪上滚动。

文成业的模样，却和刚才懒散时完全不同。在这个瞬间，整个球场里仿佛只有他一个人，而他大脑一片空白。

他不知道自己该做什么了。

那是已经开始训练的球场，虽在秋日，但也有火热的气氛。

秦敖接球，在他看来，文成业不动就是不想跑，纯粹在摆烂。

所以他没按常规回传球，而是带球后撤，找到空当，把球踢给文成业。

“砰”的一声，足球炮弹似的，重重打在文成业小腿前侧的胫骨上。

文成业吃痛后如梦初醒，他猛地抬头，怒视秦敖。

“傻×吧？不会跑位？”秦敖冲文成业吼道。

“也不看他多久没踢了。”祁亮凉凉开口，算作替文成业解围。

“教练说了慢慢来。”付新书拉过秦敖，对文成业说：“刚才那个位置，你应该到左前方那个点接应。”

文成业侧过脸，用阴沉的目光看着付新书：“你配教我？”

“你什么态度，刚教练说的你压根没听懂吧，现在战术板都看不懂，纯菜狗，还叫！”秦敖骂道。

文成业脸色铁青，拳头在身侧攥紧。

眼见学生们第一次配合训练就要打起来，林晚星同王法对视一眼。

王法吹响哨子，打断他们的争论。

他走到文成业身旁，却没提及学生们刚才吵架的事，而是简单地又给文成业讲了一遍训练的战术思路。

文成业倔强地抿着嘴，没回答王法。

王法直接问：“你是要再试一遍，还是换下一组人，先休息？”

文成业看了眼场上其余队友，很干脆地退到场边，用实际行动表示态度。

文成业的退场，也意味着与他同组的秦敖、付新书结束了本轮练习。

秦敖很不满文成业，觉得这种废物加入，影响他和付新书之间的传接球训练。但碍于教练安排，他只能在文成业下场后，和付新书两人退到场边。

其他队员们三人一组，继续传接球训练。

没了针尖对麦芒的秦敖和文成业，接下来的球场变得安静许多。

文成业退场后，还在场上的球员们开始每日训练。

直白的线条，干脆利落的砰砰声，男生们在草地上跑动起来。

他们或抢断或过人，脚背停球或胸部停球的动作都很游刃有余，他们精准地将足球传给身边的队友，并开始奔跑。

学生们早已习惯这个过程，他们非常认真，且毫不拖泥带水。

完成固定训练后，他们还会拿起自己的文件板，写下一些东西。

文成业站得很远，但也把这些都看在眼里。

场上其他人跑动快速，传接球流畅，他仿佛很不能理解，为什么他们能打出这样的配合？

他的神情越来越凝重。

“想再试试吗？”不知何时，王法站到文成业身后，这么问道。

文成业看向教练，没有说话。

像是不愿意服输，或者任何男生都不能接受同伴的嘲笑和奚落，他最终抱起足球，站了起来。

文成业重回训练场后，好像想明白了怎么对付秦敖。

他直接一脚长传，大开大合，掌握球场主动权，把队友当狗一样调度。

秦敖不服气，立刻还以颜色。

原本的攻防转换演练，不知不觉变成追赶长传球的练习。

王法也不叫停，任由训练发展到一个全新的方向。

因文成业遭殃的球员，不止秦敖和付新书。作为三人小组对手的同学们，也是有难同当。

文成业长传时，秦敖必须像疯狗一样狂奔，追赶足球。

相应地，防守队员也必须跟着跑，否则防守失败。

而当秦敖取得球权，也同样用长传球还以颜色。文成业不想输，同样跑得形象全无。

盯防他们的球员被全场调动，一时间，场上不再是冷静克制的传接球，大家都血气方刚，冲得热火朝天。

理论上，其实大家没必要这么较劲。但在这种情境下，学生们谁都不想输。

他们既不想看到足球因自己跑动不到位而被截下，更不想眼睁睁看着足球飞出边界，被传球者嘲笑。

文成业的存在，让林晚星想起了经典的“鲶鱼效应”。

沙丁鱼容易缺氧而死，当时挪威人想尽办法，要把打捞上来的沙丁鱼活着带回港口。

后来，渔民在沙丁鱼里投放了鲶鱼。

因为鲶鱼会吃其他鱼类，搅得鱼槽中的沙丁鱼不得安宁，使沙丁鱼大量存活下来。

文成业差不多就是这样的存在，他把球队里其他同学碾得精疲力竭。

“在锻炼长传球和追长传球能力的同时，也使球员们跑动距离和跑动时间比以往训练有了大幅提升。”

以上，就是王法同志在她上班前，为让她放心而做的总结陈述。

林晚星其实也没什么不放心的。

秋末时，天黑得很早。

林晚星下班回家，推开天台门，冷风扑面而来。天台上一幅萧瑟景象，她不由得拢了拢衣衫。

天台上静悄悄的，穿过拥挤的小菜园，她才意识到问题究竟出在哪里。

以往这个时间是饭点，学生们做饭的做饭，种菜的种菜，总是非常忙碌。

而今天，他们直接摆烂。

林晚星停下脚步。

天台上的木沙发上、长椅上、旧轮胎上……全都躺满了人。

学生们看起来累得够呛，以至于都没人做饭了。

王法屋里的灯亮着，应该在洗澡。

林晚星放下包，肚子饿得咕咕叫。她跑到厨房，先是开锅检查了下炉子上炖的牛腩。

香气扑鼻，牛腩炖得烂烂的。

林晚星拿起筷子，想试试口感，瞬间收到了秦敖同学冰冷的视线。

她只能讪笑一下。

“老师你是想偷吃吗？”秦敖很敏锐。

“不啊，我是想看看肉有没有烂。”

“戳一下不就行了？”

“哦！”林晚星说完，尴尬地戳了戳牛腩。

满地的学生，大部分人虽然不说话，却都盯着她的一举一动。

林晚星只能咽了口口水，拿起一旁挂着的每日菜单和当值厨师表，看了起来。

那么今天负责做饭的人呢?

翻过一页纸，好巧不巧，今天值日的是秦敖、付新书。

和足球训练分组一样，很是有缘。

而今日主食是西红柿鸡蛋面，配菜是炖牛肉和肉末豆腐这些。菜谱都是学生们提前准备好的，牛肉是炖上了，但其他菜还是要另行准备的。

付新书少见地靠着木沙发睡着了，身上盖了条毯子，秦敖同样处于半死不活的状态。

林晚星拍了拍躺在旧轮胎里装死的秦敖同学："秦师傅，今天不做饭了吗？"

秦敖有气无力地"嗷"了一声。

"这么累啊？"林晚星笑道。

"老师你别催了，今天真的做不动饭了，让我再躺一会儿，就一会儿。"

"文成业有点儿东西啊。"林晚星笑。

听到这话，秦敖像想起什么。他"噌"地从旧轮胎里坐起来，突然来了精神："我们每天做饭的人没安排文成业？"

"嗯，好像是的。"林晚星点头。

"那必须把他安插进来，他不能光吃不干吧？"

"你们自己决定啊。"林晚星说。

得到首肯后，秦敖大笔一挥，安排文成业的值日时间。

"晚饭自己做？"文成业坐在人群外，忽然问道。

"不做饭吃什么？天上掉馅饼吗？"秦敖气不打一处来，"对了，份子钱也得收一下。"

"是的，我们一般都会自己做饭。一周七天有六天会自己动手，还有一天大家商量吃点儿别的东西，可能是点外卖，也可能是出去吃。但其他人都比较抠门，所以我们一般还是在天台上解决。"林晚星说。

"中午呢？"

"你今天中午吃的饭，是他们提前一天做好的，当然有时是早上做，反正看情况，主要是因为中午时间相对比较紧张。"

在她给文成业介绍日常做饭安排时，秦敖把其他人拍醒，要求召开新的分组大会。

大家本就累得不行，今天也不是他们做饭，根本懒得讨论这事。

祁亮直接说："让文成业去你们那组就行，你占点儿便宜，一组三个人。"

"凭什么，这事你说了算？怎么不让文成业去你那组？"秦敖义愤填膺。

祁亮打了个哈欠，直接来了一句："那我们就投票吧，不同意文成业和秦敖一组做饭的，请举手。"

此言一出，天台上安静下来。

学生们你看我我看你，却没人有任何动作。

秦敖愣了一会儿，高高举起手。

可除他之外，甚至连刚被吵醒的付新书，都没有举手。

“你耍诈！”秦敖反应过来，怒视祁亮。

“我跟老师学的，她上次就这样。”祁亮揉了揉乱糟糟的头发，直接甩锅。

林晚星举起手，对秦敖说：“老师把票投给你，双手支持你！”

“你支持有个屁用啊！”秦敖被气得够呛。

王法正好推门出来。

秦敖求助似的看着教练：“教练，我和文成业配合不了啊！”

王法用毛巾擦着头发，宽慰他：“目前看起来配合还是比较生涩，但我认为，你们的配合还是有提升空间的。做饭不错啊，可以继续磨炼你们的配合。”

文成业坐在旁边，听见他们这套义正词严的说辞，抿了抿嘴，表现得有些不屑。

大局已定，秦敖反抗无用。

吵完也不困了，晚饭总得有人做。付新书开始起锅，秦敖正好打下手，他熟练地开封豆腐。

文成业站在一边，有点儿不想掺和，但又不知不觉站到了他们身边。

秦敖一回头，就看到文少爷杵在旁边，立刻气不打一处来：“你站这儿也真碍事儿，会不会干点儿别的，去把西红柿洗了，这你总会吧？”

文成业想反讽几句，但周围其他人都用期待的目光看着他。

他冷笑了下，端着西红柿，走到水池边。

洗西红柿的过程，文成业倒是没有作妖，他洗得很认真，连西红柿蒂都一起摘除。

洗完后，他把西红柿端到秦敖身边。

“秦指导”立刻发话：“把西红柿擦干了。”

文成业挑了下眉：“有必要？”

“你懂不懂做菜啊？”秦敖说着，麻利地拿着一个西红柿擦干，然后用一根筷子捅进西红柿。

他打开火，把西红柿在火上翻转烤了一会儿，西红柿表皮转黄然后翻卷起来。然后他关掉火，顺利撕下翻卷开的西红柿皮。

整套动作行云流水，文成业看呆了。

秦敖举着筷子，把光溜溜的西红柿炫耀给文成业看：“有水的西红柿烤不到这个刚刚好的效果，你说让你擦干有没有必要？”

文成业冷笑一下：“没事找事。”

听到这话，秦敖立刻扭头。

林晚星被秦敖瞪了一眼，很自觉地举起手：“是我不吃西红柿的皮。”

“就是事儿多。”秦敖嘴上很不耐烦，但还是把西红柿一个个烤过、去皮。

西红柿炒蛋上桌，大盆的面条从锅里捞起。煤炉上炖了一天的牛肉又软又烂。

装满菜肴的不锈钢铁盆被摆到了桌上，学生们推出电视机，调频道。

七点整，新闻频道整点新闻声响起，他们正式开始了今天的晚餐。

《新闻联播》主持人开始播报今日新闻主要内容。

学生们一个个盛好自己的饭菜，纷纷在餐桌边落座，聊得热火朝天。

文成业是最后一个。

像是有种不吃嗟来之食的傲娇感，文成业盛了点儿牛肉和肉末豆腐，唯独不吃秦敖刚才给他露了一手的西红柿炒蛋。

他端着碗，径直离开餐桌，要去别处用餐。

林晚星轻轻拉住他：“怎么了？”

文成业看了眼电视，说：“太吵了。”

大概是终于找到一个离开所有人的理由，文成业这么说道。

“他哪里懂得了国家大事，可不就觉得吵吗？”秦敖耳朵尖，立刻出声呛道。

林晚星给文成业解释：“我们每天晚饭时间都会看《新闻联播》，从功利的角度来说，了解国家大事对以后的政治考试和语文表达能力有好处，等于是不会作诗也会吟。从长远的角度来说，每日观看《新闻联播》，有利于提高个人的政治素养和认知水平，树立长远目标，成为合格的社会主义接班人。”

“还有别的原因吗？”文成业冷冷地问。

“那当然是之前跟他们抢电视很累，干脆都给我看《新闻联播》得了。”林晚星笑道。

文成业并没有回应她这句话，他只是端着自己的碗，走到木沙发边。

那个晚上，天台上弥漫着炖牛肉的香味。

因为都很累，所以到后面，大家吃得越来越安静。

《新闻联播》不断播报当天新闻，光线蓝莹莹的。

当讲到最近破获的一个大案时，文成业还是抬起头，认真地看着远处的电视。

林晚星咬了口软烂的西红柿，笑了笑，收回视线。

16.

积分

从秋末到入冬，仿佛只是一夜之间的事情。

冷空气南下，早上室内寒冷，令人赖在被窝不想起来。离开家门时，扑面而来的风，让人感受到了寒冬的温度。

正式训练的第二天，文成业还是按时来了。

据其他同学讲，他家那辆每天负责接送的小轿车，早上停到了梧桐新村门口。

元元补习班的课堂上，文成业还是在摆烂。每日足球训练时，大家依旧充满斗争性。

林晚星想，如果文成业的融入过程，能像冷空气这么直截了当就好了。

对此，王法打了个喷嚏，拉上外套拉链，表示冬天需要养身，风太大容易感冒。

虽然林晚星也在想，希望大家能再多练几天，但比赛安排并不会根据球队磨合进度而调整。

在文成业加入后的第五天，比赛就像冬日吹过平原的风，呼啸而来。

他们下一轮的对手，正是目前的小组大魔王——永川远大足球俱乐部。

当天训练结束，小组赛最新一轮战报出炉。

永川远大足球俱乐部，在小组赛第二轮9：0横扫禹州银象。

秦敖迫不及待打开公众号，看到的就是这么一个令人震怖的战绩。

大家吃完晚饭，坐在教室里，忧心忡忡地算起分来。

付新书一直负责统计战况，所以他拿着粉笔，在赛前会议的黑板上写下前两轮比赛战况总结。

第一轮

宏景八中2：0禹州银象

永川远大7：0申城海波

积分：

永川远大3

宏景八中3

禹州银象0

申城海波0

第二轮

申城海波5：0宏景八中

永川远大9：0禹州银象

积分：

永川远大6

申城海波3

宏景八中3

禹州银象0

学生们都坐在自己的座位上，从战绩表上看，他们还有3分，比排在最后的禹州银象强上不少。但大家都面色凝重，没有人显出轻松愉快的神情。

付新书负责小组局势的讲解，他说："永川远大太强了。他们前面两轮分别以大比分7：0和9：0战胜对手，我看了下战报，他们基本上只用半场时间就达到这个进球数。下半场换下三名主力，打得非常放松。总之，按照积分榜情况，他们已锁定小组第一。”

他看了眼台下坐着的教练，得到鼓励以后，继续说：“小组赛第三轮很关键，我们将对阵永川远大，申城海波和禹州银象也将决一死战，如果禹州银象再输，在争小组出线名额上，会处于极其不利的地位。”

“禹州银象和申城海波怎么打和我们没关系啊，关键是永川远大怎么整？！”秦敖打断了付新书。

“我们又赢不了，能、怎、么、整？”祁亮打了个哈欠，这么说。

“没踢过怎么知道！”秦敖提高音量，试图给大家鼓劲。

教室里一片安静，无人响应。

“都这么没志气吗？”秦敖嚷嚷着，最后看向陈江河：“你不是一直想去永川远大青训吗，这次踢爆他们不就行了？”

陈江河脸色很冷：“关你屁事！”

“这次他们的名单上，有三个国青队成员。方苏伦在之前对日本队的时候进过一个禁区内凌空倒钩，人很狂，但是技术特别细腻。秦且初就更别提了，我之前刷DOUHU，老哥们都说他被当作国家队后防中坚培养。”郑飞扬叹着气说。

“你们都没信心，那我们要不干脆弃权得了。”秦敖带着点儿小脾气，最后看向王法：“教练，你说呢？”

王法同志突然被点名，评价道：“大家都分析得很好。”

“不是让您说这个的！”

“那是让我说什么？”王法问。

“就我们下一轮的对手啊，永川远大，您不是一直给我们做针对性训练吗，不是一切皆有可能？”

当秦敖问出这个问题时，教室里其他人还是抬起了头。他们虽然努力掩饰，但目光中仍带有希冀。

他们希望王法能说一些话，让他们对即将到来的比赛有些信心，这些人里也包括文成业。

王法：“不用担心和永川远大的比赛。”

学生们的眼睛更加亮了。

王法："他们肯定能击败所有对手，以小组第一出线。"

学生们都听呆了："也包括我们吗？"

"当然包括我们。"王法说。

一开始，学生们都有些不可思议。

王法特别有信心，仿佛那支战无不胜的球队是他们自己。

理论上来说，他们听到自己教练说这种话，应该感到沮丧。

可不知为何，或许是教练的轻松平静，让他们心底也涌起了一种奇怪的情绪。

"那我们为什么还要踢这种比赛，如果一定会输？"教室角落，冷漠而平静的少年声音响起。

问问题的人是文成业。

其他人习惯性地嫌弃他，不屑地瞥了他一眼。

只是这次，连秦敖都没有呛回去。

学生们回过头，都看着王法，等待教练的回答。

在最早对阵绿景国际时，学生们就萌生过放弃的想法。

当时的情况下，林晚星请求王法，让学生们的关注点改变，从简单的胜负结果论中，转移到练习一些确定的内容，得到能力的增长感。

他们一直以来，都在慢慢坚持，也做得很好。

可强敌仍然是强敌。

你目视脚下，尽力攀爬，忽然抬头仰望，原来高山仍是高山。那个瞬间，谁不曾想过放弃呢？

寒冷的冬日夜里，教室的窗只开了一小扇。

楼外，行人走过新村小径，一只野猫被吓得蹿入灌木丛中。

王法随便点了个学生，问："你最喜欢的球队是哪支？"

被点到的正好是林鹿，他说："当然是我们宏景八中！"

林鹿的回答，把王法都逗乐了："那先暂时排除我们宏景八中，你喜欢哪支球队？"

"国米！"

“如果让你有机会和国米踢一场比赛，你会因注定输球而放弃这个机会吗？”

“那肯定跪求一战啊！但永川远大是什么臭鱼烂虾，配和我纯比？！”林鹿立刻喷道。

王法说：“永川远大青年队当然不至于像国米这样强大到令人景仰，但它也是目前我们能遇到的最强对手了。”

学生们原本躁动的心再度平静下来。他们好像能理解一些王法的意思，但又不那么确切。

“看看对方有多强，又比我们猛在哪里？”秦敖忽然有些明白过来。

“看别的强队之间踢球，和自己亲身下场，应该是完全不同的感受吧？”林晚星说。

俞明忽然也来了劲儿：“也是，我们牛才能踢进小组赛，和未来的国脚踢球，别人碰都碰不到。”

林晚星点头：“对嘛，就算会被踢哭，那也是之后的事情了。”

“你才会哭呢！”

“不就一战吗？！”

“说不定能赢呢？！”

学生们你一言我一语，忽然斗志昂扬了起来。

比赛前一天晚上，学生们结束一日学习、训练和生活。

明天要去赛场，组委会包午饭，所以他们只准备了一些简单的晚饭材料，做完冻在冰柜里。

天台菜园的菜收拾完毕，临走时，学生们想说点儿什么。

大概是一些忐忑和不确定，就算心中有所鼓舞，但真要迎战强敌，又有谁能完全不紧张呢？

但他们最终提着要扔的垃圾袋，互相簇拥着离开。

学生们走后，林晚星终于空闲下来，她有了自由时间，来做些别的事情。

天台的风很凉。不过学生们重新搭了个棚子，放上电暖炉，勉强还能坐得住。

气泡水早就不能喝了，王法现在改做各种口味的热饮。

今日主题是热巧克力。

王法同志深谙做好一杯热巧克力的核心技巧，就是无论如何也要挤上一圈淡奶油，如果没有条件，放几颗棉花糖也行。

林晚星在天台的木餐桌边，打开笔记本电脑。

电脑桌面的左上角是赛程安排表。

明日对战永川远大后，因为天气寒冷和春节将至，他们会有一段时间的休赛期，明年三月才会重新开启新一轮客场作战。

按照习惯，她把这几天学生们的日常生活进行了简单总结，加上拍的照片一起，贴在邮箱里保存，算作文成业加入后的小结。

可当她把照片贴好，要写几句文成业加入后球队相关的文字时，她忽然间有些不知该讲点儿什么。

写学生们每天都在吵架？

写现在队里足球训练很多时候像橄榄球队那种横冲直撞？

或者温和一些，写文成业虽然总与其他队员格格不入，但能站在场上随队训练，已经有了长足的进步？

写她很期待明天的比赛？

林晚星敲了几行字，又删掉。

她总觉得现在的邮件应该有点儿别的意义，是向一直在暗中默默帮助学生们的人进行汇报，写不痛不痒的东西还不如不写。

就在这时，一杯热巧克力放到她手边，上面奶油堆得高高的，还有杏仁碎和棉花糖，看起来非常诱人。

林晚星笑着抬头，王法捧着另一杯热饮，在她对面坐下来。

“在写什么？”王法问。

“哦，宝宝观察日记。”

林晚星喝了口热巧克力，棉花糖在口中绵绵化开，她托腮看着桌对面的教练。

王法也喝了一口，嘴唇上带上了一点儿棕褐色，他面容清俊，看上去非常放松。

“怎么了？”王法问，“卡文了？”

“嗯，不知道写什么总结了。”林晚星说。

王法：“任何比赛都有机会赢，只要我们能够做到全队一条心，认真努力去比赛，都是有机会的。”

林晚星很震惊，怀疑自己耳朵出了问题：“换人了、夺舍了？你之前不是还说，我们赢不了永川远大吗？”

“怕你想不到词，帮你编两句。”王法说。

林晚星立刻泄气，半趴在桌上：“哎……”

王法看她的样子，觉得好笑：“如果我随便说两句能决定一场比赛胜负，那小林老师应该也请不起我。”

“开什么玩笑，我本来也请不起你啊！”林晚星理直气壮地道。

王法又抿了口热巧克力，没有说话。

静谧的冬夜，热腾腾的雾气，氤氲了他的面容。

“我就是有点儿内心矛盾吧。”林晚星缓缓开口，有些难以形容心中的情绪，“大概就是，虽然我们告诉学生，能面对强敌、感受强敌，已经是我们努力的结果，已经是巨大收获。可是，总会有那么一点儿想法吧？”

她很困惑地看着王法：“我们爬上了这座山，总会不满足于现在的风景。会想走得更高、会想征服强敌，想将不可能变为可能。”

“你是觉得，冷静认清对手的强大和告诉他们肯定会失败的结果，对学生们来说有些残忍？”

“我认为，你的观点从心理学角度来讲，是完全正确的。让学生们将注意力放在比赛的具体收获上，不要执着于胜负，他们能学到更多。可这是足球啊，是充满了梦想和热血的游戏。”

王法听到这里，放下杯子，注视着她。

林晚星忽然想起，这些东西，所有的梦想和热血，是属于她的幻想。对王法来说，他的足球，并不是这样的。

“每个人都会怀揣梦想，这很正常，如果没有挑战不可能，那足球这项运动将毫无意义。”王法很冷静地说，“我只是清楚这支球队的现状，而且现在没有可能，也不代表未来的不可能。”

林晚星忽然眼睛亮了：“文成业加入以来，感觉每天都在吵架欸，真的有可能吗？”

“文成业能力不错，他很聪明，也有足球基础。从某种意义上说，他比陈卫东更适合球队。”

“但是？”林晚星帮王法用了个转折词。

“但是，他的出色只是相对于高中生球员水平，到不了你想要的逆天改命的地步。”王法用了个最近看到的玄幻小说里的词，继续说，“其次，他的位置是后卫，后卫是一个需要纪律和协作更甚于能力的位置。他和队友的恶劣关系，只能让他成为后防线上的定时炸弹。和之前的陈卫东比起来，文成业现在在场上的作用，显然要差很多。至少一个肯跑动能听话的陈卫东，在场上比现在的文成业靠谱。”

“那未来呢？”林晚星问。

王法笑问：“小林老师指的未来是什么？战胜永川远大、青超联赛夺冠，还是有朝一日能和国米踢场球？”

林晚星想了下，说：“就……我想知道，我们小组赛有没有出线可能。”

“原来你在担心这个？”王法有些惊讶。

“我肯定是担心这个啊，再输下去，是不是就不能出线了？”

林晚星拿起旁边的纸，埋头给王法算分。

他们第三轮和第五轮都是打永川远大，如果必输的话，那么最好还是能把第四轮的对手赢下来，这样才有出线的可能性。

她说到这里，发现王法目光中带着些笑意，在看着她。

林晚星放下桌上的纸和手里的笔，为掩饰尴尬，她把耳边碎发拨到耳后。

在那一瞬间，她化身为给孩子算分的家长。

虽然嘴上总是说不要在意成绩，不要在意输赢，能在比赛中不断感受到进步就好，可实际上呢，人是衔尾蛇，总会陷入自我循环，总会不由自主地追着尾巴，在原地转起圈圈来。就算是她，也会这样。

林晚星轻咳一声，折起算分纸，塞进口袋里。

“你什么都没看见。”她说。

“原来小林老师也会着急。”王法说。

“不可以吗？”

“其实没问题。”他说。

“什么，是说出线没问题吗？”林晚星震惊。

“那肯定还有些问题的，我是说，你担心这件事，没问题。”王法喝了口热可可，呼吸都是巧克力味儿的。

他悠然自得，仿佛胸有成竹。

林晚星总觉得，王法是在故意逗她。

大赛宛如大考。

家长忧心，孩子就算表面上满不在乎，实际上心里也难免会紧张。

在一个冬日的星期天，宏景八中足球队的学生们，站在了学校门口。

黄叶飘零，大巴车驶来，文成业第一次登上了这辆驶向赛场的车。

今日天气暖洋洋的，阳光透过光秃秃的枝丫筛下，洒在洁白的车身上。

主场作战，路还是通往宏景明珠俱乐部的那条。

这次，学生们的情绪都不太高。车厢里没有他们习惯的插科打诨的声音。

文成业独自坐个位子。

平时，男生们总会时不时和他起两句冲突。今天，大家甚至连呛文成业的兴趣也没有了。

每个人都安静地坐在座位上，他们或听音乐或闭眼休息，大巴车里是少见的压抑气氛。

林晚星坐在王法身边，回望后排的学生们，想活跃下气氛：“你们小时候一起出去比赛是什么样的，会不会大家一起唱歌啊？”

很少见的，听到这句话，学生们也没什么反应。

以前遇到这种情况时，他们总会吐槽她想法老土或者请她不要尬聊。而这次，甚至没人搭理她。

沉默的车厢里只有轰隆隆的发动机声。

林晚星只能轻咳一声，转回身体，看向身旁的青年。

可王法戴着耳机，同样没有任何反应。

空气安静沉闷，林晚星不敢打破，于是只能拿出手机，在微信里敲了行字——“你也情绪低落吗？”

王法低头看了眼手机，简单按了一下。

林晚星低头，发现王法发了张兴奋举手手的表情。

林晚星：？？？

王法：我很期待接下来的比赛，挺开心的。

林晚星：开心也不对吧。今天要输了呢！

王法：为什么不能期待一场有意义的失败呢？

林晚星想了下，觉得好像有些道理。

王法心态很好。

他的话也间接影响了林晚星。

于是在真正见到永川远大俱乐部U19梯队的成员前，林晚星也在想，这支球队该是什么样的呢？

他们最先遇到的是和他们一样的校园足球队安宁实验，后面是足球学校绿景国际，再然后是他们踢进小组赛后的对手。

小组赛的职业球员和预选赛对手已有鲜明差距。

让林晚星印象最深的，是之前大胜他们的申城海波的球员们。

他们个个训练有素，身体状况良好，让她总能联想到《动物世界》，他们像一头头在草原上奔跑的小豹子，充满了野性和力量感。

而永川远大俱乐部的球员们，林晚星有些想象不出，比野兽更强大的是什么样呢？

一个多小时的车程，巴士在宏景明珠俱乐部门口停下。

林晚星看向大门。

门口的香樟树下，有个穿卫衣戴棒球帽的少年直接向他们下车地点迎了过来。

车还没停稳，少年就在他们的车窗边上蹿下跳。

他皮肤黝黑，眼神明亮，神情兴高采烈。

学生们一路上都在闭目养神，所以除林晚星和王法之外，一开始没人注意到这位兴奋的少年。

林晚星想起了王法在车上发的表情包，和眼前这个快乐举手手的少年有点儿像，总不会这是教练请来的托儿吧？

她怀疑地看向王法。

王法脸上倒没什么运筹帷幄的表情，他看着少年，有些意外。

车门打开，林晚星先下车，学生们还在车上收拾东西。

“请问你们是宏景八中足球队吗？”少年突然蹿到车门边，神情兴奋极了。

“是我们，你是？”

“姐姐啊，姐姐你好！”棒球帽少年很有礼貌地鞠了个躬，林晚星看到他光溜溜的后脑勺，“我叫秦且初！”

“秦……秦同学？有什么事吗？”林晚星觉得秦且初这个名字似乎有些耳熟，可一时没想起来曾在哪里听过。

秦且初却没说话，他乌黑明亮的眼睛在她身后扫，像在找什么人。

学生们前前后后下来，看到秦且初时，大家都呆了。

王法最后下车。

秦且初的眼睛，在看到他的瞬间，“噌”地亮了：“教练教练教练！”

他激动地冲到王法身旁，一把握住他的手，开心笑起来的时候，脸颊上还有两个深深的酒窝。

“温弗雷德教练，终于又见到你了！教练你为什么对我们始乱终弃！”秦且初的语气特别真诚无邪。

那瞬间，林晚星很确定，王法脸上终于出现了传说中名为“裂开”的神情。

一直以来嚣张跋扈的学生们震惊极了，而在震惊后，他们则是瞪大眼，一脸“你逗我呢”的模样。

林晚星只能扯了扯王法，偷偷问道：“这是你以前在英国的学生吗？”

“不是。”

“那？”

“他是永川远大的秦且初。”王法说。

永川远大的……秦且初？

林晚星终于意识到她在哪里听过这个名字。

这就是那位被当作国家队未来后防中坚培养的球员吗？

“教练你还记得我，我好感动！”秦且初像只小猴似的围着王法上蹿下跳，高兴极了，“之前刘教练说你要来带我们，你最后又没来，那这次你带完他们以后，能来我们队吗？”

此言一出，秦敖同学立刻就不乐意了。

“说什么呢你！这是我们教练，别对着别人教练喊教练！”秦敖立刻跨出一步，挡在王法身前，隔开了秦且初。

“咦，秦敖啊，我喜欢你的禁区突破。”少年突然话锋一转，并且变魔术似的从口袋里掏出一支油性笔，递给秦敖，“你给我签个名吧，就这里。”

秦敖握着笔，突然蒙了。

秦且初扯住自己的卫衣一角，向着秦敖示意。

秦敖一脸不知所措，完全不知道剧情是怎么跳转到这里来的。

过了好一会儿，他拿起黑色油性笔，在少年的卫衣上，歪歪扭扭签下了“秦敖”两个字。

他写得很慢，笔在柔软的白卫衣上很难写好，总之他把名字写得分外扭曲。

少年耐心地等他写完，然后看着自己衣服上的“秦敖”二字，很认真地评价：“如果你以后成为明星球员，这样的字可不行。”

秦敖再遭暴击。

“我怎么可能做明星球员？！”他下意识地说道。

秦且初没有应答秦敖的话，而是看向了他身边的下一位球员：“付新书是吧，你和秦敖，还有祁亮，你们的配合我看了，很有意思。”少年一边说一边很热情地去握付新书的手，顺手把油性笔塞回自己口袋里，“哦，我没有不喜欢你所以不要你签名的意思，我只是更喜欢带球突破的那个人。”

“没……没关系……”付新书也结巴起来。

少年絮絮叨叨，无比“社牛”。他和队伍里所有人打招呼，对大家的配合和比赛细节如数家珍。

林晚星之前觉得，她的学生们话很多，但和秦且初比起来，宝宝们真的完全不够看了。

宏景八中的这帮高中生们，被秦且初衬托得宛如社恐，只会尴尬地说“谢谢”，多的话一句也说不出来。

少年热情地和他们打完招呼，点评和赞扬他们每个人的技术风格，最后来去如风，说：“那我先不打扰你们了，不然队长等会儿要骂我了！”说完，快乐地跑到铁门边，跑进宏景明珠俱乐部里。

临进门时他回头，笑得很甜，他说："教练，等会儿见啊。"

少年身影消失在俱乐部中，刚被秦且初一系列表演震得说不出话的高中生们过了好久才慢慢平复下来。

他们嘟囔着，自言自语着。

"秦且初，认识我们？"

"他还知道我们一个个的位置？"

"还问秦敖要签名？"

"这就看起来脑子不太正常了……"

17.
差距

冬日冰凉的空气穿过球员们的鼻腔，化为温热的白雾，混合着热身后周身的热气，蒸腾在球场上方。

比赛双方列队，刺耳哨音响彻云霄。

永川远大先行开球。

开场后，双方摆开阵型。

无论赛前多么忐忑不安，但当站到球场上的时候，学生们眼中只有这个球场而已。他们神情认真，跑位严谨，努力维持阵型。

只是林晚星对学生们的观察还没持续多久，永川远大就率先进球了。

该粒进球由秦且初策动，直接从边路突破，两脚传球就突入禁区。

后卫回撤不及，永川远大前锋在禁区内轻轻一推，足球轻而易举滑入宏景八中的球门。

裁判哨声响起，林晚星才回过神来。

球进了？

球场上很安静。

冬日暖阳和煦，与往常球场上进球后的热烈气氛完全不同。

永川远大的球员们似乎认为这个进球稀松平常，没有任何庆祝。

只有秦且初站在场边，冲其他人做了个可爱的脱帽行礼动作。

少年的笑容在阳光下分外刺眼。

场上格外寂静。

宏景八中的球员们像被这动作点燃，每个人都气愤不已。

秦敖的脸铁青，攥紧拳头，一言不发回中场重新开球，仿佛要争分夺秒抓紧重新开始，好好教训对手。

只是他们昂扬的气势刚刚鼓足，就像一拳砸入棉花，不起任何作用。

宏景八中长期以来贯彻的战术，是最基本的防守反击。

学生们每次都在挑战不属于他们段位的强敌，他们习惯性地在比赛中被对手压着打。

所以在被秦且初刺激后，他们开启的胡乱强行进攻，显得破绽百出。

起码林晚星是这么认为的。

宏景八中的球员们原本的跑位防守没做到位，就开始寻找机会疯狂进攻，导致阵型被完全拉扯。

同样在疯狂组织进攻的，还有文成业。

不管平时训练时态度如何，可一个人站到球场上，他就不由自主地想获得胜利。

文成业在场上非常积极。

他迅速跑动，左右拦截，勇猛无比。

他甚至还挥手和祁亮沟通，组织付新书前压进攻。

只是宏景八中的进攻，在永川远大面前就完全不够看了。

文成业再度前压。

永川远大球员拿球，在文成业冲上前想要截断时，对手轻而易举地将球传到了边路，秦且初正在接应。

少年脸上露出热情的笑容，他伸出长腿一挡，足球从他大腿滚落而下。脚腕翻转，秦且初轻松将球传到禁区中路。

在那里，无人防守的前锋起脚射门。

2∶0!

一切都发生得太快。

就在第一粒进球后的三分钟，永川远大就这么轻易地再度突破宏景八中的球门。

哨声再度响起，学生们才反应过来，他们脸上有那么一瞬间的不知所措。

门将冯锁有些迟钝，他捡起球，盯着手上的足球看了一会儿，像是不知道为什么进球会如此容易。足球能这么简单就滚入他防守的球门?

林晚星看向王法。

王法抱臂靠在长椅上，只是注视球场，对眼前的一切无动于衷。

虽然宏景八中的球员们迅速走向中场，准备集结再度反击，可那注定是徒劳的。

无论做过多少次训练，看到表格上写着的多少次自己明确的进步，在面对真正的强敌时，所有曾经明确的努力，都只会让人更感到无望。

林晚星在学生们的目光中看到了茫然，他们不知道怎么继续接下来的比赛。

永川远大这样的球队，和他们之前遇到的强敌具体区别在哪里，大概就是永川远大永远踢得很轻松自由。

这种自由指的是比赛时的状态，并不代表他们不严谨。

他们的进攻和防守滴水不漏，他们很清楚自己下一刻要去哪里，要怎么处理对手的每一轮进攻，或者如何传球倒脚制造进球机会。

接下来，进球的哨声不断响起。

光上半场，永川远大就进了七个球，超过秦敖他们前两轮的丢球总数。

中场哨声响起，学生们个个都如梦初醒。

他们互相看着，抹着额头的汗，往场下走。

林晚星赶忙站起来，拿着毛巾和水。可看着学生们的表情，她觉得自己无论说什么，好像都不会起作用。

学生们沉默地用毛巾擦头上的汗。

他们很长时间没说话。

不远处就是永川远大俱乐部，林晚星不经意间一瞥，看到那边的球员们正高兴地聊天说话。那些自信满满的闲谈声被球场的风刮来。

秦敖用力地捶了下长椅。

闻声，文成业淡淡地“嘁”了一声，嘲讽意味十足。

秦敖顿时怒向胆边生，他甩开毛巾冲到文成业面前：“你还有脸嘁，自己踢得很好吗？”

“什么样的好？”文成业微仰头，汗水从他的鬓角滴入脖颈，“被对面后卫随便把球断了的这种好？”

这说的是秦敖被秦且初断球后，永川远大进的那球。

“你还有脸说？”秦敖拽起文成业的领口，怒道，“你他妈整场乱跑，没看到别人要补你的防守空位？”

“就算我防守有问题，和你一对一被断球有关系？”

“傻×吧你？”

“不用骂人，你就回答问题，有、关、系、吗？”文成业冷笑了下，“不会因为对方让你签了个名，你真把自己当回事，故意放水吧？”

文成业一字一顿地反问，且抓住秦敖的痛处不放。

付新书也加入进来：“文成业，你还是要记住先守好，秦敖也会注意的。我们得在防守好的前提下组织进攻。”

“所以怪我？”文成业挑眉。

学生们之间火药味儿十足。

林晚星没有打断他们，就默默听着。

而王法从头到尾都不动声色，他没有任何要劝架或给学生们做出新战术布置的意思。

学生们吵了一整个中场休息时间，等到下半场开始，他们重新上场。

林晚星才得空问王法：“欸，宝宝们吵架，你站哪方？”

“他们吵得有点儿多，得具体问题具体分析。”

“就，关于文成业的部分。”林晚星想了下，这么说，“文成业很影响防线吗？”

“防守确实是环环相扣的，文成业经常不在他理论上该出现的位置，其他球员必须补位，我们的后防线就这么被自己人扯烂了。”王法说。

“那怎么办？”林晚星又问。

“但，什么是理论呢？”王法反问。

林晚星愣了下。

她觉得王法或许有自己的想法，可她却并不清楚。

“再看看吧。”王法说。

可接下来的比赛，就像王法说的那样。

因为文成业并不想按之前的安排来，总是防守失位，导致后防线被他们自己人扯得稀巴烂。

王法看出的问题，永川远大显然也早已发现。

他们在下半场开始，更是改变思路，减少从秦敖处突破，秦且初开始专攻文成业，屡屡从他的位置发起进攻。

秦且初热情兴奋，但同样也是嚣张跋扈的。他在带球过人时，脸上总挂着由衷的笑容。

文成业虽然总是装着冷漠淡然，但毕竟也是个十八岁的少年，经不起这种挑衅。

很快，下半场第十五分钟，又是四个失球。

至此，他们已经0：11落后。

输多了，学生们的火气就上来了。

既然文成业乱踢，那其他人也就乱来。

甚至当文成业拿球后，秦敖还冲过去抢断自己人的球。他不再信任队友，要自己拿球进攻。

在秦敖的带领下，其他学生也干脆大举压上永川远大前场，仿佛此刻不是大比分落后，而是形势大好。

可就算面对头脑发热已经失去理智的对手，永川远大也并不准备给他们机会。他们用真正滴水不漏的防守，轻松地削减着宏景八中一次又一次的进攻。

时间一分一秒过去。

永川远大的年轻球员们很有涵养。

他们看到宏景八中没有什么反击的能力了，没有继续凌厉地进攻，而是不断地将球控制在脚下，消磨着时间。

一次死球机会，秦敖站在场外掷球，他用手势示意付新书等会儿把这球再给他。

秦且初作为防守队员，贴近秦敖，很认真地对他说："你不能这么踢，你得冷静点儿。"

"你有病吧？"秦敖只是这么回答。

秦敖的试图反击，更像是一种无力的发泄。

秦且初再度控球，调度策划了一粒新的进球。

在终场哨声响起的那刻，秦敖愤怒地抬脚，将球重重地踢向天空。

足球高高跃起，飞入蓝天，又重重落下。

林晚星看着王法，王法也看向她。

他脸上没有任何失望的神情，依旧淡定自若。

比赛结果在预料之中。

甚至连输比赛的方式，王法好像也早有提醒，所以林晚星并不感到意外。

早就说好了，他们是要来看看半山腰的风景，他们也是好不容易才走到这里，应该积极一些，乐观一些。

可暴雨铺天盖地，彻底将他们淋透了。

林晚星有些难受，并且她同样能感受到学生们的无力与烦闷。

任何看过或者踢过这场比赛的人都非常清楚一点——无论进攻还是防守，宏景八中和永川远大之间的距离，仿若天堑般。

这种距离，是无论他们在场上如何拼命奔跑，都弥补不了的。

无望感在人的心头燃起一团火，而火外面包裹的，是冰冷的深蓝色海水。

海水又咸又重，带来了巨大而沉闷的隆隆声，让人喘不过气来。

林晚星能很清楚地感受到学生们的这种情绪。

秦敖将球踢飞，低着头，快速走向休息区。他从长椅上扯起毛巾盖住头，准备往更衣室走。

"秦敖！"

就在这时，秦且初在远处大喊了一声。

少年清脆的声音在原本安静的球场上响起，更像是赤裸裸的嘲讽。

秦敖身形一定。

文成业低低地“嘁”了一声。

秦敖拽着大毛巾，手上青筋暴起。

“秦敖你别走啊！”秦且初边喊着，边远远地飞速跑来。

少年身形矫健，精力十足，根本不像是经过激烈的九十分钟赛场对抗的样子。

“能跟你换下球衣吗？”秦且初拽着一件永川远大俱乐部标志性白底红字的球衣，笑容灿烂，目光亮闪闪的。

秦敖先是愣了下，而后更不好受了。

对面明明比你强很多，把你踢得稀巴烂，却要在最后和你换球衣，这意味着什么呢？难道是收集战利品吗？

但伸手不打笑脸人，更何况是赛后交换球衣这种正常环节，秦敖没理由大发雷霆，只能自己憋着。

所以他只能头也不回，迈开大步，想装作没听见，继续往更衣室走。

可秦且初却火上浇油，一把拉住他的肩：“兄弟，不要不理我嘛！”

秦敖立刻转头，用力挣开秦且初的手，吼道：“差不多得了，别恶心人！”

秦且初愣在原地，过了会儿才喃喃道：“你生气了吗？”

周围其他学生也都僵住，很尴尬。

林晚星想上前解围，付新书却抢先一步，他声音很干涩：“你们都赢了，就别这样了。”

“啊？”秦且初睁大圆溜溜的眼睛，发出一个单音节。

“别搞我们了，你这么猛，不是羞辱人吗？”付新书替秦敖把心里话说了出来。

“抱歉，是他的问题。”

一个高大的身影出现在秦且初身后，这么说道。

来人穿着永川远大足球队队服，剑眉星目，手臂上绑着队长专用袖标。

林晚星记得方才比赛时，永川远大这位球员，有粒精彩绝伦的任意球，直接破开球门。

“方……方……”

付新书显得有点儿紧张，这位球员显然小有名气，他并不善于和这样的人打交道。

“方苏伦。”永川远大的11号球员向付新书伸出手。

付新书微躬身，和他握了握。

就这样，永川远大的两位球员孤身陷入他们宏景八中的球员包围圈中，看起来颇为危险。

场面尴尬地沉寂了下。

明明场上也互相踢了九十分钟，可场下要和永川远大的球员对话，学生们就不那么自然了。

付新书舔了下干涩的嘴唇，说：“我听过你，就，你们真的很强。”

“我知道。”方苏伦说。

付新书：“……”

秦且初适时出来打圆场：“我们队长不太会说话，你别介意啊！”

“没什么好介意的，是我们菜。”付新书很是无奈，“你们已经这么猛了，就别搞这些了。”他看着少年手里的红色球衣，这么说道。

“啊？换球衣也不行吗？”秦且初搓了搓手臂，很震惊。

“不是，你真的在搞我们心态吧。”付新书说着也有了些火气，“你开场前装着欣赏秦敖要他签名，现在又要换球衣，什么意思？”

“就很欣赏你们啊。”秦且初终于显出一些天之骄子应有的傲气来，“你们之前不是正赛都没进过，一个校园足球队踢进小组赛，能和我们分到一起，真的很不错啊。”

“所以你为什么要戏弄秦敖呢？”

“怎么叫戏弄呢？我就是来和你们教练打个招呼，然后问秦敖要个签名，这也不可以吗？”秦且初继续震惊。

付新书像是终于理解他们的脑回路不在一个频道上，只能说：“行吧，没事，你开心就好。”

他说完也要走，秦且初见状，不依不饶：“那球衣能换吗？”

“请麻烦管下你的队员吧。”付新书很受不了，掉头对方苏伦说道。

“他确实很喜欢你们，交换球衣也是赛后正常请求，我要怎么管？”方苏伦顿了顿，“如果你们不想交换，应该明确拒绝。”

“滚滚滚，我不想跟你个傻×换球衣！”秦敖一听这话，没好气地对秦且初吼道。

秦且初愣住：“你为什么这么生气啊？”

“因为他们觉得，像你这样身处强队的球员欣赏他们，想和他们交换球衣，并不是一种友好的表现，而是伤害了他们的自尊心，在羞辱他们。”

方苏伦倒是个非常直白的人，但也可能是和秦且初这么思维跳脱的人相处久了，不直白些的确不行。

林晚星作为成年人，能接受这句话。

但落到血气方刚的学生们的耳朵里，这些话有了别的意味。

他们脸很黑，却并不能找出反驳的话来。

往往这种时候，动手是最好的选择，可偏偏是球场，也不能动手。

所以他们僵持了一会儿，文成业直接掉头往更衣室走。

“啊？好奇怪啊。”秦且初望着对手的背影，不明所以，但还是决定尊重他们。

他把自己脱下的球衣又重新穿上，嘴上还嘟嘟囔囔的：“你们是被我踢生气了吗？也不能怪我啊，我也觉得很奇怪啊，你们今天踢得和之前差很多欸，防守很差，进攻也不行。你们等下要进去复盘吗，需不需要我一起分析下？”

林晚星听到这里，很无奈地笑了。

永川远大的球员确实很有意思。尤其是秦且初，很难让人摸清他们究竟在想什么。

付新书：“不用。”

秦敖：“管好你自己。”

“你好凶啊。”秦且初可怜兮兮的。

学生们最后一丝耐心也耗尽，好像他们再和永川远大的奇怪双人组说上一句话就是傻×。一群人极其坚决地、头也不回地往更衣室走了。

林晚星和王法落在最后。

方苏伦走到王法面前，和他打了个招呼。

王法双手插兜，点了点头。

他们简单聊了两句，秦且初又兴奋得像只猴。

方苏伦最后向王法欠身致意，提着秦且初的脖子就要走。

林晚星想了下，还是走到秦且初和方苏伦面前，叫住两人："请等一下。"

"有什么事吗？"方苏伦问。

秦且初突然兴奋："姐姐，你是领队老师吗，想要邀请我们去复盘吗？！"

"我没这个意思。"林晚星无东且很明确地说，"我是说，没有想邀请你们复盘的意思。"

"哦。"秦且初顿时又不兴奋了，"那你来干吗？"

"我只想给他们解释一下，他们不和你们换球衣的原因。"林晚星说。

"啊？"

"他们不和你们换球衣，并不只是因为输球后的自尊心作祟。"林晚星看向方苏伦，认真地解释道，"还因为我们就这么一套球衣。"

方队长的脸上很难得地出现了一闪而逝的意外神色。

秦且初："就一套吗？"

"对啊，他们平时也不穿球衣训练，就比赛时穿下，一套够了。"林晚星说。

"好吧。"

秦且初倒是让这事就这么过去了。

"过完这段休赛期，我们就会去永川，那时候再见吧。"林晚星说完，冲秦且初和方苏伦挥挥手。

可秦且初突然眼睛放光，嚷嚷道："哇，老师，你能再说一遍'那时候再见吧'吗？听上去很酷，很有自信！"

林晚星停下脚步，不解地看向秦且初。

"你在放狠话！"秦且初很确定地说，"那我也可以放狠话吗？"

林晚星笑了下："当然。"

秦且初挺直胸膛，露出属于天之骄子的高傲神情来："可惜啊老师，你们来永川不是小组赛最后一场比赛，不然就可以把球衣换给我了。"

秦且初很脱线，林晚星也不知道都什么年代了，她还能用出"脱线"这个形容词。

但这也不代表秦且初讲的话都是疯言疯语，相反，少年的话，很大程度上代表了他内心的真实想法。

一方面，秦且初大概确实喜欢他们这支校园足球队，惊讶于他们能突入小组赛的成绩。

谁都喜欢黑马逆袭，竞技体育的魅力很大一部分就在于此。

但另一方面呢，他很骄傲，也确实看不起他们。

像秦且初这样的年轻人，应该从小就开始了足球之路。

他天赋异禀，成绩出众，或许很小就被永川远大俱乐部重点培养。个人能力强，性格也好，前途光明，很可能是未来国脚，说是天之骄子也不为过。

虽然林晚星很清楚，秦且初有资格看不起他们，但还是对此感到遗憾。

林晚星和王法落在后面，一路并肩走回更衣室。

她屡次想开口讲点儿什么，但看着王法双手插在裤兜里、面容沉静的模样，又什么话也说不出来。

他们走到更衣室门口。

屋子里传出“哐”的一声巨响，打破了他们的沉思。

林晚星赶忙想推门，王法快她一步。

更衣室里充斥着比赛后的汗臭味，没有开窗，屋子里像轰然炸开的火药桶，篮筐打翻，毛巾落了满地。

秦敖怒目圆睁地拽着文成业的衣领。

看样子，刚才那声巨响，就是秦少爷愤怒地踢翻脏衣篓后搞出的动静。

往往这种时候，付新书会拦在秦敖面前，但他这次没有这么做。大概因为好脾气如他，也很恼火文成业今天在后防线上的所作所为。

林晚星也不知道，她就离开了那么一小会儿，怎么更衣室就变成了炸了的火药桶。

呃，虽然自从文成业来后，秦敖确实每天都想爆炸，但他真正动手的次数却一次也没有。

但这次不同，如果不是她和王法刚好赶到，文成业肯定会结结实实挨揍。

面对暴跳如雷的秦敖，文成业本人却依旧淡定。

他镇定自若抬起眉眼，凉薄的目光在林晚星和王法身上扫过后，半仰着头，抬起下巴，对秦敖说：“赶紧打啊，怎么不打了？”

付新书这才反应过来，喊了声：“别冲动，秦敖。”

俞明也反应过来：“老大，文成业是个坏坯子，你忘了他之前怎么给我们下套了？你打了他，他指不定怎么闹呢！”

“确实，报警也不是没可能。”祁亮用毛巾擦着头上的汗，冷冷地来了一句。

“报警”两个字着实有吓到秦敖。

秦敖愤恨不已，但也舍不得松开攥住文成业衣领的手：“那怎么办，丫就故意在场上乱踢，对面的都看出来了。”

“那能怎么办，要不你给他一拳试试？说不定你一拳下去，他突然醒悟，脱离畜生道？”祁亮真诚地建议。

秦敖拽住文成业领口的手终于松开。

林晚星微微叹了口气，文成业的目光恰好缓缓望来。

“管好你的人。”文成业这么对她说。

“你待了这么久应该了解啊，我也不是那种会管学生的老师。”林晚星拿起一瓶矿泉水，自顾自拧开喝了口，应答文成业，“如果你惹他，他想揍你，那就揍嘛。你该挨揍，他的后果也要他自己承担。”

“呵呵。”文成业冷笑了一声。

他的肤色是和其他学生不同的苍白，显然九十分钟的奔跑已经耗尽他最后一丝体力。一滴汗水凝在鼻尖，他拿起毛巾继续擦头上的汗，不再说话。

“就你有意思？场上乱踢有意思是吧？你赶紧滚吧，真不知道你这种废物有什么用？”秦敖的火气又“噌”地上来，怒道。

男生们吵架，总是离不开那些反反复复车轱辘的脏话。

和上次输比赛后还压抑着的情况不同，这次的敌人是文成业，他们彼此不需要给对方留任何面子。

“那我也不懂，怎么会有人求我来。”文成业说。

“现在不需要了，你能滚吗？”

“没问题。”

文成业站起来，从柜子里拿出书包，头也不回就要走。

付新书赶忙拉住人。

文成业目光冰冷。

此情此景，付新书也似乎不想低头求人。

“教练。”

学生们终于把目光统一，看向一直抱臂站在门口的青年人。

足球场上的事情，只有最权威人士发言，才能明断是非曲直。

“需要我做点儿什么？”王法反而这么问道。

“我们输了。”付新书说。

“是输了。”王法很平静。

付新书张了张嘴，无法接下去。

“教练的意思是，付新书同学，你不会觉得我们能赢吧？”这种时候，只有祁亮还能用嘲讽的语气说话，“本来也赢不了，你们狂喷文成业，不也没意思吗？”

秦敖立刻接道：“祁亮，你还真是你文哥的一条好狗。”

“我好歹是条好狗，好过你这条疯狗。”祁亮冷笑。

俞明：“祁亮你怎么还不分好赖了？”

眼见两方交战将要变成多方混战，付新书只觉头痛欲裂。

“我真求求你们，别吵了，行不行啊！”他罕见地提高音量，大声吼道。

更衣室霎时寂静，男生们都被吓了一跳，没人敢说话。

虽然只有秦敖一个人明确说出要文成业滚的话，但其他人也或多或少都认为，文成业的加入影响了他们，而秦敖只是把话讲出来的那个人。

但真要文成业滚蛋吗？

谁都知道，目前来说，他是他们唯一的选择。

抱着这种没办法的、必须要继续磨合下去的情绪。

学生们在漫长的争吵后，也只能重新在教室里坐下。

这种情况下，王法成了那个被寄予厚望，要给球员们解决问题的人。

林晚星坐在课桌前，和学生们一起。

时间已经很晚了，教室里灯都关了，投影幕布上播放着学生们下午和永川远大的比赛。

初冬夜里本来很凉，应该穿好衣服关起窗，可现在，纵使教室窗户和大门洞开，依然难掩教室内的烦闷情绪。

大家都得多吹吹风，才能冷静下来。

比赛视频没有播放声音。

空间昏暗，投影幕布上只能看到拇指大小的人影。

草皮是黄绿色，看台座椅是风吹日晒后的褐红色，皮肤黝黑的男生们疲于奔命，在蓝天下追逐着足球。

一次又一次传球失败，一轮又一轮防线被撕裂突破。

对方球员意气风发，而学生们的身影却佝偻而疲惫。

明明也看不清具体的表情，但两方球员的样子，在球场上形成了鲜明对比。

足球是痛苦的。

起码此时此刻是这样。

教室里每个人都这么觉得，唯独王法除外。

王法对比赛的暂停和分析，与上次没有任何不同，或许和他以往千万次给他的其他小球员们讲解时，也没有任何不同。

他会经常暂停下来，让学生们思考接下来要怎么做，如果再来一遍，他们会选择怎样的跑动或传球路线。

这种时候，他往往显得非常耐心。

可学生们总是急躁的。

一旦王法暂停，他们就要开始争论这里为什么犯错，丢球究竟是谁的问题。

“你说问题出在哪儿？”秦敖非常无语，“傻子都知道有人不好好踢球，你说那个人是谁？”

“秦敖！”回到教室，付新书也冷静下来，制止他，“文成业也是刚刚才重新加入我们的，我们才磨合几天，对手又是永川远大，我们输再正常不过，重要的是在输比赛后找到问题，再来改进。”

“你是聋了还是怎么？”秦敖也很无语，“我直说了，把他换了，问题就解决了！”

秦敖的手指戳着文成业的背影，小文同学恰好也回过头来。

文成业冷硬的目光盯着秦敖的手指，嘴角反而露出笑容来，说：“好啊。”

祁亮也气乐了，直接喷文成业：“你真是秦敖的狗，这么听话？他让你滚你就‘汪’地滚了？”

学生们再度吵成一团，继续开始关于比赛的争吵，他们反反复复、喋喋不休。

而当学生们争吵和喋喋不休时，王法就站在那里，暂停下视频，注视着他们，一言不发。

投影仪冷色调的光，落在他的脸上，显得柔和而明亮。

18.

放假

整个复盘比赛的过程，因学生们的争吵，持续了比预想中更长的时间。

林晚星和王法送走他们，回到房间洗完澡出来，时间已经到了凌晨。

冬天的空气冰凉澄净，夜空中的星星格外璀璨明亮。

王法拿着一块毛巾，穿着洗完澡后才会穿的宽松睡衣，披了件厚外套，正坐在天台饭桌前，胡乱擦着。

电暖炉打开，有橙红色的光。

于是林晚星坐到了他的对面。

疲惫的一天后，他们坐在安逸的天台上，风有点儿凉，四周是学生们种的那些蔬菜瓜果。

林晚星趴在桌上，一句话也不想说。

王法放下手中的毛巾，低头看了她一眼，像往常一样问："想喝什么？"

比赛前，她也和王法这么坐着喝过两杯热巧克力。

那时候王法已经预见了学生们今天的失败，只是林晚星没想过，他们会输得这么惨。

她打了个哈欠，坐在桌边，腿晃了晃："教练啊，你在英国那么久，就没点儿特殊才艺吗？"

"小林老师具体指什么特殊才艺？"

"听说英国盛产酒鬼……我的意思是，在泡茶、冲热巧克力之外，教练对酒精饮料有没有研究？"林晚星这么问。

王法有些意外："林老师想喝酒？"

"那有没有？"林晚星期待地看着王法。

这下轮到林晚星意外了，王法竟真的起身，往他的屋子里走去。

冰箱开合声传出，林晚星期待地看着他。

"当、当"两声，罐子落在桌面上，林晚星看了看面前的易拉罐，又抬头看了看王法。

"这个？"

"你要的酒精饮料。"

"菠萝啤算什么酒精饮料啊！"林晚星抗议。

王法很认真地把瓶子转过来，指着配料表上1.2%的酒精含量跟她说："怎么不是？"

林晚星顿时无语，她愤愤地拿过易拉罐，"刺啦"一声打开，喝了一大口。

咕噜噜的碳酸气泡，入口确实有那么一点点微乎其微的酒精气息，但大部分还是菠萝果汁的味道。

"好甜。"她放下菠萝啤，说道。

闻言，王法又站起来，回到屋里，拿出一个装了冰块的玻璃杯。

大概为了响应她希望他展示特殊才艺的要求，王法还去学生们种的菜园里摘了几片薄荷叶子。

他把菠萝啤倒进杯子里，加上搭配的气泡水，最后在最上面漂浮的冰块上，放了两片薄荷叶。

淡黄色的液体配着晶莹的冰块，还有绿色点缀，看上去很像那么回事。

刚洗完澡的热气未消，暖炉也热烘烘的。林晚星端起杯子，小心抿了一口，虽然有点儿凉，但甜味刚好。

王法的举动近乎是在安抚她。

林晚星又喝了一口，说：“教练手艺无敌，可以开店咯！”

“过了。”王法说，“没问你要转账。”

林晚星这才放心地喝了一大口，很淡的酒精味和薄荷味充斥着口腔，疲惫和倦意都冲散不少。

王法则像往常一样，直接拉开拉环，拿着罐子喝了起来。

林晚星也不知道何时开始，她和王法会像现在这样，他们每天晚上习惯喝点儿什么。

王法虽然平时说话会很有趣，但当真正和她面对面坐在一起的夜里，他总显得格外沉静。

而她面对这样的王法，则会不知不觉一个人絮絮叨叨起来。

“我还是很有挫败感的。”林晚星举着几乎没有酒精的菠萝啤说，“我一直以来的工作呢，就是教育孩子们，应该重视过程中不断的进步，大家也一直是这么做的，但好像，所有的努力在输球面前，都显得太微不足道了。”

虽然酒精含量很低，但林晚星觉得自己喝醉了。

她曾经问过王法关于球队稳定性的问题。

王法那时的回答犹在耳边：任何涉及集体的东西，又有共同目标，都不可避免会吵架，那么难不难带只取决于一点，球队成绩。

她以前认为自己理解这句话。

可真当她的学生们因为输球而产生激烈争吵时，她才真正明白。

结果永远是最重要的。

她絮絮叨叨给王法讲了很多，比如相较于结果，关注过程本身和能力水平的提高，无论在教育心理学领域还是运动心理学领域，这都是基本原则。

她讲了德韦克最经典的成就目标理论、科温顿的自我价值理论，她像写综述一样，给王法讲了所有关于个人发展的理论。

她说这些理论，在将人类心理倾向分类后，都致力于阐述一点：无论做什么事情，只有专注自我、只考虑“我是不是一天更比一天强”的那些人，才能取得更好的成绩并且收获真正的快乐。

那么，成功应该被定义为实现过程和超越自我。

“我们每天都是这么做的啊，那么多计划和表格，希望学生们专注在训练本身及自己足球能力的提高上，他们每天也都很认真地完成了。”林晚星越说越感到无奈和困惑，“可是输球，只要输球，这些好像都变成了无用的东西。”

从理论到实践的跨度巨大，好像无论她和学生们多么努力，这一切都敌不过球场上的一场惨败，挫败感能瞬间击毁很多东西。

最后，她半趴在桌上，看着王法：“我之前一直在想，你的痛苦是从哪里来的呢？”

青年推动桌上的易拉罐，用已经不那么冰凉的罐子贴了贴她的脸，算作回答。

冰凉的罐体，湿漉漉的水，她脸颊上沾了一些。

林晚星趴在桌子上，仰起头，能看到月光下王法深邃悠长的目光。

“我以前不明白，现在好像有点儿知道了。”她这么说道。

后来，林晚星想，如果这是学习的话——

那目前踢永川远大，对学生们来讲就好比让小学生，哦不，初一生，去考高考数学卷子。

太困难的考题，缺乏区分度的试卷，容易让学生们失去信心和学习的乐趣。

林晚星也不确定，在这样的情况下，看看强者的世界，是否还有那么多的意义。

不过幸好，从现在到下场比赛间，有两个月的休赛期。

没有比赛日程压迫，时间可以解决一些问题。

林晚星和王法决定，在对阵永川远大后，就给大家放两天假。

但学生们根本不想要自由。他们要死要活，就是不想休假。

用大家的话来讲就是——

“待家里满脑子都是比赛！”

“已经差距这么大，不努力怎么行！”

“一个人在家好无聊！”

总之，就是有理有据。

周日一大早，林晚星又被他们在天台的劳作声吵醒。

学生们干活很麻利。小米粥配咸鸭蛋，鸡蛋饼配榨菜丝，还有豆浆和牛肉馅饼。

林晚星看着那一桌早餐，只能闷头吃饭。

学生们虽然嘴上嚷嚷得热闹，但心里显然还没从昨天失败的阴影中走出来，吃得很沉闷。

王法推门出来时，被这种干饭气势震撼到。

他在炉子上盛了碗粥，坐到她身边的空位上。

吃了两口，王法才意识到什么："今天不是放假吗？"

"对啊。"林晚星也困，昨天和王法闲聊到很晚，又喝了酒，还没睡醒。

王法打了个哈欠，忽然有点儿可怜地说："还以为资本家一月两天休息都不给。"

林晚星听到这话，眼睛亮了，冲学生们拍拍桌："听到没有，教练想放假，你们自己不想放假不能不让我们休息！"

"可是……"

"可是什么可是！"

"休不休息不该由我们自己投票决定吗？"

"对啊，老师教练你们想休息可以休息！"

"但不能强行决定我们休不休息！"

学生们一人一句，绕口令似的，让林晚星头大。

冬日暖阳从顶棚照下，菜园里一半耐寒作物还在孜孜不倦地生长。

她想了想，只能请他们自便。

林晚星原本的休息日计划非常简单：早上洗被套、晒毯子、打扫房间，下午看书午休，晚饭前问王法有没有安排，是否要一起觅食。阿宅的人生就是这么朴实无华。

洗衣机放在屋檐下共用。

林晚星把要换洗的四件套扔进洗衣机，王法很自觉地拎着自己换下的床单被套，一起拿来。

学生们则在外面絮絮叨叨，这个宝贵的休息天到底要干吗。

他们先列了一堆计划，什么狼人杀、三国杀这类卡牌游戏，或者一起看电影，林鹿则提议大家一起五排上分。

最后一项被立刻否决。

“我们上次五排不是被对面当猪杀！”俞明说。

“有没有可能你们本来就是猪？”祁亮笑。

学生们在一旁吵吵，最后聊着聊着，终究还是气不过昨天的惨败，抱着足球下楼了。

天台陡然一空，空气里只有洗衣机滚筒孜孜不倦的工作声。

林晚星收拾完房间出来，只见王法一个人躺在天台木沙发上。他把棒球帽扣在脸上，慵懒地晒太阳。

洗衣机恰好停下，空气里是洗衣粉和阳光的香味。

王法站起来去拿洗干净的床品，林晚星去支竹竿。

小脸盆装不完洗好的床单被套，王法分了好几次端过来。他脸上有木沙发压出来的红痕，整个人看起来懒洋洋的。

林晚星把床单拉过竹竿，忍不住问：“教练心心念念的休假，没有别的安排吗？”

阳光透过蓝色格纹床单，他睫毛很长，眼瞳颜色显得格外浅了。

王法很无辜：“我在等小林老师安排，是表现得不够明显吗？”

风吹起床单，蒙住了林晚星的脸。

她手忙脚乱地挥开床单，“咳咳”两声，说：“让我想想啊。”

王法从塑料盆里捞起最后一条床单，隔着竹竿抛过来。

床单上是一黑一白两只小猫，林晚星捏住布料边边，把它抖平。

蓝天下，小猫皱巴巴的身子被抖平，空气里是洗衣粉的清香。

王法也学着她的样子，抖抖。

商业街，橱窗。

落地玻璃窗里的小猫抖了抖身子。

那是只胖乎乎的奶牛猫，两只爪子前撑，背压得低低的，用力伸了个懒腰。

王法白皙的指尖敲了敲橱窗，小猫用屁股背对他。

视线飘来。

林晚星：“那我也不知道今天猫咖休息啊！”

是的，晾完床单被套，晒着棉胎，林晚星为完成“员工”的心愿，成为一个不那么无良的资本家，安排了一次猫咖之旅。

可是等他们真散步到这里，门口一块“休息中”的牌子，直接打乱了林晚星的计划。

她打开手机查了查，才发现猫咖的营业时间是下午一点开始。

而现在……

他们明明忙碌了一个早上，时间才十点多。

宏景是座古城。古城冬日人烟稀少，周日大家都睡懒觉，也不爱出门。也可能是这条街比较偏，所以没什么人来。

幸好猫咖旁的奶茶店还开着，林晚星点了两杯奶茶，算作给“员工”发的福利。

林晚星和王法靠在街边的石凳上。

店里，一只胖乎乎的金渐层躺下，露出肚皮打滚，像是在很嚣张地挑衅他们进不来。

林晚星在手里呵了口气，看着橱窗里的猫，愤愤地说：“下次来亲哭你！”

“什么？”王法转头看她。

“我说小亮！”林晚星指着对面橱窗里的猫咪说。

“叫小亮吗？”王法有一搭没一搭地和她聊天。

“对啊，金渐层一般都傻，但小亮就贱兮兮的。”林晚星凑到王法耳边悄声道，“是不是名字里有‘亮’的都这样？”

“很有可能。”王法顿了顿，“那只奶牛叫什么？”

“叫警长，虽然名字很俗，但它其实很聪明。那只大脸黑猫叫万万，万万经常乱尿尿。”林晚星如数家珍，给王法一一介绍玻璃窗背后的猫。

奶茶好了，王法双手插在裤兜里站起，过去提了两杯回来。

奶茶到手热乎乎的，手指捧着也逐渐热起来。林晚星把吸管插进去，喝了一口，烫得呵了两口气。

“你在国外的时候有养宠物吗？”

王法想了想：“没有。”

“为什么？”

"因为没有时间照顾。"

"这样啊……"

"小林老师这么熟，经常来消费吗？"王法也喝了两口奶茶，这么问。

"嗯，有段时间心情不好，经常来撸猫。"林晚星说。

"为什么会心情不好？"王法问。

这个问题很寻常。

林晚星和王法并肩坐在光秃秃的梧桐树下，阳光是温柔的，风也没那么凉。但她仍能感觉到自己的心跳加速，这是因为回忆不由自主产生的生理反应。

手指僵硬，林晚星缓和了下，才说："王法，你看我和你的差别是，你不管怎样，都对我很坦诚。"她看向他，"但我做不到，我不想说。"

沉默持续了一段时间，青年用很平和的目光看着她。他的头发因为最近没剪而显得略长，发丝在阳光下显得很柔软。

"没关系。"王法喝了口奶茶，宽慰道，"起码这句话很诚实。"

喝完奶茶，猫咖当然还没开门。

学生们的电话倒是已经打过来了。

他们先追问他俩在哪里，然后又说他们决定去游泳，问他俩是否要一起。

林晚星本想拒绝，但忽然想到了什么。

"你们去哪里游泳啊，五川路体育馆吗？"她问。

"对啊，不然我们还能去哪里！"秦敖在电话那头说，"我们的游泳券有一阵没用了。老师你说休假，但我们也不能纯休息吧，游泳不错吧？"

林晚星点了点头："是不错。"

秦敖还在那头催，问他们是否要一起。

林晚星："你们十个吗，喊文成业了吗？"

"喊条狗干吗？"秦敖没好气地说，"而且我们这是休息放松，又不是集体活动。"

林晚星捂住话筒问王法："好像文成业还没去过健身房？"

王法："是没去过。"

"我记得文成业没办健身卡欸，正好喊上他办卡啊。"林晚星给秦敖找了个台阶。

电话那头，少年很明显气滞，估计是在搜肠刮肚找理由拒绝。

秦敖：“文成业老想害人，你说他会不会把我们按在泳池里淹死！”

林晚星：“那你要小心。”

其他学生也在吵吵嚷嚷，大部分人都抵触文成业，可又觉得不喊他会显得他们在排挤人。

过了会儿，秦敖说：“那我问问老付愿意不愿意吧！反正你不能强迫我们！”说完挂断电话。

林晚星和王法在走走这件事上有一定程度的共识。

他们从猫咖往五川路体育馆，沿老街一路散步过去。

王法走至一处，买了杯奶茶，放到了一户人家门口。他按了下门铃，并不等人出来，就离开了。

林晚星觉得奇怪，譬如她喂野猫时，也会撸下猫，投喂一杯奶茶算怎么回事?

王法没怎么解释，只说：“我们家的亲戚关系比较冷淡。”

五川路体育场有室内恒温游泳馆，不过林晚星约学生见面的地方，是二楼健身房。

她和王法到的时候，文成业一个人坐在门口的凳子上，他背靠着边角生锈的铁柜，其他学生则在窗边，离他远远的。

昨天刚吵过架，现在大家能出现在同一空间，还没大打出手，双方已算保持克制。

林晚星为缓和气氛，笑道：“怎么都来了，不是去游泳吗？”

祁亮依旧是中立方，他站在文成业和其他人中间，说：“我也不知道啊，他们可能闲得没事吧？”

“什么叫‘他们’，你不也来了？”秦敖在不远处嚷嚷。

“我不一样，我是来缓和气氛，让文成业感受团队温暖的。”

林晚星和王法对视一眼，她从王法眼神里很明显感觉到他在说——“叫小亮的确实都贱兮兮的。”

这位小亮同学不仅恶心了团队，还恶心了团队的敌人文成业。

不过一些话说出来，反而也就好些了。

小孙教练正好从健身房里推门出来。

他今天穿得稍微多了点儿，是件亮紫色长袖紧身衣，小胡子修得很精致。

“王哥、林姐，你们终于来啦！我刚让大家都进来，他们也不进。”他边说，边走到文成业跟前问，“林姐，这就是你说的新同学？”

“是呀。”

林晚星提前给小孙教练打过招呼，本想让文成业的价格和其他学生一样就行，可小孙教练说，之前健身房总空着，学生们来了以后，锻炼的人多了，现在有了人气，生意也好了起来。所以他请示老板，决定热情地给予新办卡成员九五折折扣。

“小伙子看着挺精神啊，你这鞋，真的假的啊。”小孙教练看着文成业的鞋子，兴奋地问道。

文成业臭着一张脸，不说话。

现在已经是学生们在健身房锻炼的第二个月了，他们在健身房熟门熟路，新人只有文成业一个。

小孙教练见惯各色人等，文成业这样他也不生气，而是热情开路，带他参观健身房。

而其他学生明明说好了要去游泳，但也不知不觉跟着一起走了进来，陪同参观。

五川路体育馆这个健身房……从各种意义来说，都比较老旧。

屋子里开着空调，气味里混杂着地垫和很淡的汗味，文成业眉头直皱。

小孙教练带他转了一圈，说：“那脱衣服吧，鞋也得脱了。”

文成业终于没绷住表情，凤眼睁大，震惊地看向小孙教练。

“干啥呢，大家都是哥们儿，怕啥？你要想去更衣室脱，也行。”小孙教练说着，指向旁边的小隔间。

文成业还是很戒备，一动不动。

林晚星解释道：“我们小孙教练很专业的，会给每一位新会员登记建档，记录你们训练前后的身材啊体脂啊各方面的变化。主要是有了前后对比，你也能更直观地感受健身带来的进步。”

“就是这么个理。”小孙猛点头，继续道，“我们会所每月还会评选优秀会员，奖励蛋白粉和照片上墙，供人瞻仰！”小孙边说，边大手一挥指向一侧墙上的照片。

“十月优秀会员”赫然是脱了上半身衣服，举起双臂，露出肌肉，正在凹大力士造型的秦敖同学。

文成业收回视线，嫌弃地说：“我不用。”

“什么你不用，你也要能评上优秀再说用不用吧。”秦敖冷笑道。

“你们先练着，我带新同学去拍照。”小孙说着要把文成业往更衣室领，可文成业还是站着不动，很不情愿的样子。

“你不会是不敢吧？”秦敖把文成业从头扫到脚，最后脸上露出笑容来。

“傻×。”文成业终于忍不住爆粗口。

“老大，文狗看上去确实很像白斩鸡。”俞明帮腔道。

“肯定要暴露他没肌肉的事实了。”林鹿也说。

最后，还是祁亮同学一锤定音——“害羞了。”

无论文成业表面上多高冷，他骨子里都还是个争强好胜的年轻人。

不然他也不会在球场上各种跑位寻找机会，虽然这种“寻找”在其他队员看来就是添乱。

所以，被其他队员一激，文成业最后还是跟小孙去了更衣室。

拍照，称体重，测数据，一整套流程搞下来，文成业看上去晕头转向的。

等他出来，其他人在门口围了一整圈。

其实文成业不属于特别瘦弱的类型，但和已经训练将近两月的男生们相比，他的肌肉和形体方面还是有明显差距。

因此被几位肌肉壮汉团团围住时，脱了上衣的文成业，竟显出一丝瘦弱气质来。

“文狗这一年是真落下了啊。”郑飞扬同学点评。

“多练练吧。”陈江河说。

“确实是白斩鸡。”令人意想不到的是，这句话来自付新书。

文成业冷哼一声，不由自主地看向眼前的镜子。

其他人肌肉线条明显，皮肤黝黑，他们眼睛发亮，体格和精气神都远胜于他。和他们相比，他被喊白斩鸡确实不冤。

“等一个月以后看看，会变成什么样呢？”林晚星站到文成业身旁，看着镜子里的少年，她这么说道。

文成业刚来，要安排训练项目，也是学生们好几十天前练的那些。

王法根据他的情况做了些许调整，然后他交给小孙一个艰巨的任务——带领文成业熟悉器材用法，教会他正确的力量训练方式。

眼前的健身教练穿着亮色紧身服，梳着精致小胡子，一改方才的殷勤态度，严肃起来。

“文同学你可别不乐意啊。”小孙教练说，“按我以前在大城市的价格，你这一节私教课都得收五百块的。”

刚才带着文成业那么一番折腾，小孙教练也对他有所了解，他知道这个穿名牌鞋的小伙子可难伺候。

文成业默不作声。

“今天要熟悉的项目，你们教练都给你列好了，你先热身，然后我带你看看器材，再熟悉几个基础项目。”小孙很认真地拿了个文件板，对文成业一一述说。

“我先给你示范下正确的热身动作。”小孙说着，把文成业带到跑步机边，“速度我先给你调好，你先记住，下次可得你自己调了啊。”小孙一边絮絮叨叨，一边又很认真负责地给文成业讲解各个按钮怎么用。

其他学生闹了一阵，林晚星以为他们会去楼下游泳。可一转眼的工夫，他们活动了下手腕脚腕，各自开启了跑步机，也开始常规训练。

文成业和小孙教练在一边，剩下的人在另一边。

林晚星拧了瓶矿泉水，走到陈江河身旁：“不是说去游泳吗？”

陈江河看她一眼：“不知道，今天本来就有健身房训练，顺便做了吧。”

“感觉休息就不得劲！”冯锁说。

“等会儿运动完，再游泳正好，做肌肉放松和恢复。”

其他学生也纷纷点头。

他们各有理由，好像是来都来了，总得运动打卡一下。

一时间，健身房里非常安静，只有器械滚动的声音。

学生们在跑步机上慢跑的身影，映在落地玻璃上。

林晚星一时间也不知道怎么说。

“劳逸结合是很重要的。”她还是这么说，“怪我，突然想到要喊文成业来健身房。”

“和你有什么关系？我们就觉得闲下来，满脑子都是比赛的事儿。”秦敖看了眼文成业，后者正在听小孙教练讲跑步机倾斜角度的设置。

“过完年就要踢禹州银象了，如果我们现在不努力，那到时候踢不过他们怎么办？”俞明说。

“对啊，如果我们赢了禹州银象，就有6分了，还能争取出线机会。”林鹿做了个冲的动作。

在跑步机上，学生们就很自然地给她算起分来。

“是这样的，我们第一轮有3分，还挺重要的，而且我们也赢过禹州银象，下一轮机会很大。”林晚星也只能鼓励他们。

“所以啊老师，我们想小组赛出线。”付新书最后说，“不想浪费时间了。”

学生们没有那么快从失败的阴影中走出来，就算放假，也不得劲。

他们有想要的东西和想达到的目标。

虽然以前也没觉得那很重要，可不知道为什么，就是脑子里一直想着，闲不下来。

因为害怕一停下来，就要面对失败的阴影。

所以只能不断地，向前奔跑。

19.

夺舍

游泳活动林晚星并未参加。

虽然学生们假期闲不住，但林晚星还是更喜欢一个人待在家里。

晚上，大家头发湿湿的，显然确实游过泳。

他们一起看了一部很经典的足球电影《一球成名》。

冬季一天比一天凉，休赛期前最后一轮比赛在年前结束，战况如下——

永川远大12：0宏景八中

申城海波2：2禹州银象

积分表因此发生了一些变动——

永川远大9分

申城海波4分

宏景八中3分

禹州银象1分

能积3分，没小组垫底，对学生们来讲，其实已经是个好成绩了。

但他们想要的不止这些。

申城海波和禹州银象战平后，小组赛格局发生了一些变化。

小组大魔王永川远大已经稳稳出线，而球员身体素质极佳的申城海波位列第二。

小组前二出线，如果他们宏景八中还想博一博出线权，那年后再次对阵禹州银象的比赛至关重要。

毕竟禹州银象是第一轮中他们唯一赢过的对手。

接下来的冬季训练，也因为年后的赛程而变得格外重要起来。

气温偏低，人体血液循环变慢。低温情况下的训练，有助于球员的肌耐力和心肺功能提升。同时有助于大脑皮层，对刺激和环境做出更快反应。

这是资料上讲冬训重要性时提到的内容。

但真正要在冬季走到室外训练，还需靠意志坚持。

宏景地处中纬度地区，室外气温在10℃上下徘徊。

寒风凛冽，学生们都换上了长袖紧身训练服，戴上了帽子。在训练前，大家需要更认真地活动拉伸。

草皮颜色枯黄，裸露出大片泥土。

因为冬季昼短夜长，训练时间调整。

林晚星平时上下班，几乎都看不到学生们训练了。

难得周末，她早早地穿上羽绒服，和王法准时出现在球场。

空旷地带更冷，幸好今日是个大晴天，王法带着学生们认真热身、活动关节、跑圈。

寒冷的风，如刮骨的刀。

林晚星想偷懒坐会儿，可在看台上完全坐不住，于是就跟在学生们后面，一起跑跑。

前面是沉默的热身队伍，脚步声整齐划一，在暗红色塑胶跑道上回响。

要说这些天来，学生们和之前有什么变化，大概是他们的话变少了。

天冷，连狗熊都要冬眠，青春期的人类变得不爱吵吵，可以理解。

大家都想在冬训弯道超车，年后务必拿下禹州银象。

风刮不灭心中的火，大家都憋着一股劲。

冬天，王法安排了更小场的对抗训练。

学生们会经历更多的折返跑和变速，但这也造成了大家更容易冲撞的问题。

连续的防守和尝试突破，会让人的火气不由自主变大。有两次，秦敖的胳膊都甩到了和他冲撞的文成业脸上。

文成业当然也不甘示弱，直接在滑铲中对准付新书的脚踝。付新书应声倒地，秦敖直接冲过来。

王法吹响哨子，喊停。

球场上，秦敖捽到文成业面前，被付新书拦住。

冬季为保暖，秦敖戴了个黑色毛线帽，显得整个人更加凶悍。

林晚星跳下看台。

“你又不是不知道老付的脚怎么回事，还下死脚，注意点儿啊！”秦敖板着脸。

文成业皮肤白，脸被冷风吹得透红，他目光冷漠，直视秦敖。

就在林晚星以为文成业会呛秦敖两句时，他却轻蔑地看了付新书一眼，随后转过身去，默默地抱起球。

文成业背影瘦削，虽然表现得不把队友们放在眼里，但在某种意义上，这是一次巨大的让步。

秦敖愣了一下，不好意思再说下去了。

接下来的训练里，文成业确实没再对付新书出脚，他避免与付新书发生任何肢体冲撞。

文成业不在乎他的队友，但他在乎他的足球。起码林晚星是这么认为的。

对抗训练后，王法增加了新的射门训练。

射门训练分很多种。

这次，假人放置在球场门前。学生们需要在互相跑动配合中，将球按指定线路进行传球配合，最后射门。

文成业司职后卫，大多数进攻路线中，他都是尝试将球传给其他人，和他们进行挡拆配合的那个。

今日的射门练习是“回做球后射门”。

大概是A将球传给B，C快速前插并观察B的位置，保持好距离和跑速准备接球。B接到A传球后，调整身体，控制好传球力度与角度，将球传给C，最后由C完成射门。

简单来说，这是由三人配合的传接球训练。难点大概是要远离假人一侧，拉扯出更好的空间。

说来，其实这也是很基础的射门配合。

但谈到配合，又有文成业在，就总会有些奇奇怪怪的问题。

王法在分组上，已尽量避免学生之间的矛盾。

付新书、陈江河、文成业一组。付新书脾气好，陈江河比较酷，懒得搭理文成业，这俩已经是最不容易和文成业产生矛盾的组合了。

可文哥还是不满意。

文哥作为B点，理应接到A点付新书的传球后，找前插的C点陈江河，大概是这么个简单流程。

然而，文成业有自己的想法。

他在接到A点付新书的回传球后，先自己带球过假人，再将球又传回给了A点的付新书。

他这番操作，给原先快速前插等球的陈江河同学直接整不会了。

付新书接到传球后，没有起脚射门，而是停下来，耐心和文成业解释，他们这番射门训练的意义和目的。

文成业用袖口擦擦汗，懒得理付新书。

林晚星在一旁观看学生们之间的交流，而当王法的哨声再度响起时，文成业又开始了新一轮表演。

在接到付新书的传球后，他自己带球冲过木桩，直接一脚抽射，将足球踢进球门。

1：0。

呃！

在场其他男生都惊呆了！

秦敖憋不住踹了下草皮。

俞明立刻跑来嚷嚷："老师、教练你们看，这人根本就不想好好练！"

"那你想怎么办，踢了他？"破天荒地，秦敖在旁反问俞明。

"老大？"俞明愣住，"你是不是被夺舍了？"

“不是，你现在喊这些有意义吗？”秦敖叼着根草茎，反问。

“那我不说怎么办，憋着吗？！”

秦敖眯着眼，看着球场上油盐不进的那个人，最后把草一口吐掉，恶狠狠地对王法说：“教练，还是换我和他一组。”

林晚星看向王法。

青年点点头，做出换人示意。

接下来的射门训练，就更加天马行空起来。

文成业喜欢策动进球，试图用各种角度传球，付新书和秦敖作为接应方，配合跑动、策应进攻。

射门练习本没有太大难度，但文成业一个人，就把这项练习玩出了高难度。

这个组合进球的成功率并不高，因为付新书和秦敖往往并不清楚文成业究竟想干什么。

可就算这样，王法也没有吹响哨子喊停。

林晚星看了一会儿，抱着手臂对王法说：“我怎么觉得，这才是你最想要的组合。”

王法含着口哨，回头看她一眼，只说：“多穿件衣服去，不冷吗？”

林晚星其实不清楚，王法是真的胸有成竹，还是有别的什么打算。总之，他并不过多干涉球员之间的关系。

他给予他们空间，自由选择和适应彼此。吵架也好、冲突也罢，他既不做和事佬也不评判对错。

文成业在这样的环境中，更加不会妥协。他活在自己的规则内，足球得按他的来。

球队就在这样磕磕绊绊、彼此容忍和磨合中，继续向前走着。

年末，欧洲联赛大部分在休赛期，只有英超比赛密集。

天黑得早，学生们某天知道王法会晚上看球以后，就赖着不走，非得和教练一起看比赛，美其名曰什么“储备战术素养”……

说得很好听，其实只是大家爱凑在一起看球罢了。

学生们为了看球，还调整了下课程表，晚上课程调整了些，给特别想看的比赛腾出时间。

林晚星坐在自己房间里，整理下一阶段的课程内容。

窗外的冬夜天台，寒风凛冽，还健在的蔬菜们都被小心翼翼地搬到了大棚里。

今天轮到文成业收拾晚餐后的东西。

因为文成业还是很“独”，其他人也不愿意和他搭档，他们宁愿把洗碗的脏活累活抢了，让文成业一个人负责最后的擦碗工作。

文成业在水池边的料理台上擦碗，脊背笔挺，看上去绝不低头。

其他男生热热闹闹挤在王法的屋子里。

隔着窗户，足球比赛开场前的解说声传来，男生们你挤我我挤你的吵闹声也一并响起。

林晚星隔着窗户，好奇地观察屋外发生的一切。

王法的屋子里传来球赛开始的哨声。

文成业擦了擦手，用一种很少见的姿势伸长脖子，透过窗子，看向王法的屋内。

这一幕落在林晚星眼中。

水池边的小文同学看了一会儿，像是感觉到了什么。他回头看了眼她的屋子，林晚星朝他笑了下，其实并不清楚他究竟能不能看到自己。

文成业很快又回头，他继续低头擦水池里的盘子，似在沉思。

过了会儿，他想到了什么。

他放下盘子，从口袋里拿出手机，捣鼓了一会儿。

手机被摆上窗台，文成业从旁边拿了个筷架垫在后面，让它立起来。

屏幕点亮，同样清晰而有力的解说声从文成业的手机里传出。

别人挤在一起看一个电视，文成业自己看一个手机。

他把声音调得很大。

林晚星在自己房间里听来，两边声音一前一后响起，同样慷慨激昂，形如合奏。

“好，我们看到球权现在牢牢控制在赫苏斯脚下，斯特林今天没出场，他是曼城唯一的前锋……”

从林晚星的角度看去，只能看到洗手池前，文成业的手机很小，屏幕闪烁。

文成业继续擦盘子，再不看王法的屋子，像在说：我又不用看你们的。

这一好强绝不认输的做法给林晚星逗乐了。

“曼城又发起新一轮攻势，球来到德布劳内脚下……”

“福登起脚射门！”

两个解说声互相穿插，而文成业的手机直播更快一点儿。一时间，整个天台都吵闹喧嚣起来。

这片空间瞬间变成了放了很多桌的麻将室，叔叔阿姨们一起打牌，很有视觉效果。

很快，俞明从王法的屋子里冲了出来，啧道：“你这太快了，让大家都看得不得劲了！”

眼见他们又要起争执，付新书立刻跟出去。

“怎么？”文成业慢条斯理地放下盘子。

“故意把声音放这么大是吧，我听到你小子刚刷新了，就为了刷得比我们快！太阴险了！”郑飞扬说。

“你也可以刷。”文成业冷冷地道。

“你明知道大家看的是电视！”

手机和屋子里的比赛声还在继续。

“别吵了别吵了。”付新书赶忙过去，这是经典劝架环节，他想了下，最后说，“文成业，要不一起进去看吧。”

“老付你闭嘴。”俞明嚷嚷。

就在这时，电视和手机里同时传出球迷们的喧闹声，这是足球比赛中发起一轮猛攻的征兆！

解说语速加快：“好，曼城突然提速！德布劳内换位到右路接球，他突然长传转移到左侧，福登直接将球磕到禁区里，好险，马奎尔差点儿自摆乌龙，还好德赫亚将球用腿挡出！赫苏斯跟上射门！”

“快快快！”屋子里，秦敖扯着嗓子喊了一句。

屋门口、水池前的人都立刻冲进屋子里。

所有人屏息凝神，不知不觉围在电视机前，看了起来。

温暖而拥挤的空间，球赛紧张得令人屏息凝神。

电视机里，曼城前锋赫苏斯在禁区内不停球直接射门，刚才已经做出扑救动作的德赫亚闪电般跳起，伸手奋力将球托了一下。

足球向上一跳，重重地敲打在横梁上，弹出底线。

“哎！”

屋子里的男生们齐齐发出遗憾的长叹声，这其中也包括文成业。

比赛重新开始，气氛缓和下来。

屋子里或站或盘腿坐着或蹲的学生们，这才注意到旁边多了个人。

文成业手上还拿着擦盘子的毛巾，显然是被秦敖一嗓子喊进来的。

他被发现，转头就要走。

秦敖坐在地毯上，仰头瞪着文成业，他刚要开口，付新书却踢了踢他，示意他往边上去点儿。

秦敖梗着脖子，不可思议地瞪着付新书。

“一起看吧。”付新书仰头对文成业说，“晚点儿回家也没事吧。”

祁亮很配合地往旁边挪了挪，一手拽着秦敖的领子，把人往旁边拖。

“杀人啦！”秦敖嚷道。

但不管怎样，地毯上的位置还是让了出来。

文成业握着干毛巾，僵在原地，进退不得。

林晚星站在门口，笑着对文成业说：“是不是要老师请请你呀？”

文成业：“……”

别别扭扭、半推半就地，文成业在王法房间的地毯上坐下，和大家一起看比赛。

十一个男生堆在一起，屋里热烘烘的，连落脚的地方都没有。

林晚星站着看了一会儿。

电视机里，镜头扫到看台，上面坐满了观众。

“人好多啊。”她感慨。

“曼联和曼城人能不多吗！曼彻斯特德比。”林鹿嚷嚷道。

林晚星举手：“德比我知道，同城队伍之间的比赛。”

“也不完全是，不过曼联和曼城是的。它们同属于曼彻斯特这个城市的队伍，一个叫曼彻斯特联队，一个叫曼彻斯特城队。”陈江河说。

“哦，这样啊，那他们谁厉害？”

“以前肯定是曼联，不过弗格森爵士退休后就是曼城了，曼城的老板特有钱……”

“老板有钱队伍就牛吗？”

林晚星边看边时不时问问题，学生们抽空回答，有时候又有点儿不耐烦。

付新书说：“老师，你不坐下来看吗？”

林晚星扫了圈屋内，她之所以不坐，当然是因为屋里能落脚的地方都被学生们塞满，除了……

除了王法身边还有个空位。

那是林鹿刚哧溜滑下，挤到窝在地毯上的兄弟们身边后，空下的。

王法脸上神情散漫。

林鹿给她使眼色，让她赶紧坐。

林晚星和学生大眼瞪小眼。

“是不是要我也请请小林老师？”学着她的话，王法看了眼旁边的空位，笑问道。

林晚星赶忙摇手：“不用不用。”

学生们笑了起来。

他们给她艰难地挪了条路，她终于挤到王法身边坐下。

林晚星问学生们：“蓝色衣服的是曼城吧？”

陈江河：“是的。”

林晚星：“他们一直在进攻啊，看来他们很厉害啊！”

林鹿：“老师你说得很对，他们现在应该是英超最强的队伍了，瓜迪奥拉带了他们好多年，有钱又有人。曼联这场比赛发挥不好，完全被他们压着打。”

林晚星看向其他人：“这样啊？”

其他人纷纷点头。

“曼城今年确实挺强的，虽然夏天没买到凯恩，可是就瓜瓜带的这帮人，传都能传到对方球门里去！”秦敖眉飞色舞地说。

文成业冷笑一声。

秦敖跳起来，刚准备骂两句，文成业说：“你也知道他们没买到凯恩啊，传球就能传到门里去？没买到凯恩，阿奎罗还走了，靠赫苏斯一个人进球，想什么呢？”

秦敖：“他们还有斯特林！”

文成业：“斯特林可不是中锋。”

秦敖：“你知道个屁，无锋阵懂不懂！”

文成业：“什么时候的老皇历了，无锋阵真有用，瓜迪奥拉就不会夏天要一亿五买凯恩了，没买到，曼城今年还是没戏。”

那是林晚星第一次见到文成业说那么多话，伶牙俐齿、底气十足。

可就在这时，电视里传出欢呼声。

足球飞入球网，裁判哨声响起，曼城进球了。

蓝色球衣的球员们兴奋地拥抱在一起。

秦敖：“看到没，前锋不进球，中场B席就把球给进了，当年巴萨前场都是小个没中锋，照样三冠王！球盲还爱装！”

文成业：“这场赢了也不代表这个赛季都能赢下来，瓜迪奥拉想法太多。”

秦敖跳起来：“进了就是进了！”

“曼城进球还不够打你脸？”

“他就是嘴硬。”俞明说。

“继续。”陈江河也挑衅地看着文成业。

面对咄咄逼人的队友们，文成业懒得废话，他拿起抹布，直接离开。

电视里的解说还在不断兴奋地舌灿莲花。

屋门“砰”地关上。

而整个天台的小屋又恢复了冬夜的宁静。

休赛期中，随着隆冬到来的，还有学校的期末考试。

十月月考后，学生们经历了十一月和十二月两次考试。

总体来说，他们的排名提升了一两百名左右。虽然大家进步的幅度不太一样，但还是比较明显的。

这是家长们放心让学生们继续踢球的原因。

不过考试这件事落在文成业身上，就不太一样了。

文成业的期末考试成绩下降了一百七十多名。

这是个很微妙的分数。

他似乎没有作弊，自己完成试卷，所以成绩下降到正常水平。但还有一种可能是……

林晚星分发完期末试卷的晚上，和王法两个坐在天台上，一起分析这件事。

王法："你在担心文成业的爸妈上门来找你算账？"

林晚星："那确实有点儿担心，但目前人家的爸妈也还没找上门嘛！我就是觉得他这个分数很怪。"

"小林老师可以直接说，你觉得文成业故意答错，让自己的成绩显得没那么夸张，好让你别找他麻烦？"

"哎，我没想找他麻烦，而且就算我这么认为，也没有证据。"林晚星饮了口今天的茶，双手捂着杯壁取暖，"再说，就算有证据又怎么样呢？"她慢慢地说着。

文成业加入后，大家一起生活了这么多天。

他从一开始的格格不入，到现在的逐渐融入。

他会开始写作业，而不是敷衍地交张白纸。

球场上，他也能和大家一起完成战术配合，而不是一个人不管不顾地想干什么就干什么了。

学生们之间仍然会吵吵闹闹，但大家都有共同目标，他们要拿下来年后对阵禹州银象的比赛。

好像从少年到成年，大家的改变就是学会彼此容忍。

但有些东西是不会变的。

王法听到这里，忽然问："你想改变什么？让文成业主动不作弊，或者去自首？"

林晚星拍了下桌："好问题，教练问到点子上了！"

桌上盛满茶水的玻璃杯跳了跳，王法也微怔了下。

林晚星："答案还是，我不知道。"

冬夜暖黄的灯光，落在王法的脸上。

就像你不知道要找到关于足球的什么东西，我也不知道想文成业或者这些学生们成为什么样的人。

但我觉得，还可以多点儿耐心，再看看。

林晚星站在讲台前，布置学生们的寒假作业。

——足球是为了胜利。

她在黑板上，写了这么一行字。

“足球是为了胜利？”

“谁跟你说足球就是为了胜利的？”

“什么意思，我们的寒假作业就一行字？”

教室里炸开了锅，学生们的声音此起彼伏，他们意见很多，声音比楼上奶奶炸油饼的声音更激烈。

林晚星慢条斯理地抹着手上的粉笔灰，等他们嚷嚷完了，教室恢复平静，她才说：“对，我们这学期的寒假作业，就是这道题目。”

“你管黑板上这个叫题目？”学生们开始抗议。

林晚星笑道：“不行吗？”

“那你要我们干吗？”

“写作文吗？”

学生们咬着笔头，蒙得很，开始胡思乱想。

“我知道！踢赢比赛，证明这道题目？”林鹿灵机一动。

林晚星笑了：“倒也不是不可以。”

“啊？”

学生们异口同声，响亮的质疑声在小教室内回荡着。

“怎么了嘛？”林晚星揉揉耳朵，问。

“不是，老师你这到底什么意思啊？”

林晚星站在讲台上，学生们的表情很茫然。

“这就是一个主题，你们可以用你们想要的方式完成它。”

学生们很莫名其妙。

对于这道题目，他们一开始不觉得有很多话想说。

他们下意识想赞同，觉得这不是废话，可再多想一下，又认为也不能武断地这么讲。

所以大家面面相觑，属于一口气提上来又吐不出来的阶段。

这确实是个很钻牛角尖的问题。

人为什么要学习，为什么要踢球，甚至再终极一些的，人为什么要活着。每个人都有自己的回答，也或多或少思考过这些问题。

但大部分时间，对于学生们，他们的回答都类似于——

“踢球哪有这么多为什么？”秦敖反问。

“老师，我觉得你就是容易想太多。”林鹿也支支吾吾地说道。

林晚星并不否认他们这么说是有道理的。

“但偶尔在期末的时候，聊聊这个问题，也挺有意思的。”林晚星看向教室角落，王法不知何时也坐在了那里。

“没有为什么啊。”秦敖说，“当时我们教练来挑人，小学体育课，我可小了，教练说我是块踢足球的料子，让我试试，我就踢了啊。”

郑仁举手：“我爹是老球迷，送我去教练那儿踢球的。”

“教练？”

林晚星听到学生们不约而同提到的那个人，有些好奇。

“对啊，之前小学的时候，我们都是跟着教练在文化宫那儿的小足球场踢球。”林鹿说。

“我是当时爸妈下班晚，给我随便报了个班，我们教练开足球培训班的。”这是俞明的回答。

“原来你们从小学开始就在一起了啊。”林晚星有些感慨。

“老师你有点儿恶心，什么叫‘从小学开始就在一起了啊’？”

“那怎么说？我换个词，青梅竹马？”林晚星笑道。

学生们脸上嫌恶的表情更甚。

“我可不是，我初中才和他们一起的。”冯锁讲。

“对，这人是后来来的。我们小学时候可猛了，土猛土猛的，就放学踢球，也没训练赛，但出去跟别人踢总赢。”秦敖讲起往昔的光荣故事，显得兴致勃勃的，“后来我们不是读初中了嘛，有些人不在一个学校了，门将和后卫就换人了。”

提到后卫时，文成业投来冷冷一瞥。

看来，他也是后来加入的。

“那你们初中的教练呢？还是之前那位吗？”

“对啊，蒋教练就是我们那个初中的体育老师，之前的足球培训班是他搞的校外班，后面没啥人上足球课，他就把培训班关了，专心带我们。”付新书继续说道。

“蒋教练。”林晚星回味了下这个姓氏，笑问道，“那你们初中比赛猛不猛啊？”

“你这不是废话嘛，当然猛，我们那会儿可是拿过省长杯亚军的！我们贼强。”林鹿嚷嚷道。

“那是老子强，又不是你强。”秦敖昂首道。

“省长杯射手榜头名，是你吗？”祁亮慢悠悠的声音传来。

秦敖立刻转头警告他。

林晚星站在讲台上，窗外飘来雪菜肉丝面味儿。她听着学生们吵吵闹闹讲那些过去的事情，也不觉得饿。

“后来你们一起进了高中？”她想起先前体育组钱老师讲过的一些事，忽然问。

“对，教练帮我们谈了高中特招条件，我们足球成绩也好，就一起被特招进了宏景八中，读上高中了。”

“教练带你们读的高中？”林晚星有些意外。

“对啊，也不知道老头在想什么，反正就说我们最好的出路还是读高中。”秦敖答。

“他没送你们去什么青训队吗？”林晚星不由得问出心中的疑惑，“我第一次见陈江河的时候，他就在被球探忽悠。既然你们初中踢得不错，教练没带你们去职业青训队试训过吗？”

听到这个问题，学生们你看我、我看你，最后都摇了摇头。

这时，林晚星心中对教练的形象，有了个大致概念。

蒋老师对足球很有热情，想打造一支自己的球队，所以从学生们小时候就挑中他们，培养他们。可慢慢地，随着学生们长大，教练对于该怎么样培养他们，又有了动摇。

在林晚星看来，是他亲手给他们选了足球这条路，也领着他们走了很长一段时间。

如果他真心认可这条道路，就该努力引导学生们走上真正的职业足球之路，但那位教练却没有这么做。

他送他们所有人上高中，他认为他们必须读高中，一个都不能少，也这么做到了。

“那后来呢？”林晚星问学生们，“你们读了高中以后，教练还在初中教足球吗？”

“进了高中后，蒋教练一开始还来看我们比赛，指导我们，后来就没啥联系了。”付新书很平静地说。

教室里再度安静下来。

好像故事的结局理应如此。

老师或者教练，大家都是学生们生命中的过客。就算彼此相伴过很长一段时间，但分别以后，很容易慢慢疏远。

“你们之前都没提过蒋教练，下次有机会请他来看我们踢球呀。”林晚星笑着说道。

“蒋教练，他……”林鹿突然回头看着王法，然后说，“他有一天突然跟我们说要去永川搞青训，然后就走了。”

林鹿说得很平静，林晚星也是到现在才终于意识到，学生们得知王法要离开后为什么那么平静。

他们确实经历过。

林晚星有那么段时间没说话。

“我们已经是成熟男人了，经历过的场面比你想的多。”见气氛沉闷，郑飞扬主动说话，活跃一下气氛。

纵然心中感慨，林晚星还是不由得被那个“成熟男人”逗乐。

“那有没有哭啊？”她问。

“肯定啊。”秦敖指了指林鹿，说，“他抱着教练说‘呜呜呜别走’，贼丧气。”

聊天进行到这里，学生们都是懵懂的面容。

问他们为什么会踢球？

好像当初教练挑了他们，说他们有天赋，他们就一直这么踢着。

小学到初中都还不错，上了高中，一直以来的引路人突然离开，他们骤然失去了人生的方向和目标。在那所与他们格格不入的高中里，他们一步步走到了今天。

“校长后面不搞校园足球工程了，蒋教练走后，你们没有继续踢了？”

“和教练没什么关系，那年反正出了点儿事，我们就没踢了。”秦敖看了眼付新书，直接说道。

“什么事？”林晚星说。

“你问题太多了，女人！”秦敖很难得地闪烁其词，转移话题，“还是讲讲你的寒假作业到底是什么幺蛾子吧！”

20. 新 年

听故事听到一半，对方突然不说了，这种感觉让人很受不了。

林晚星一口气没提上来。

她很想问到底是什么事，怎么还有小秘密瞒着老师。

但学生们看样子很不想提，她还记得以前聊到这件事时，学生们都会看付新书脸色，并对此避而不谈。

作为一个成熟的师长，应该给予学生们保有隐私的自由。

所以话题到此结束。

布置完寒假作业，林晚星宣布：高三上学期元元补习班的课程及王法教练的足球训练课程，暂时告一段落。

翻译一下就是：要过年了，停课，别来烦我！

像宏景这样的中部沿海城市，年味并不重。顶多也就是商家贴上春联，开始放送过年曲目。在宏景的务工人员陆续返乡，城市里反而逐渐变得空荡荡起来。

居民楼里的住户以外地租客为主，连小孙教练都回家过年了。

除夕前一天的夜里，林晚星一个人在房间里对着电脑。

又到了“写报告”的时候，她一个人对着邮箱界面发呆。

忽然，她的微信亮起来。

王法发来个表情，是个摇铃的兔子。这是晚上喝一杯的暗号。

林晚星回了一个流口水的小狐狸的表情。

林晚星：饿了！

为保持空气湿润温暖，天台小炭炉上的铜壶里煮着水。

王法取下铜壶，放上长柄锅，把铜壶里的水倒入锅中。

林晚星坐在餐桌边，笔记本电脑打开。

水很快沸腾。

王法拆开两包泡面，凉棚下，安宁而细碎的声音响起。

林晚星回过神来，因为要过年，她特地让学生们把家里囤积的粮食都消灭了，于是问：“咦，哪来的泡面？”

“没收的。”王法回了一句。

看着那两包鲜虾鱼板面，林晚星这才想起来，那是之前学生们沉迷泡面时买的。后来她觉得这也太不健康了，就提议取消泡面，大家开始了轰轰烈烈做人锅饭之旅。

可没想到，现在还有漏网之鱼。

炭火是浅橘色，金黄的泡面在锅中翻腾，空气里弥漫着调料粉的香味，一切都很能抚慰人心。

王法在锅里放了香肠和煎鸡蛋，他端了个凳子，坐在小火炉前，慢悠悠地煮面。

夜里水汽蒸腾而起，昏黄的灯光照在他身上，鼻梁挺直，侧脸线条利落，林晚星就这么看着。

王法对着火炉，随口问道：“你什么时候回家？”

林晚星愣了下，没想到王法突然这么问。

“你呢，什么时候回家？明天就除夕了。”林晚星反问他。

“我们家亲情关系比较淡漠，可以不用回去。”王法说。

“这样吗？”林晚星感到意外。

“小林老师呢？”王法问。

冬夜有些湿冷，天气预报说会有大规模降温，可能有雪。

林晚星想了下，答：“我和教练情况不太一样，我和家里吵架了。”

锅里还在咕嘟咕嘟响着，王法回过头，认真看向林晚星。

月光下的冬夜里，她的头发松松绾起，鬓角夹了个发夹。她自己可能并不清楚，说起这些事情时，很多情绪会涌上她的脸庞。

就算表面平静，但眼神是不会骗人的。

王法回过头，轻轻搅动锅里的泡面：“为什么吵架？”

“就……”身边传来木桌轻响的声音，林晚星趴在桌上，她每次想不出任何办法的时候，都会下意识趴下来。

声音又轻又缓，她说：“因为我爸妈是普通人，当然我也是普通人，很多事情超出他们的接受范围，他们不相信也接受不了，这很正常。”

“听上去是恐怖故事。”王法说。

林晚星下巴磕了磕桌面，算作点头。

此时，冬夜里只有炭火的噼啪声响。

学生有不想说的事情，成年人的世界同样有很多回避和无法解决的问题，这很正常，也没什么问题。

后来，他们聊了明天去市场买什么菜。

林晚星介绍了春节的花卉市场，说大年初一可以带他去看看。

王法把泡面捞出来，给她盛了一碗，质疑道：“员工辛苦一学期，林老师给的年终奖是逛菜场？”

林晚星握筷子的手往后缩了下，看着手里的泡面，立刻就不好意思起来。

林晚星觉得，虽然她和王法也不是明确的雇佣关系，但怎么说，她自认为是这支球队的最高领导，春节了再让王法买菜做饭确实不礼貌。

所以她给了王法两个选择，年终奖或者选个附近的地方进行短途旅行。

王法的选择是，豪华标准的包吃包住短途旅行。

林晚星大手一挥：走起！

目的地选择方式很简单。林晚星拿出了宏景周边的旅游地图，让王法随意挑选。

教练扫了眼地图，将手指点在一片蓝色湖泊上。

皖南村在宏景西南，背靠霞山，面朝天心湖。

“负阴抱阳，背山面水。”

从风水的角度来讲，这就是风水宝地。

那也确实，皖南村大部分人姓周。得益于风水优势和诗书传家的传统，村里古时候出过三位状元，明代有位老祖宗官居光禄大夫，是周家官做得最大的一位。

除夕这天，林晚星和王法站在天心湖边。

零星有人在湖岸边写生，勾勒出浅淡的春节景象。

蓝天白云倒映湖面，岸边樟树和松柏常青。湖对岸粉墙黛瓦，是有千年历史的水墨江南村落。

屋檐上花灯轻晃，村里人返乡归来，人来人往间是热闹的春节气氛。

导游讲完皖南村历史，开始讲天心湖的引水挖掘历史，说今天正好有祭祖仪式，他们运气很好，可以看到传统民俗活动。

林晚星呼吸着湖边寒冷爽利的空气，拍了两张湖对岸的风景照。

就在这时，微信提醒忽然跳出来。

她点开一看，是张天台大门上锁的照片，秦敖发来的。

她把照片给王法看：“都说了放假七天，果然是……”

“幸好出门了。”教练如此评价。

林晚星把刚拍的天心湖照片发送过去。

秦敖果然发来一段语音——“你和教练出去玩了吗？这就把我们抛弃了！”

林晚星按住语音键，王法忽然低头看她。她于是举起手机，放到王法嘴边。

“是的。”

王法微低头，凑近手机，简单干脆的两个字从他薄薄的嘴唇里轻轻吐出。

温热的气息吹到林晚星手腕上。她下意识松开手，信息发送。

那边立刻不干了，微信铃声接二连三地响起。

秦敖直接一个微信视频打过来，林晚星看到学生们上蹿下跳的样子。

她举起手机，看着王法：“怎么办？崽子们太容易急了。”

王法倒是很干脆，直接戳下通话界面的红色挂断按钮。

林晚星心领神会。她把手机调成静音，和王法踏上进村的石桥。

湖风微凉，但阳光很好。

皖南村祠堂就在湖对岸正中。

左右两侧偏殿像展览馆，摆着老式织布机和近现代的喷水织机，墙上悬挂的照片，介绍了周家的发展史。

当时因为历史遗留问题，皖南村一穷二白。改革开放后，在周老太太周知仙的带领下，重新经营织造业起家。后因为化纤原材料被国外卡脖子的问题，周家决心进军石油化工行业，目前拥有全世界产能最大的PTA工厂。

每次来皖南村参观，林晚星都要被迫听讲解员们介绍村民们的奋斗史。

现在，大部分村民早就不在村里居住，这里成了旅游景点。

但过年时游子归家，皖南村里外有了另外一种烟火气息。

隔壁主祠堂里点着长香，青烟飘过骑马墙，匾额上书“周氏宗祠”四个大字。

皖南村祭祖规模并不算大。

祠堂正中摆着很多祭祀用的大碗，里面有花花绿绿的糕点等物。

地上有今早舞龙舞狮时落下的红色金色碎纸，天井里摆着一个巨大香炉，红烛矗立两旁。

祠堂周围悬挂着十二生肖花灯。

林晚星和王法走进来的时候，有一对父母带着读大学刚回来的孩子来上香。

行李箱直接放在祠堂门口立柱边。女孩接过妈妈递来的香，点燃后，认认真真地对着神龛鞠了三个躬。

解说员解释道，以前宗族规矩多，要全族人一起祭祀，外姓都不许踏入半步。现在跨入新时代，老太太说要有新时代的办法，一切从简。不仅谁都可以进祠堂。春节回村的村民，也随时都可以来上香。为的就是让外出的游子，有回家的归属感。

那对父母带女儿上过香后，就走了。行李箱碾过青石板，渐行渐远。

王法也学着那家人的样子，取了三支香。

工作人员见状，拦住王法：“小伙子，我们这是村里人来祭祖，游客没必要行大礼。”

王法微仰起头，望着不远处的神龛。

想起王法同志点名要来皖南村，林晚星忽然意识到什么："这里是你的老家吗？"

王法点头，对旁边的工作人员讲："我外婆是周家村人。"

工作人员恍然大悟。

王法上了香，旁边的工作人员还找他们多唠了几句嗑。

王法讲了自己从小在国外长大，小时候有跟外婆来这里祭祖，后面就再没回来过。

工作人员则问了王法是否在村里还有认识的亲戚，很热情地说可以带他们去找找人。

"有是有。"王法停顿了下，看了眼林晚星。

林晚星眼睛亮了，兴奋地道："你竟然还有亲戚住村子里，我们是不是可以去蹭年夜饭了？"

"可以，不光能蹭年夜饭，你还能收很多红包。"王法顿了顿，略微俯身看她，慢悠悠地说，"小林老师想去，我现在就可以带你去。"

林晚星刚想点头，忽然打了个激灵。

她突然醒悟过来，这……过年回家族里吃年夜饭拿红包什么的，好像是有点儿别的意思？

她立刻摆摆手："不了不了，我们人在皖南村，还是要响应周老太太的号召，一切从简！年夜饭什么的随便吃点儿吧！"

王法露出带着些遗憾的表情，夸她："小林老师很有觉悟。"

到皖南村时已是下午。

村子和湖泊又大，林晚星和王法在讲解员的带领下走了几处景点，天色渐渐暗了下来。

除夕游客不多，讲解员介绍完星罗巷，她的手机就响了。

电话那头是小朋友喊妈妈的声音。

林晚星和王法对视一眼。

讲解员挂断电话后，林晚星就问："你们是规定时间下班，还是带完我们就可以下班哪？"

"以前都是五点下班，今天特殊，领导说可以早点儿走。"

"那您回家吧，我们自己逛就行。"林晚星赶忙说道。

讲解员当然还是想坚持带他们参观完。

林晚星借口自己走不动了，让讲解员带他们随便去一家能吃饭的餐馆就好。

但……

除夕夜景区的餐馆并不那么好找。

他们在皖南村靠湖的饭店问了几家，要不早就被订完了，要不就是老板任性，直接关店陪家人。

夕阳西下，天心湖面波光粼粼。

林晚星觉得，回酒店吃自助餐也不错。

于是讲解员提议，她说自己家里是开小酒馆的，虽然除夕夜也不开门，但如果他们不介意，可以去他们家的小酒馆里随便吃点儿。

每个人年初时，都会对自己来年生活有些许幻想。

可对林晚星来讲，她从未想过，自己会在除夕这天，坐在一家小酒馆临湖的小窗边。

湖边有小朋友开始放炮仗，夜幕降临，火光闪烁。

很有年代感的小方桌上摆着盐水花生和毛豆，讲解员家的婆婆把家里的菜都给他们盛了一份。

这是一顿随意而丰盛的年夜饭。

餐桌对面，"刺啦"一声轻响。

王法开了一罐可乐。

除夕闭店的小酒馆有些冷，青砖微潮。讲解员一家人就住楼上，小朋友踩过楼板的声音响起，才有了真实人间的生动活泼气息。

林晚星在手心呵了口气，端起倒满可乐的碗，和王法轻碰了下。

湖面忽然烟火光芒大盛，亮光闪在他脸上。

王法目光明亮。

周围有万家团聚放烟火的巨大声响，小酒馆里却很清净。

汽水在瓷碗中跳跃，"新年快乐"的声音宏大得仿佛能充斥整个宇宙。

林晚星“咕嘟咕嘟”喝了两口可乐，从口袋里掏出一个红包，放到王法的面前。

他讶异了一瞬间，但手放到红包上的瞬间，又无奈地笑了起来。

红包里是个牌子，她刚才参观皖南村土地庙的时候顺手买的。

上面写着两行字，“生平多烦忧，岁岁常欢愉”，下面系着中国结的红穗，充满民间节日气息。

“临时想起来的？”王法拿起牌子端详了一会儿，指腹在“皖南村土地庙留念”几个字上摩挲，像是在确认会不会掉色。

“怎么能说‘买’呢，这叫‘求’来的。而且教练你这么说，是为了掩饰没给我买新年礼物的尴尬吗！”林晚星很得意地问道。

王法放下牌子，在口袋里摸了摸，也掏出了一个红包。

学着她的样子，王法把红包推到她的面前。

林晚星拿起红包拆开，发现里面是真的钱。

是的，红通通的百元大钞，一共八张，很吉利的数字。

她数着钱，脸上不自觉地笑开了花：“这怎么好意思呢，居然是真的红包！”

“我比较实在。”王法停顿了下，又说，“小林老师不用客气，毕竟带你回家领，你会更不好意思。”

林晚星和王法回到宏景，已经是大年初二了。

回来的原因是天台上的菜得浇水了。

新村小路上铺了一层红色爆竹碎屑，证明了新年的到来。

学生们差不多在他们回来的第一时间，就在天台集合。

大家的理由很多，担心吃太多不利于保持身材，觉得两天没训练影响体能水平，陈江河甚至说只有在这边才想写作业！

林晚星正在天台上晒着旅游时买的土特产，竹竿上，红通通的腊肠挂了一整排。

透过腊肠的缝隙，学生们上蹿下跳的。

刚过新年，家里都喜欢给孩子穿点儿颜色鲜艳的衣服。学生们看上去兴高采烈，干劲十足的。

天气晴好，天台上的白菜和大青菜显得色泽诱人。

就这样，明明说好是放到初五的春节假期，正式结束。

天台再度充满人气。

过完春节后，青超联赛将重新开赛。

这也是学生们不愿过完春节假期，非要赶着训练的原因。

只是过年期间，每家都有事，人数也并不能很好凑齐。尤其是文成业，连电话都打不通，据说是和爸爸妈妈去了国外。

可到了初五集合恢复训练的日子，文成业还未归队，电话也还是打不通。

秦敖终于小小地爆发了一下。

他们去文成业家的小楼，却大门紧闭。大家急得给文成业留了几次言，一直都没收到回复。

好像这个人就这样凭空消失了！

其他学生一边痛骂文成业不负责任，一边又觉得文成业就是能做出这种事的人。

在不那么齐整的训练中，他们迅速迎来再次对阵禹州银象的日子。

推开小楼顶层的天台门，阴云将要压到人的头顶上。天气预报预告了未来几日天气，似乎是要下雪。

风很大，举目所及，没有任何新春景象，草坪蒙着白霜，看不到新芽。

林晚星搓着手回房间，换上羽绒服。

再出门的时候，太阳升起了一些，从云层的缝隙中露出个头。

禹州有些远，在宏景边上。边上的意思是指，早上八点出门，得坐三个半小时大巴，才能到达禹州银象基地。

学生们很久没有出省打过比赛，前两天还颇为兴奋地计划过。

林鹿出门时，在包里放了很多饼干和薯片。秦敖则带了火腿肠和香蕉，据说是充饥好物。

这次比赛要出省，出于安全考虑，学校特地安排了钱老师一起带队。

毕竟王法是编外人员，林晚星只得答应。

学生们都准时到了，除了文成业。

林晚星照例拿着表格点人，喊到“文成业”的时候，仍是一片静默。

风呼呼地吹，好像随时随地都能钻进毛衣里。

枝干湿漉漉的，但幸好没下雨。

大家你看我我看你，才意识到文成业还没到。

“文狗什么意思？电话还关机！”

“不会不来了吧？”

“不是吧？？？”

林晚星和王法对视一眼，拿出手机，给文成业的妈妈打了个电话，电话没人接。

不知不觉，她脑海中浮现出第一次带队时，文成业一声不吭放鸽子的情景。

文成业已经缺席多日训练，大家也急过，甚至都要去找替补了。只是祁亮前两天说，文成业回消息说会来，所以大家都暂时放下心来。

现在人没出现，祁亮自然而然被大家团团围住。

祁亮：“我又不是他爹，你们问我有用？”

“那不是你说的？”

“文狗耍我也不是没可能，你们这么天真？”

就在这时，学校大巴驶来。车在他们身边停下，带起一阵寒风。

车门打开，林晚星借机让学生们先上车，大家还在嚷嚷文成业真是狗改不了吃屎。

就在这时，电话突然响起。

所谓一团乱麻大概就是这种情况。

电话那头是体育组的钱老师，说自己家里突然有事，学校安排了另外一位老师来，请他们在校门口再等等。

林晚星挂断电话，一回头，发现付新书还站在她身边。

“你先上去吧，外面冷。”林晚星看了看车上的学生们，示意付新书。

小付同学虽然平时软和，但脾气上来也像头牛一样。

“如果文成业不来怎么办？”付新书脸色很差。

“啊，不会吧？”林晚星盯着远处的十字路口。

“为什么不会，他不在乎我们。”付新书很确定地说。

林晚星很少见这样的付新书，他固执到有些偏执。这些天的不完整训练，让好脾气的小付同学也急了。

汽车呼啸而过，林晚星和付新书两人等在路边。

“他就是这样，想踢就踢，不想踢就不踢，他根本不会管队友，训练也是，永远不会管别人在什么位置要怎么踢。他明明知道这次打禹州银象对我们小组赛出线有多重要，但他就是可以不来训练。”付新书一口气说完，抒发这些天来的情绪。

林晚星安静听完，思索了下，最后问他：“你有什么想法吗？”

男生看着他，目光中满是疑惑和烦闷：“我不知道啊老师。”

“你不满文成业，那对于我们这支球队来说，你有没有想过其他解决问题的方案呢？”林晚星很温和地问。

“什么方案？”付新书还是不解。

“简单来说，你是不是还想换其他人？”王法站在一旁听了段时间，倒是很言简意赅。

“陈卫东呢？能不能让他再回来，就下次比赛，让他来踢。”付新书突然抬头看着他们。

“陈卫东已经有一个多月没有参加训练了。如果你们确定下场打永川远大需要他回来的话，我们可以一起去沟通下。”

远处的十字路口空无一人，连车也没有，静得可怕。

“还是你的意思是，今天文成业不来的话，我们现在去找陈卫东？”

付新书没有说话。

林晚星微不可闻地叹了口气。

男生踢了下地面：“我就想赢球。其实你一直想让我们自己理解，足球不一定就是为了胜利，但我不懂那么多，我就想赢。”

林晚星有些无奈：“误会了，我可没那个意思。”

“算了。”付新书最终吐出了这两个字，“我们估计就这样了。”

少年眉心轻蹙，因为文成业加入后的不断争吵，仿佛都夹出了川字皱纹。

上一次付新书和她用严肃而绝望的语气谈未来，似乎还是他们刚认识的时候。

那时付新书认为，他们不能再这么下去。

如果不踢球，大家不在一起，未来真的什么都没有了。

然后他们艰难地组织起现在这么个队伍，一步步跌跌撞撞走来，直到今天，他们还会因为最简单的人员问题，陷入困境。

林晚星想了一段时间，轻轻呵了呵因为拿着签名板而逐渐变得冰冷的手指，上面文成业的名字还空着。

冷风呼啸，一辆的士飞驰而来。

林晚星顺势看去，一记重而响的刹车声后，的士停下。

车门打开，有人走下。

林晚星看着下车的人，忽然呆住。

那是宏景八中的大红人，金子阳。

“金老师，你怎么来了？”林晚星问。

“本来钱老师要陪你们去，但是突然家里有事，我就自告奋勇了。”金子阳说。

路边再度安静下来。

林晚星抬头，坐在大巴车里的学生们露出一种奇怪的审视目光。

她又下意识地看了眼王法。

王法倒是神色如常。

金子阳目光扫过大巴车，问：“你们人齐了吗？林老师，外面这么冷，怎么不去车里等？”

林晚星：“有位叫文成业的学生还没到。”

金子阳：“他有说什么时候能到吗？”

林晚星摇了摇头：“电话打不通。”

金子阳拿出手机：“我给他妈妈打个电话。”

林晚星愣了下，说：“我刚打过，没人接。”

可她话还没说完，金子阳的电话已经拨出。

没想到，这次电话很快接通。

金子阳单手插兜，下意识往旁边走了几步，避开他们，站在行道树旁。

从林晚星的角度，能看到金子阳脸上挂着轻松随意的笑容，显得和电话那头的人关系熟络。

不多时，他挂断电话回来，很轻松地说：“文成业马上就来，家里有点儿小事，耽搁了。”

付新书绷了许久的脸终于和缓下来。

金子阳说，他以前做过文成业的私人家教，所以和文家比较熟。

“那老师你知道文成业过年出去干吗了吗？他好多天没来训练了。”

“倒也没有这么熟。”金子阳微微笑道。

文成业来得很晚。

当司机师傅都忍不住问林晚星“学生们究竟什么时候到齐，空调一直开着耗油”时，文成业才踏上大巴。

男生穿着很厚的羽绒服，脸很白，半张脸都藏在围巾里。

他冷漠地看了眼大巴里的其他球员，自顾自找了空位坐下，没有因为迟到而道歉，也没有和任何人说话。

“新年好。”林晚星笑着和他打了招呼。

文成业却只向她投来淡漠的一瞥。

此情此景，被大巴里的其他学生看在眼里，都有些冒火。

车内开着空调，空气湿热，像一桶混在一起的炸药，虽然因为受潮，可能也不容易点着，但指不定会什么时候突然爆炸。

大巴驶出城市，上了高速。

无论开始时大家多期待和禹州银象的比赛，出发前的焦虑等待和后三个小时车程，仍足以消磨很多情绪。

文成业一个人坐在大巴最后那排，两边座位都空着。

窗外是冬天特有的黄色小土坡，上面铺着草皮，看起来还处于湿漉漉的冬雨氛围中，未曾阴干。

学生们开始吃了一路零食，春游似的，现在在车上摇着摇着都困了，大巴里也就安静下来。

林晚星本来和王法坐在一起。

高速小堵车时，她站起来溜达了下，发现最后排的文成业一人黑着脸。

林晚星看出他不舒服，让司机师傅在前面休息区停下。

金子阳热情地招呼学生们，说自己请客。

学生们一个接一个下车。

林晚星回头一瞥，发现文成业还坐在后座上。

“晕车吗？”林晚星问。

文成业黑着脸，不说话。

“还是不舒服？早上吃的东西有问题？要不要下车透透气？”

可无论她怎么问，文成业都缄默不语。

林晚星没有办法，只能把文成业身边的窗户打开。

“等下上高速，冷的话你自己关窗。”她这么说。

下去放风的学生们回来了。他们手里拿着各式各样的食物，有烤肠、豆腐干，还有经典的高速粽子，车厢内一下被丰富的气味填满。

但这种快乐，显然不属于文成业。

车辆启动，林晚星再次坐回前排。

她看着快乐进食的学生们，开玩笑似的对王法说：“崽子们也太好被收买了吧。”

“小林老师坚定信念就行。”王法说。

“那我肯定坚定啊。”林晚星冲王法敬了个礼，然后回头看向车厢最后。

文成业往旁边挪了两个位子，正坐到窗边吹风。

21.

冷雾

禹州地势偏低，四面环山，气候比宏景更加阴冷潮湿。这种潮湿没有亲临此地是无法想象的。

禹州银象基地的球场在一片山坳里，因此向远处看去，整个世界都笼罩在一片冬日薄雾中。

林晚星走下大巴，呼吸间都是湿重的水汽。

学生们推搡着下车，文成业坐在最后，很自然也是最后一个下车的。

组委会人员在报到处等候，林晚星按照惯例签到。学生们由金子阳带领，熙熙攘攘地往更衣室走去。

文成业走得很慢。金子阳并没因为和他认识而刻意等他、照顾他。

林晚星和王法站在路边等了一会儿，男生才拖着步子过来。他的脸色还是不好，看来车上吹冷风不管用。

“晕车了吗？”林晚星也落在后面，和大部队隔了很远的距离，她问男生。

文成业仍旧一言不发，左右张望，像在忍耐着什么。

“想吐的话，可以去厕所，更衣室附近应该就有。”王法提醒道。

文成业明显反胃了下。

这个年龄段的男生大多很要面子，更何况还是文成业。

王法不再说什么，他和文成业走到更衣室门口，最后说："如果不舒服的话，就一个人在外面透透气。"

门忽然打开。

更衣室门口摆着盒饭和几箱矿泉水，是组委会提供的餐饮。秦敖带头在扛，他们搬水搬盒饭，忙忙碌碌。

王法在更衣室里展开白板，开始常规的赛前准备环节。

林晚星出去和组委会人员交接事宜，回来后看了圈屋子，发现文成业果然不在。

更衣室里充斥着盒饭味，学生们刚掏出来的球鞋乱扔，加之更衣室门窗紧闭，又开了空调，整个屋子很够味儿。

林晚星点了圈人头，发现付新书也不在，文成业好像还没回来。

于是她转头出门找人。

天气寒冷，禹州银象俱乐部里也空荡荡的。她在更衣室和球场周围转了一圈，没看到人，正当她顺着路标准备转回更衣室时，看到了球场另一侧的洗手间标识。

前方是一片小树林，仿佛有山野间的冷雾弥漫。

"这场比赛对大家真的很重要，不管你对我有什么意见，这次都请你认真踢！"付新书略带狠劲儿的声音从树林里传来。

林晚星停住脚步。

文成业还是保持着黑脸不说话的习惯，转身要走。

付新书在他身后，继续说："你不能不听指挥了，我们这次被淘汰，就真的没机会晋级了。"

文成业一言不发，在擦身而过的瞬间，付新书拉住他的胳膊。

说时迟那时快，文成业一把抓住付新书脑后的头发，微微低头。

总之从林晚星的角度看去，文成业确实是恶狠狠地拽住了付新书的头发，少年疼得仰头，让她不由得倒吸一口凉气。

只见文成业嘴唇翕动，仿佛说了什么，随后像甩垃圾似的甩开付新书。

付新书一个没站稳，栽倒在地。

她刚想跑过去，身后却有声音传出。

“文成业！”

“干吗呢你！”

秦敖和郑飞扬的声音骤然响起。

郑飞扬扶起付新书，秦敖已经用力一把推开文成业。

眼看秦敖就要和文成业扭打在一起，林晚星赶忙跑过去。

她一把拉住秦敖的手。

秦敖怒目圆睁，很是不可思议地说：“你要劝架？他都动手打人了，你还要偏向他？”

林晚星愣了下，思考片刻，说：“理论上说，我一直希望你们自由自治，所以如果你们要打架就应该让你们自由地打？”

秦敖怒不可遏：“现在是研究你那教育理念的时候吗？”

“想清楚一些事情还是有用的，比如你看，文成业对付新书动手，那么还手的应该是付新书，这才合理……”

就这么打岔的当口，文成业头也不回地走了。

秦敖对着文成业的背影嚷嚷着，林晚星松开了他。

“我早看出你偏向文狗了。这废物都打人了，你也不管他！”

“可是我平等地不管你们每个人啊。”林晚星用平和的语气宽慰秦敖。她说完，又转头去看付新书。

少年的脸苍白，整张脸都皱着。

林晚星：“你慢慢活动一下，看看身体有没有问题？”

付新书像是还沉浸在惊惧之中，始终无法回神。

秦敖见状，整个人都快气炸。

郑飞扬也极度不爽：“文成业这人什么意思，几天不来训练也就算了，踢个比赛搞得全世界都欠他的是吧！”

“算了。”

就在这时，付新书虚弱的声音响起。

他兀自强撑精神，在地上跳了跳，说："还是好好比赛吧。"

天气湿冷，周遭寂静，似乎还能听到球场上的哨声和跑动声。

林晚星知道秦敖包括付新书，他们都很难受。

他们好不容易有无比远大的梦想和目标，想认真做很多事情，却骤然发现，很多事情也不是他们想怎样就能怎样的。

所以他们愤怒、难过、想发泄，想改变文成业，可什么也做不了。

林晚星和学生们一起回更衣室。

推开更衣室的门，文成业不在里面。

付新书的衣服有点儿脏，头发乱糟糟的，脸色也不好。

更衣室里的其他学生见此情景，很自然猜到他们在外面又发生了一些事情。他们快速把秦敖围住，问东问西。

秦敖直接把文成业对付新书动手的事情和其他人说了。

"文狗凭什么这么嚣张？"

"老付，他是不是针对你，上次也是比赛前搞事！"

大家瞬间群情激愤。

金子阳发挥了带队老师的作用，在一旁劝同学们以大局为重，团结起来。

林晚星对此习以为常，不管他们，而是坐到王法身边。

王法在很多时候都非常安静。

就算在现在嘈杂的更衣室里，无论周围多吵闹，他都好像身处一片独立空间，可以不为所动。

正好组委会又来发了两箱水，学生们都围着秦敖声讨文成业，无人在意。

王法很自然地站起来去搬水，林晚星也跟着出去。

屋外还是薄雾笼罩，远处的山丘泛着冬日的土黄色，深吸一口山间的空气，都有透心的凉意。

更衣室的门关上，四周霎时静下。

林晚星站在王法身边，忽然也觉得平静。

"打架了？"

王法扯开包装袋，从里面抽出瓶矿泉水递给她。

林晚星把付新书之前和她的谈话，以及他和文成业的争执，给王法低声复述了一遍。

“嗯。”

王法听完，做总结陈词，用词非常简练干净。

林晚星用力点头，求救般地看着王法。

可她等了半天，王法也没有什么别的说法。

她吐了口气，袅袅白雾从她鼻息间轻轻飘散。学生们吵闹和痛骂文成业的声音正从更衣室门后传来。

虽然付新书说了很多，但林晚星很清楚问题并不只在这里。

就像陈卫东为什么走。

他说是因为与体育生其他项目冲突，但谁都知道，这是个借口罢了。

本质还是因为他们实力不够，输了比赛。为了缓解输球的痛苦，大家开始互相责怪，有了嫌隙和摩擦。

这种嫌隙和摩擦是团队合作项目固有的，文成业的存在，可能只是给了其他人更充分的“我们赢不了”的理由。

山野间雾气飘荡，或许她说些话，管管文成业，能让文成业暂时听话，让大家齐心协力。

但就算做到这些，她也没办法达成他们真正想要的东西——赢下比赛。

有这种颠覆魔力的人，恐怕只有王法。

王法大概也很清楚她在想什么，他靠在更衣室外的墙上，双手抱臂，很闲适地看向远处雾气缭绕的山。

“教练有什么指示吗？”她问王法。

“其实没有。”王法倒是很干脆，也并不是在逗她。

“大家想要的都是胜利，就算是文成业，也想赢的吧？”林晚星说。

“小林老师不是一直认为，对于足球来说，有东西超越胜利？”王法反问。

“你怎么和文成业一样啊。”林晚星无奈地笑了下，“我就是想出一道比较费脑子的寒假作业而已，不代表我持什么确定的观点啊。”

“真的吗？”王法转头看她，青年人浅浅的眼眸里闪着幽深的光，“那你就当，是我想看看有没有那样的东西吧。”他说。

午后，山野间的薄雾消散了一些。

可天气还是很冷，空气湿冷，学生们穿着长袖长裤又觉得热。

林晚星裹紧羽绒服，站在球场边。她踩在草皮上，脚下格外湿滑。

禹州银象的球员们比他们到场更早，这里是他们的主场。

借助主场优势，禹州银象球员们精力旺盛，底气十足。

前三轮比赛，禹州银象只拿到了一分。这让他们的处境非常危急，这场对阵宏景八中的比赛，对他们来说不容有失。

可对客场作战的宏景八中的球员们来说，这也是场同样不容有失的比赛。

天上看不到太阳，很像现在队里的气氛。

文成业一直没有回更衣室，所以他们只有十名球员到达球场。

学生们觉得文成业态度恶劣，根本就没好好比赛的意思。他们都憋着一股气，甚至连付新书也没说要出去找找文成业的话。

可到了球场，大家开始热身，又左顾右盼，显得有些忐忑。

“老大，要不我去找文成业？”林鹿试探着问秦敖。

“你是不是纯傻？去找他？”

“那没人踢比赛了啊。”林鹿说。

“那就我们十个人呗，反正他在不在也没两样。”秦敖很嚣张，可是四处张望的眼神还是出卖了他。

“在不在都是输，确实没差。”祁亮双手抱在脑后，很无所谓地说。

“你什么意思？我们上回没赢禹州银象是怎么的，就你小子长他人志气灭自己威风。”

“哈哈，你真威风。”祁亮笑了。

“真当我不敢打你是吗？”秦敖攥紧拳头。

“更威风了。”祁亮吹了声口哨。

秦敖横眉怒目，拳头挥到半空中。

但下一刻，他突然定住，死死盯住球场前方。

顺着他的视线看去，有人出现在球场入口。

能对秦敖瞬间施法的人，只有文成业一个。

远远看去，文成业的身影仿佛在似雾非雾的轻薄空气里浮现而出，他背后是禹州起伏的山峦。

让林晚星想起那种只有某种动物纪录片里才会有的猎犬，似乎叫灵缇。它们皮毛黝黑光亮，有细长的耳朵和桀骜不屈的眼神。好像天生独来独往，从不与任何人亲近。

只是在文成业出现的一瞬间，整个队伍气氛又再度凝结。

学生们站在一起，没有人愿意和这个无故缺席训练又欺负队友的人说话。

寒风湿冷，哨声响起。

抛开其他因素不谈，林晚星还是很喜欢带学生们来球场，看他们踢比赛的。

当尖锐的哨声响起，学生们开始在球场上奔跑，好像一切都变得专注而简单起来。争吵、纷争都如同奔跑时从耳畔飞速穿过的风，被暂时抛之耳后。

禹州银象积分压力巨大，几近淘汰边缘。

这场比赛对他们至关重要。按照常理来说，压力会使人急迫，然而在球场上，禹州银象的球员们却表现得异常稳健。

他们配合默契，跑位频繁，每次传球都抢先落位，积极有效。整个队伍像一个整体，编织成一张进退有度的网。

这让林晚星有种错觉，仿佛她的学生们是这张渔网上挣扎的鱼苗，被完全掌握住了。

和第一场交手时比起来，禹州银象这时才展现出他们应有的实力。他们不急不躁的态度，让林晚星很确定，今天的禹州银象和上次完全不同。

“禹州银象这次好像脱胎换骨了，好厉害啊。”林晚星坐在长椅上，裹紧羽绒服，转头对王法说。

王法转头看了看隔壁的教练席，对她说：“他们准备充分，心态也比上次更稳定。”

这是对对手的高度评价了。

就在他们说话时，一旁观赛的金子阳突然神情一紧。

只见球场上，禹州银象的球员寻找到了一个空当，他们的边锋带球从肋部插入，将球挑传到禁区中路。

郑飞扬在中路补位，后点则由文成业把守，然而文成业并没有尽忠职守地防守后点，他在郑飞扬上去补位后，选择前插，跑出了禁区。

郑飞扬在争抢中，没能赢过对方中锋。

禹州银象中锋险险地将球顶了一下，球被摆渡飞到了后点。后点上，禹州银象前锋如刀锋般插入，跟进接球，无人防守的他轻松起脚。

足球划过一道鬼魅般的弧线，就这样飞入球门。

林晚星倒吸一口凉气，没想到这粒进球如此快速简洁。

雾气淤积，草色不清，雨将下未下。

人的胸口也像堵着湿重的棉花，有些呼吸不过来。

禹州银象的球员们并未庆祝这粒进球，而是快速向中线集合，等待重新开球。

裁判哨声响起，示意进球有效。

门将冯锁捡起足球，他把球抛给秦敖，眼睛却死死盯着文成业。

作为门将，没人比冯锁清楚刚才文成业失位造成的问题。原本文成业站在后点，整个防线并没有什么漏洞，然而文成业却放弃自己的位置离开了禁区，让禹州银象的进球变得无比轻松。

秦敖接过球，直接冲文成业开骂："不想踢可以滚！"

场下，林晚星并没有听到学生们的具体对话。

但当秦敖托着足球走到文成业面前的刹那，她完全可以感到那种剑拔弩张的紧张气氛，两人随时可能大打出手。

她不由得紧张起来。

一旁，金子阳也同样感受到危机："这要喊暂停吗？"

林晚星愣了下，没想到金子阳会这么问。

"足球比赛原则上不允许暂停。"王法很平静地解释了一句。

"那他们要是打起来怎么办？"金子阳问。

"打起来？球场斗殴是严重的违规事件，他们会被红牌罚下。"王法语气依然平和，他停顿了下继续说，"因为场上非足球范畴的冲突性质恶劣，他们还会被追加停赛。"

王法说这些话时很冷酷，冷酷得仿佛这并不是他执教的球队。

林晚星若有所思："如果有人被罚下，我们下一场打永川远大岂不是凑不齐人了？"

金子阳有些瞠目结舌，不理解为什么她任由事态发展却不予以阻止。

球场上，秦敖的拳头最终没有落下。他只是再度严肃警告文成业，然后将球摆回球场正中。

重新开球。

已经1：0领先的禹州银象并无任何欣喜的情绪。他们仍进退有序，完全没有领先或碾压弱队时的放浪进攻。

说实话，这样如潮水般令人窒息的攻势，林晚星只在他们同永川远大比赛中见过。

禹州银象的特点是团队。

“这是他们最出色的地方，从某种意义上说，禹州银象更像成年队，而不是青年队。”王法表现得并不是很在意球场的局势，而是继续解释起禹州银象的特点。

“成年队？”

“成年队的目标是成为一个整体，去获得团队的胜利。团队的收益永远在个人之上。”王法回答说。

“青年队不是这么踢的吗？”林晚星一愣。

“青年队是生意。”

王法的声音很平静。

山谷间的风吹过林晚星的耳畔，她呵出的白气在球场边轻轻飘散。

不知道为什么，很多话由王法说出口，更容易让人心冷下来。

生意是什么呢?

是发掘队伍中最出色的球员，围绕他构建球队，把他塑造成最耀眼的明星，最后卖出大价钱。

林晚星看向球场。

无论场上还是场下，宏景八中这支球队都处于一种空洞和迷茫的状态，阴云密布，未必能等到阳光真正洒下的那一刻。

局势看似复杂多变，但大抵只是顺着一个方向平推。宏景八中的球员们似乎还在禹州银象织就的大网中努力挣扎。

甚至连文成业也老实了许多。

他开始在防线上老老实实地当一个后卫，而不是按照自己的意愿跑位，随意乱冲上去，任凭身后露出巨大的破绽。

可杯水车薪、螳臂当车，大概说的就是这样的抵抗。

很快，禹州银象再度进球。

他们连续在禁区内完成了三次射门尝试，前两次被郑仁和付新书先后用身体封堵，但第三次射门，还是攻破了宏景八中的大门。

足球落入球网，轻轻滚下。

2：0。

林晚星在学生们的跑动中，看出了麻木。

中场休息时，学生们擦着汗。

林晚星只能在冰冷的球场边给他们鼓劲。

“我觉得我们防守好了很多！”她试图说道。

“被直接灌了三次球也叫防守好？”

“而且就算0：2落后，下半场踢回来就行。”

“怎么可能踢得回来？！”秦敖冷冷说道。

“就算踢不回来，也可以靠防守，不再让比分扩大。”付新书裹着大毛巾，冬天中场时，保暖是重中之重，可他看上去还是冷。他嘴唇颤动着，看着文成业，艰难地吐出这些话来。

文成业却没有回答。

但比赛的失利，确实很像冬天的降温。

前一天还以为天气回暖，但当你第二天打开窗时，世界完全被银白色覆盖住。

下半场开局，禹州银象再度发起进攻。

那是一个从边路直接打到禁区内的起球。这种传中进攻的效率并不高，但禹州银象的配合却极其默契。

并且这是下半场刚开始，宏景八中的球员们还没从场下冰冷的环境中恢复过来。

他们的思维和行动都处于一种麻木状态，禹州银象的突然变速让他们根本无法反应。

他们先是看着足球飞过，随后开始奔跑补位。

林鹿从禁区外跑回禁区，准备参与防守。

足球在空中飞行的速度有点儿慢，付新书一边抬头观察，一边脚下迅速移动。

文成业在做着同样的事情。

所有球员的注意力也都在球上。

下一刻，文成业和付新书同时接近了一个地点，然后他们一同起跳……

然而，他们两人都没顶到球。

下一刻，草皮湿滑，文成业脚下打滑，竟直直地冲付新书撞去。

身体撞击的闷响声在球场响起，紧接着，文成业和付新书痛苦的喊声响彻整个球场。

中卫智会上来一脚将球远远地踢了出去。

足球落到了禹州银象球员的脚下，对方稍微犹豫了一下，将球踢出了场外。

裁判吹响暂停哨。

林晚星和王法跑上了球场。

付新书抱着脚踝打滚，而文成业则跌坐在地，扶住额头。

“怎么样，没事吧？”林晚星急切地问。

王法弯下腰，伸手摸了摸付新书的脚踝，检查了一番。

“去拿冰袋。”王法对她说。

林晚星赶忙冲到场下，拿了冰袋和夹板。

学生们都围在付新书周围，个个神情焦急。

王法检查后，将冰袋敷在付新书脚踝上。

“怎么样？”林晚星又问了一遍。

“我的判断，应该没太大的事。主要是落地失去了缓冲，但建议还是去医院检查一下。”王法说。

“这么严重吗？”

听到“医院”两字，秦敖顿时怒目圆睁，他过去直接冲文成业吼道：“故意的吧你！”

文成业扶着额头，似乎还沉浸在冲撞的震荡中，并未第一时间反应过来。

付新书脸上还有草屑，现在抱着脚踝，痛苦之情溢于言表。

文成业坐在草地上，身上满是灼热的汗水和冰冷的泥土，他抬头看着秦敖，什么话也没有说。

林晚星手上还握着冰袋。

她将冰袋按在付新书的脚踝上，手指僵硬疼痛，被冬天的冷风一吹，她忍不住打了个激灵。

裁判的声音响起："宏景八中的球员，是否要更换替补上场？"

"我们没有替补球员。"林晚星对裁判说。

裁判皱着眉头，看向空落落的替补席，很是吃惊："是现在场上没有替补，还是在更衣室，你要去叫一下？"

林晚星摇了下头。

"正常名单上都会有替补球员，是没跟着一起来吗？"

"对，因为在外省比赛没想到会有突发状况，所以替补球员没有跟着一起过来。"林晚星赶忙致歉。

"那比赛你们准备怎么办？"

像施了什么魔法，学生们面面相觑，原本与文成业争吵的怒火瞬间消退。

付新书虚弱的声音响起："我们继续踢吧，我应该还行，敷敷冰袋感觉好多了。"

闻言，林晚星看向王法。

寒风中，王法面容冷峻而坚决。

他站起来，抬头看向裁判："我们需要带球员去医院检查，这场比赛，我们弃权。"

王法言辞简洁，但有不容置疑的威力。

林晚星和王法相处日久，深知王法为人。他对大部分事情都表现得淡漠且无所谓，时常不置可否，态度琢磨不定。

这几乎是他第一次明确地表态。

学生们都被镇住。

林晚星看了看天。

不知为何，听到"弃权"两个字的时候，她有种莫名的轻松感觉。

好像不知不觉就走到这一步，但也只能这样了。

他们都站在风里。山野间雾气如水般弥散开，仿佛再也看不见前路。

拳头重重砸上脸颊。

文成业擦着嘴唇，眼眸直勾勾地看着秦敖，挑衅说：“我肯定是故意的，那不然呢？”

学生们没有在球场上打起来吃红牌禁赛，这是因为王法果断的决定。

但愤怒是不会消减的，他们扶着付新书回到更衣室，又起争执。

秦敖替付新书出头，让文成业给付新书道歉。

文成业冷笑了下。

这种把付新书当垃圾的态度，彻彻底底激怒了秦敖。

一切情绪在此刻倾泻而出，他一把拽住文成业的衣领：“你装什么！前年的账还没跟你算，真当大家都忘了？”

他边骂边揍。

文成业的脸颊肿得很快，当然文少爷从不是能吃亏的主，所以他反手一记重拳，狠狠砸向秦敖腹部。

秦敖霎时什么话也说不出。他松开文成业的衣领，痛得缓缓弯下了腰。

文成业站直身子，眯着眼睛，看向更衣室里所有人，目光中没有任何温度。

付新书整个人裹着毛巾，露出一截纤细的手腕。也不知是痛的还是冻的，他整个人都在发抖。

俞明急了：“你妈的还敢还手了你！”他冲上去一把推开文成业。

文成业的脊背重重撞上更衣柜，脸上的冷酷面具也终于碎裂开来。

刺骨的风刮过，山野上空湿冷，云雾快速流动，噼里啪啦的雨点砸落在更衣室的窗棂上。

林晚星感到自己仿佛被包裹在鼓膜中，有人在周遭剧烈擂鼓。

说不清是混战还是单方面碾压，更衣室里充斥着拳脚声和辱骂声。

学生们打得拳拳到肉，结结实实。

林晚星不知所措地退到角落，呼吸困难，混乱中，仿佛有冰水一样的东西滴在她的天灵盖上。

她不经意地看向更衣室一隅。

在那里，王法插兜而立，注视着更衣室中正在发生的一切。

他目光平和疏淡，有如静水。

耳朵里，好像还有嘶吼时的声音。

但地板已变成洁白如雪的医院地砖。

禹州市人民医院，大厅。

医院老旧，但大厅人流如织。

秦敖将付新书在长椅上放下。

林晚星去挂号窗口前排队。

前面排着些人。

大概一个多小时前，学生们还是在更衣室打了起来。

具体的过程，对林晚星来说就像手擦过的铅笔画，边缘都是混乱模糊的炭粉。

她只知道，金子阳最后把文成业劝出去透透气，他们则带付新书来医院检查。剩下的学生放心不下付新书，都跟来了。

林晚星看着自己的手心。可能因为室外下雨天气湿冷，她的手还在轻轻颤抖。

肩头被轻轻拍了拍，林晚星猛地抬头，看到一张清俊而面色凝重的脸。

是王法。

“你怎么在这儿？”话说出口，她就意识到问题。

王法：“付新书说挂号可能要用身份证，让我拿来给你。”

低头，手指间露出白色卡面，是付新书的身份证。

林晚星伸手接过，在触碰到卡片的瞬间，她的手却被一把握住。

手掌宽大，掌心温热，她忍不住抖了下。

她僵在原地，像是从水底挣出一样，周围忽然出现了嘈杂的声音。

病人、家属、医护人员的对话声涌入耳膜，头顶医院暖风吹拂，消毒水味弥漫。

林晚星深深吸了口气，开始咳嗽。

王法轻轻拍了拍她的背，他们隔着半臂距离，她的额头不知不觉在他肩头上点了几下。

冲锋衣领口的按扣冰冰凉凉的。

刺鼻的消毒水充斥整个肺部，她终于有了那么点儿重新活过来的感觉。

“我没事，就是外面太冷了。”林晚星重新站直身体。

“你去坐吧，我来挂号。”王法深深看了她一眼，最后只是这么说。

付新书坐在门诊大厅的椅子上，其他人站在他旁边，保镖似的守护着。

王法很快挂号回来，带他们穿过一处门，从门诊大厅来到急诊外科。

急诊外科算是医院最忙碌的科室之一。

救护车陆续送来病人，医护人员奔跑忙碌，监护仪声音间或响起，还有低沉而痛苦的哀鸣呻吟。

付新书坐在从医院租借的轮椅里，被这个阵势吓到。

“老师，其实我的脚不怎么疼了，回去冰敷两天就行。”非常惊慌地，付新书这么说。

林晚星蹲在他面前：“还是看看吧，你这么慌啊，以前踢球没受过伤来医院吗？”

“啊？”

付新书的脸又白了。

“我……踢球的时候没有。”他这么说。

“他妈的。”那么多人里，不知谁偷偷骂了一句。

王法推着付新书进诊室。

医生检查完，他们很快出来，开了单子，要去拍X光片。

放射科外面都是人，王法将挂号单在医院机器上扫描，看了林晚星一眼。

林晚星会意，安排学生们在相对较远的走廊待着，不影响其他人就诊，然后走过去。

“前面还有多少个？”林晚星问。

“十几个，应该不会太慢。”王法答。

“怎么了？”

“付新书一年多前跖骨骨折过。”王法说。

林晚星回过头，人群中，男生坐在轮椅上，背对他们，身形单薄。

她和王法重新回到学生们跟前。

走廊安静，有那么段时间，他们十二个人，谁都没有说话。

雨水扑打着医院的窗棂，顺着玻璃淌下。

秦敖用手大力搓了把脸，突然疼得喊出声。

他面容扭曲，疼得龇牙咧嘴，不过因为皮肤黑，所以脸上和文成业打架的伤痕看上去也不明显。

“要不给你也挂个号？”林晚星问。

“给文狗挂还差不多，我还能让他那花拳绣腿给伤着？”秦敖咧着嘴说。

“这就想文成业了？不过暂时没法给他挂号，金老师说带文成业坐高铁先回去了。”

“老师你太恶心了。”秦敖做了个想吐的动作。

随后又是沉默。

“他早该滚了。”陈江河低声说了一句。

“早知道就不该让他来，狗改不了吃屎。”

“我就知道没好事。”

学生们抱怨着。

可能突然又来到温暖的地方，剧烈运动后的疲惫就此涌现。他们一个一个挨着墙，边吐槽文成业，边不由自主靠着墙壁，坐到地上。

王法选了个能看到放射科的角度，也跟着坐下来。

学生们你一言我一语，话渐渐多了起来。

林晚星就听他们烦躁地说着，说了很多很多。

“老师……”

不知谁突然喊了一声。

聊天时总是会有这样的情况，所有人都安静下来，一时间气氛凝滞，而接下来的问题会非常突兀。

“嗯？”林晚星应道。

“我们以后怎么办？”

低沉、喑哑，说话声音不是来自那几位活跃的球员。

林晚星看过去。

平素沉默寡言的智会同学正抱着膝盖，歪着头看她。

思索片刻，林晚星说：“你是想问，‘你们以后怎么办’，还是‘你们以后和文成业怎么办’？”

“我不想再和他一起踢球了。”智会很确定地说。

话少的人总是这样，能精确地给出最后结论。

“这么确定吗，为什么？”

“因为他不是好人。”智会说。

听到这个回答，林晚星沉默下来。

她当然可以继续和智会聊，比如该如何定义人的“好坏”。

但每个人心中都有杆秤。

文成业在智会心中，显然不合格。

“‘不是好人’，是很严重的评价。”最后，林晚星这么说。

“如果他是好人，做不好的事他会觉得对不起，可是他没有。以前没有，现在也没有。”智会说。

“以前？”不经意地，林晚星看向付新书放在轮椅踏板上的脚，“钱老师说，上次青超联赛，你们没参加，后面直接解散了。”

“就是这件事。”秦敖说。

“为什么？”

“因为付新书的脚断了。”

秦敖的声音很平静，又带着种从牙缝里透出来的冷。

林晚星以为，以前的事或许和今天球场上发生的事类似。好比说训练意外，甚至更过分一点儿，文成业殴打付新书，导致付新书骨折，所以大家都不愿意讲。

可整个事情比她设想的更冷漠，冷漠到文成业本人都似乎是这个简短故事里的局外人。以至于提起时，会让人觉得莫名的空虚和冰冷。

事情发生在去年。

付新书家境不好，常年在外打零工。有次他打工的酒吧出了事，他被店长冤枉偷了店里客人的手机。据说手机里有很多重要文件，对方是混混，纠缠了他很多次，最后竟然找来学校附近。

对方人多势众，其实对方也没有能找到付新书的把握，只是在球场附近随便找了个学生来问。

正好，他们找的人是文成业。

对文成业来说，他不在乎眼前这些人看上去有多来者不善，也不想管付新书究竟惹了多大的麻烦。他大可以说“我不知道”，帮付新书逃过一劫，但他还是随意指了个路。

“然后，那些人就找到了老付。”秦敖说。

医院走廊里，付新书膝盖上是一件宏景八中的校服，他放在轮椅踏板上的脚轻轻动了动。

窗外的天色更加暗了，雨水铺天盖地地下着。

后来，付新书没有参加那天的训练。

他们再次见到付新书时，他在医院，脚骨折，没了半条命。

林晚星盘腿坐着，脚腕竟也感到麻木的疼痛。

她很清楚在这个故事中，文成业不是亲自动手的那一个，所以并不能算真正的恶人。

可她也理解，学生们为什么对此感到愤怒。

因为在文成业的道德概念中，没有怜悯和愧疚这些属于善良人性范畴的东西，他只是懒得去管那些人是谁、要找付新书干什么，他只是平等地不在乎每个人。

他的血始终是冷的。

放射科的移门关闭，指示灯亮起，等那位病人出来，下一位就是付新书。

“其实都过去了。”付新书深深吸了口气，这么说。

林晚星思索了一段时间，故事里仍有许多疑点，可她能做的事情很少，她只能继续解决智会刚才提出的问题。

所以她问：“那么现在，你们都不想和文成业一起踢了吗？”

一个接一个地。

她的目光从头到尾，询问着走廊里的每一位学生。

摇头，还是摇头。

“我也不想。”

“我也是。”

大家都跟着表态。

看到最后，是坐在轮椅上的付新书。

“我也不想了。”付新书确定地说。

他嘴唇皲裂，脸上还有伤痕，看似瘦弱却异常坚决。

他说：“老师，我不在乎他是不是好人，但我知道他不想赢球，我不想和一个不想赢球的人一起踢。”

22.

夜谈

腿并无大碍。

付新书拍片后，他们又等了半个小时，检查结果出来，只是软组织挫伤，休息一段时间就好。

在这个阴郁寒冷的天气里，总算有了个好消息。

林晚星让学校大巴返回禹州银象基地拿东西，再来医院接上他们，一起回宏景。

时间是下午五点五十分，比来时少了两人的大巴车，载着学生们，从禹州返回宏景。

窗外是铁灰色的高速路，车灯只照亮了前方一块地面，更远处是沉默寂静的冬夜，是完全黑暗的道路。

抵达宏景已至深夜。

天很冷，大家很疲惫。

林晚星请司机师傅送每位学生回家，轮到付新书的时候，车里只剩下林鹿一个。

付新书家离梧桐路不远，王法背着付新书上楼，说自己可以散步回去，让她先送林鹿回家。

又少了两个人，大巴再次启动，车里的座位差不多完全空了。

司机师傅打了个哈欠，车厢里只有学生不平静的呼吸声，夹着一些断断续续的鼻音。

林晚星微愣，过去拍了拍林鹿。

学生翻了个身，把脸埋在窗侧。

“马上要到了。”林晚星说。

林鹿的头在胳膊里埋得更低了。

车外的路灯照进来，林晚星才发现，他肩膀抽动，似乎在流眼泪。

林晚星一时无措。

林鹿被发现了，很羞耻地缩得更紧。

林晚星缩回手，在那瞬间，她好像也能感受到学生的诸多情绪。

来自争吵后的疲惫，决裂后的不舍，未知前路的迷茫，一切都在所有人都下车后的孤独瞬间爆发。

这是亮着路灯的午夜城市，每个人都可以有伤心的权利。

林晚星没有打扰他，而是回到自己的座位，重新坐下。

大巴在目的地停下，刹车声和车门打开声一并响起。

林鹿用力抹了把脸，猛地站起来，收拾行李下车。

路灯灯光流转，某一瞬间，林晚星看到他眼眶红红的，眼泪和鼻涕还在流，很是难过和无助。

林鹿的家离付新书家只有不到十分钟车程。

他很快擦干眼泪，然后翻脸不认账：“我刚没哭，就是太困了打哈欠流的眼泪。”

车停在小区门口。

林晚星意外发现，门卫室边，有两位中年人站在那里。

其中一位林晚星认识，是林鹿的妈妈，神情焦急。

林晚星带林鹿下车，道了谢，请司机师傅先回家。

室外寒冷，已近午夜，林鹿的妈妈看上去有一肚子话想说。

“你们怎么出来了？”林鹿赶紧又抹了两把脸，可通红的眼睛和时不时的抽噎还是出卖了他。

“你说你去医院了，妈妈能不急吗？”林鹿的妈妈小声嚷嚷。

“我不是讲了是别人嘛。”林鹿跳了跳，展示了下他健全的胳膊腿，“我真没事，妈！”

“那足球场上的事可说不好，你自己的腿也不好的，妈妈怎么知道你说的真的假的？”

司机关上车门，大巴开走了。

林晚星拢了拢衣衫，林鹿的妈妈被开车的声音吓了一跳，目光扫来。

“林老师……”

林晚星抬起头。

林鹿的妈妈卡壳了下，欲言又止。

林晚星：“我都可以。”

“啊？”

“不管您是想邀我上楼坐坐聊聊，或者对我说‘天冷了，林老师早点儿回家路上注意安全’，我都可以的。”林晚星这么说。

林鹿家不大，两室一厅。

没有独立的书房，所以电脑桌都被摆到了客厅里。

林鹿被催着去冲热水澡，他妈妈则在厨房里忙活。

林晚星踩着绵软的家居拖鞋，在客厅转悠起来。

她在书柜的照片里一张张看过去，林鹿的爸爸就在她旁边，一副不知道说什么好的样子。

很快，其中一张照片吸引了林晚星的注意。

那是张足球队的合影，照片里的小朋友年纪都很小。

“这是他们参加省长杯的合影。”林鹿的爸爸说，他把照片从柜子里拿出来，递到她手里。

背景是绿色的草坪，照片中的小球员们稚气未脱，那时候林鹿因为年幼，所以眼睛格外大。照片中的陈江河与俞明挤在一起，他们旁边还有个高个男生，飞扬跋扈的，一看就是秦敖。

林晚星又认出了沉默寡言二人组郑仁和智会。还有位同学小小年纪就目光冷酷，满不在乎，除了文成业，应该也没有别人了。

站在照片最右侧的，是位中年男人。他剃着寸头，神情严肃，皮肤黝黑。应该是学生们口中的蒋教练了。

林晚星在脑海中比对了一会儿，确定自己不认识对方。

“小时候还是挺可爱的。”林晚星说。

“是，小时候还听话。”

“你们怎么想到送林鹿去踢球的？”林晚星问。

“怪我爸，就是他爷爷啊。林鹿小时候特别瘦。有个周末林鹿和老爷子去公园玩，正好遇到蒋教练的足球班在发培训材料。我那时候还反对过，老爷子说一学期三百五十块钱，不就是他一个月退休金吗，这钱他出了。没想到啊，孩子一踢就是这么久。”男人口中满是无奈。

林晚星抬头，墙上是一家三口温馨的照片，桌上还有男生玩了一半的玩具车，拆了一半，另一半放在果盘的橘子边。

“真是很不容易。”林晚星说。

林鹿的爸爸长长地叹了口气，过了会儿，他悄悄问道：“林老师，你们今天输球了？”男人面容关切。

“是的，今天球场出了点儿意外，所以没能赢下来。”林晚星答。

“我看林鹿哭了吧。”林鹿的爸爸看了眼厨房里忙碌的爱人，说，“今天他跟我们说在医院的时候，他妈妈真急死了，让我直接打车去禹州。”

林晚星想起她和林鹿的妈妈第一次见面，就是对方因为儿子脚扭伤了，找来学校。

“让你们担心了。”林晚星很诚恳地说。

“他的脚是习惯性扭伤，小时候踢球搞的，所以后来他高中不踢了，我们都还挺开心的。其实踢不出成绩也无所谓，把腿搞坏了落下残疾，那可是一辈子的事情。”

不知不觉，林晚星和林鹿的爸爸分坐在小餐桌两边。

听到最后，林晚星完全沉默下来，浴室的水声和厨房的煤气声都清晰可闻。

“林鹿小时候，我带他一起看动画片，什么《灌篮高手》《棒球英豪》我们都看过。那时候我觉得啊，嘿，哪天我儿子也踢球拿个冠军，那我脸上得多有光啊。”男人打开桌上的保温杯喝了一口，美滋滋地说，“哎，年轻真好，可以做各种各样的梦。到了我这个年纪，翻个身睁开眼，每天想的就是上班，最关心银行卡上有多少钱，能不能养活老婆孩子了。”

林晚星双手在餐桌上交叠起来。

很难得，她不知该如何接话。

“林老师你别有压力，我就是随便聊聊天。”林鹿的爸爸说，“我们家长还是很感谢你的，其实林鹿这段时间成绩也好了不少。你还跟我们说，孩子可以通过足球特长生考个好大学，能上本科，这对我们家长来说真的很诱人。不过，这也是个借口吧，学习成绩这种事只是让我们家长同意你带孩子继续踢球的借口吧？”

男人话锋一转，变得犀利起来。

林晚星觉得这么说其实也没错，于是点了点头。

“人总是贪心的，我们就想啊，小林老师这么厉害，她为什么不能带孩子们把时间好好放在学习上呢？就算不踢球，她也肯定能带他们考上好大学啊不是吗？”

“继续踢球是他们的选择，如果他们想放弃足球全心全意学习，我也会提供相应的帮助。”林晚星顿了顿，强调道，“但我不能为他们的选择负责。”

“可你确实有在引导他们吧？”林鹿的爸爸忽然无奈地笑了下，“说是孩子自己的选择，其实你心里觉得他们该继续踢球，所以一直在支持引导孩子们继续踢球，对吗？”

水声停止，煤气熄灭，四下静寂无声。

林晚星无法回答。

“为什么？”林鹿爸爸问。

“我一时难解释清楚。”

“我和他妈妈一直觉得很奇怪，你是高考状元，名校毕业生，为什么会来我们这个小地方当体育老师？”

“我遇到了一些事。”

“那些事让你觉得学习没用，读书到最后也就这样了，但你凭什么自己觉得读书没用，就用自己的想法影响孩子们的人生？”

林晚星从林鹿家走出来。

好像自从那件事过后，她就没有再遇到过要回答这么多问题的场景。

所以整体来说，她有点儿答不上来。

她扶着栏杆，顺着阶梯向下走去。

球场的碰撞，更衣室的斗殴，秦敖的怒火，文成业的冷酷，还有付新书的坚决……

场景在黑夜中一一闪现，疲惫感像压弯松枝的厚雪，令人感到沉重。

天还是很冷，呼吸间是湿冷的空气，楼道显得更加狭小逼仄。

林晚星想，其实林鹿的爸爸一开始就是错的，她并没有能力影响学生们的人生，人并不是会被改变的生物。

这一切其实都没什么意义。

手机在口袋里轻轻振了下。

林晚星冻得手指僵硬，但还是掏出了手机。

微信上的消息很多。

有学校教师群的通知，有金子阳告知她文成业已平安到家的，还有最新的一条，来自王法。

——你下楼直走出小区，我在南门等你。

语句很简短，林晚星却看了一会儿。

楼道的感应灯倏忽一下熄灭，在这灰暗而冰冷的空间里，屏幕也跟着缓缓熄灭。

她摸了摸手机的冰冷边缘，心中有些莫名的情绪。

林晚星走出小区时，王法确实已在门口。

按照时间和路程来计算，他大概是把付新书背到家里后，直接打车过来的。

路灯下，穿冲锋衣的青年身材颀长。

两旁是冬日的行道树，树叶已经落光，枝丫刺向天空。

路上已经没有车，他背后是空而长的烟灰色街道，无星无月，一切都是寒冷刺骨的城市夜景。

可偏偏就是这样的情景，或许是路灯光线柔和，也可能是王法系了条棕色格纹围巾，所以看上去格外暖和。

林晚星快走两步，来到王法面前。

她微扬起头。

王法眼睫低垂，侧脸映着微黄色的光，轮廓清晰。眼眸颜色因此显得比平时深些，像那种很浓稠的蜜糖。

林晚星下意识地把手从口袋抽出来，有个很轻的抬手动作，可在几乎要触碰到他脸的瞬间，她缩回了手指。

“好冷啊，怎么不先回去？”她拍了拍王法的肩膀，问。

青年的视线落在自己肩头。

林晚星轻咳一声，假装无事发生。

王法收回视线，和她边走边说：“因为你的学生林鹿给我发消息，说老师羊入虎口被他爸妈劫持回家了，让我速来营救。”

这都什么跟什么啊。

林晚星很无奈：“这语文水平开学考可怎么办啊。”

“我觉得还不错，充分说明了事件的紧迫性。”王法说。

林晚星脚步停顿了下，随后继续和王法并肩。

他们谁都没有拿出手机叫车的打算，街道很长，仿佛可以走很久。

“出什么事了？”王法问。

林晚星思考片刻，把林鹿的爸爸和她聊的那些话都慢慢和王法讲了。讲到最后，她默默隐去了林鹿的爸爸问她“为什么会来我们这个小地方当体育老师”的部分。

“总结一下，林鹿的爸爸妈妈认为，你有能力带孩子考个好大学，却鼓励他们去踢球而不是专注学习？”王法问。

“对！”

“你是怎么回答的？”

林晚星搓了搓手，往手心呵了口气："我告诉他，这是学生们的选择，我能做的是协助他们而已。"

"但踢球确实没什么意思。"王法这么说。

林晚星立刻瞪眼看着王法："我以为我们是一伙的！"

"我肯定和小林老师是一伙的。"王法笑了起来。

"但足球仍让你感到失望。"林晚星将王法未说完的半句话接了下去。

"那么你呢？"

王法忽然看向她。

林晚星露出不解的目光，可在那瞬间，她又仿佛被王法的目光完全洞穿了。

这是条寒冷冬夜的黑暗街道，无星无月，无边寂静。

"是什么让你失望了？"王法问。

23.

改 变

王法的问题，林晚星当然没有回答。

人生不是非要做选择题和证明题，也还有不做题的选项。

所以，林晚星又耍赖了。

第二天，林晚星通知了全队休假。可等她睡觉起来准备下楼买饭吃，站在楼道里，听到的却是这么慷慨激昂的一句话。

“那就这么决定了，大家举手表决吧。”

阳光透过楼道窗棂，铁门栅栏的阴影落在脚上。

林晚星推开门，走进了教室。

学生们的手一一举起来，阳光下，所有人都回过头。

好像类似的剧情已经重复过很多次，当学生们在足球场上受挫，就会转变思路。

但这次，和之前很多次并不一样。

这不是未经努力的放弃，而是努力后发现差距与现实的困难而做出的放弃。

学生们显得很清醒也很理智，他们甚至用她之前教的方法，来进行新的规划。

他们把目标从“青超联赛小组赛出线”，变成了“完成小组赛全部比赛”。

按照学生们的说法，付新书目前腿不好，不能高强度训练。他们不想再找其他人加入球队，再经历一遍磨合和纷争，所以决定就他们十个人完成比赛。

“我们没必要再去找别人，就我们十个人踢，反正都是输，不如站着死。”

学生们没有什么难过之类的情绪。

林晚星听了一会儿，还是决定再问一遍：“你们真的决定放弃下一场对永川远大的比赛吗？”

“我们没放弃啊，就是减少训练而已。主要是老付脚不好，我们认真也踢不过，积分出线可能性太低，那还搞什么啊！”秦敖说。

“对，我可真不想像上次一样再去病急乱投医地找人了。”俞明也说。

学生们认真跟她分析现实因素，林晚星认真点头。他们说了很多，七嘴八舌的，但没有一个人提到文成业，好像这个名字已经成为一种禁忌。

接下来，学生们继续商议，要将每日重点放到学习上面来。

林晚星的记忆里，上次大家要转型搞学习，还是当他们知道比赛对象是绿景国际时。

现在不过几个月时间，让他们去好好学习的对手，已经从绿景国际高中队变成了永川远大青年队。

光从这两队名字上来看，就能感受到其中的不易。并且他们也不是像先前那样完全放弃，而是准备用一种很理智的方式完成比赛。

这几个月时间，似乎让大家变得更加成熟。

紧接着，学生们继续制订了接下来的计划——以考上本科为目标进行学习安排。

郑飞扬准备了个文档，上台汇报。

他从如何抓牢基础分，讲到了如何理解命题人思路，进行提优。

男生说得头头是道，林晚星听到最后，不由得问道：“这些内容你是从哪听来的？”

“我在网上看的！‘如何用三个月时间从全校垫底到一本上线’，然后总结提炼了下。”

林晚星还是认真点了点头。

这好像也是她之前教给学生们的部分——遇到问题，自己寻找解决方案。

学生们显得干劲十足，他们之前也一直在读书，成绩早就提升不少，现在要将更多精力投入学习中，他们自己也很期待能做到什么地步。

不仅如此，就像他们曾经为了踢足球而放弃赚钱，现在减少训练时间后，好像又可以把赚钱纳入考虑。还能赚点儿钱补贴家用，比累死累活踢球还拿不到成绩要划算很多。

学生们越聊越觉得，他们早就该做这个聪明的选择，不该继续一门心思踢球了。

林晚星没有说什么话，只是安静地听着。

当她还在睡梦中时，学生们早已聚在一起，进行了很认真的未来规划。

他们做了自己的决定，自己设置目标，自己制订计划，清晰理智地选择最优方案，而她只是一个被通知结果的人。

林晚星坐在教室角落，灰尘在阳光下飞舞，沉静地听着会议继续。

人生总有很多类似时刻，你觉得这个也可以，那个也不错。你会做着最理性的分析，进行最优化的选择。

像个大人一样。

林晚星并不准备干预他们的选择。

午后，林晚星在房间里整理新的教学材料。

按照学生们的最新需求，她要稍微改变一些教学内容。

这些都并非不可变通的部分。

王法应该也被通知了类似的内容，他在午后端了两杯咖啡进房间，其中一杯摆在她的书桌上。

林晚星仰头看着靠在她桌前的青年："怎么了？"

王法脸上露出令人玩味的神情："就在刚才，我被通知以后需要减少足球训练课程。然后球员们让我想一下，有什么能十个人踢一个还输得不那么难看的踢法？"

"怎么样，是不是一天一个惊喜？"林晚星笑了起来。

王法挑了挑眉，不置可否。

“他们觉得从现实情况来说，已经有99%以上的概率无法晋级下一轮，所以不想在足球上浪费太多时间，准备专攻高考。”

“原来晋级概率这么低？”王法说。

“啊？”林晚星不可思议地看着王法。

“但目前来看，确实是踢不过。”王法又喝了口咖啡，只是这么说。

往后几日，学生们改变了足球训练时间和学习时间分配。

他们从训练累了读书，变成了读累了去跑两圈，好像这才是兴趣该占有的时间比例。

雨水过后惊蛰将至，虫鸟啁啾，草木萌发。

但无论是天台上或者教室中，都没有之前嘈杂而生机勃勃的声音。

相反，学生们都很安静。

也不知是为了准备开学后的摸底考试，还是单纯到了春困的时候，他们可以整个午间都不说话。有时候他们会百无聊赖地浇着菜，然后突然地放空，像那种程序重启的机器人。

林晚星把学生们的这些变化看在眼里。

某天，大家在天台上排排坐。

远处是球场，枯黄了整个冬日的草地萌发了新芽，一层薄薄的绿意覆盖上整个草地，蓝天下分外宜人。

学生们手里是正在准备背诵的历史材料，某个瞬间，他们就这么望着远处。

林晚星看向王法，忽然说：“他们其实还是和你有点儿像吧？”

王法这几日都过得相当悠闲，春日饮品从热可可换成了柠檬薄荷茶。听到这个问题，他第一时间没有反应过来。

林晚星笑了笑，并没有继续说下去。

随着天气变暖而新鲜出炉的，还有青超联赛小组赛第四轮的比赛战报。

学生们嘴上说着不关心，可实际上，在永川远大和申城海波比赛结束后的第一时间，他们还是打开了公众号。

秦敖握着手机，神情紧张，其他人则围在他的周围。

页面开头是一些套话，然后是比赛战报。

首先是他们宏景八中对阵禹州银象的比赛。

赛事组委会对比赛过程进行了一些美化，并选取了现场照片。还是那个雾气蒙蒙的寒冷雨天。

照片一张张滑过，文成业的身影赫然出现其中。他认真盯着远方的足球，神情专注。

秦敖愣了下，随后赶忙下滑页面。

那天金子阳把文成业带回宏景后，林晚星就再没见过这个学生。其他学生没去找过文成业，他也没再来过梧桐路7号。

从某种意义上说，这种决裂也是一种队友间的默契。

永川远大和申城海波的战报在第二篇。

战报中显示，永川远大遭遇了对手申城海波的顽强抵抗。1：1的比分甚至保持到了下半场第三十五分钟。如果不是秦且初一粒精准的任意球破门，永川远大甚至有可能和申城海波打成平手。

可学生们并不在乎接下来的两位对手，他们看到永川远大2：1战胜申城海波时，很明显地松了口气，甚至还有点儿小高兴。

俞明乐得开了瓶可乐，大家纷纷拿杯子来接。

“怎么这么高兴啊？”林晚星问。

“敌人的敌人就是朋友！”

“老师你懂不懂啊，永川远大铁定出线的情况下，肯定是希望它赢得越多越好啊。”

学生们说着，给她解释起比分和积分榜来。

从第四轮结果来看——

永川远大2：1申城海波

禹州银象3：0宏景八中

这意味着永川远大以12分领跑积分榜，而申城海波和禹州银象各积4分。

他们宏景八中，仅靠第一轮战胜禹州银象积3分，位列积分榜最末位。

积分榜垫底肯定不好看，但输禹州银象是既定事实。永川远大又铁定出线，他们就只能寄希望于竞争对手申城海波也输小组头名，这样大家还能回到同一起跑线上，积分差距也只有1分，保留出线希望。

房间里讨论热烈，大家都兴致勃勃，这一小段时间突然变成了这些天来他们最快乐的时间，好像一切都还有希望。

只是这种看到竞争对手输球的快乐，并不能持续很长时间。

页面关闭后，大家就冷静下来。

无论是永川远大，还是和永川远大差点儿战成平手的申城海波，全是他们人员齐整时都难以战胜的对手。

更何况他们现在只剩十个人。

夕阳渐渐落下了地平线，天台亮起了灯。

“复习去吧，明天开学考了。”付新书说。

林晚星再见文成业，是收到考场学生名单时。

她对着名册，把每个人的准考证张贴在课桌左上角。看到文成业那张冷漠的证件照，她还愣了下。

仔细再看眼准考证，高三（1）班文成业，眉眼冷漠，确实是小文同学。

该怎么说呢？

现在的情况和当初文成业不想回足球队，她发现文成业作弊后要求他加入时不同。

现在是双方积怨爆发，学生们厌恶文成业，而文成业本人则显得对此毫不在意。

要如何解决？

看起来是个死局。

“咦，看到谁了？”

身后，同考场的主监考官小许老师冒出来。

小许老师瞥了眼她手里的准考证：“文成业啊，你们足球队的？”

林晚星翻过文成业的准考证，涂上胶水，贴在课桌左上角，很平静地说：“是啊，不过他已经很久没来踢球了。”

“啊？”小许老师说，“不过也很正常吧，昨天文成业的爸爸还来了学校，说要帮他办出国读书什么的。”

窗外的麻雀突然叫了一声，林晚星心一沉，玻璃反光刺眼极了：“文成业要出国吗？”

小许老师悄声说：“然后今天他妈妈又来，说就要儿子在宏景八中好好读书，让我们老师别听他爸的。”

林晚星皱眉：“这么混乱吗？”

“很夸张的，听说是他爸爸妈妈互相抓对方出轨，家里一团糟。”

林晚星走向下一张课桌的脚步，停了下来。

越是临近高考，学校就越重视每次模拟考试。

铃声响起，考卷下发，巡考员开始巡视考场。

林晚星照例坐在教室最后面。

窗外草木发芽，教室里清爽亮堂。

文成业坐在离她两个位子的地方，正“认真”答题。

空气里是笔在纸上写字的沙沙的答题声，间或有学生拿橡皮用力擦拭卷面，桌椅摇晃声会更大一些。

只有林晚星知道，文成业还是和之前一样，在用那种均匀且不加思考的速度完成试卷。

虽然昨天林晚星听了小许老师讲文成业家里的八卦，但她也并没有就此去说什么。

就像她很难介入学生之间的矛盾，她也不可能替文成业解决家庭矛盾。

作为老师，她只能做自己能做的事情。学生是否会有所改变，也不是她能决定的。

考试结束的铃声响起，林晚星和往常一样，从后向前收试卷。

经过文成业课桌前时，她多花了点儿时间，看了几眼他的卷面。

文成业抬头，林晚星与他的视线相交。男生的眼睛微微眯起，有种说不清道不明的冷淡意味。

林晚星只是认真看着男生的眼睛，然后收起试卷，走向下一桌。

考卷收完，学生们纷纷整理文具，三三两两边聊边离开考场，整栋教学楼因此热闹起来。

文成业也是一样。

他独自拿着透明文具袋，经过讲台前时，林晚星把他叫住："你单独留一下，文成业。"

林晚星拜托小许老师去交答卷，等学生们都走光了，她开始整理考场，检查学生是否有遗漏的物品，并把桌椅摆放整齐。

从头到尾，文成业都没有帮忙，他只是站在课桌旁，接受窗外人来人往的注目礼。

其实林晚星很意外，文成业竟然愿意乖乖留下来等着。所以她故意放慢了整理速度，想看看文成业的耐心点究竟在哪里。

过了会儿，文成业终于忍不住了。他表达忍不住的方式，就是直接向门口走。

林晚星把人喊住："过来一下。"

文成业脚步停住，随后转身，冷着脸走到她身边，却没任何帮忙的动作。

"好歹帮老师搬下课桌，这么没绅士风度吗？"林晚星说着，"而且考完试被老师留堂光站在这儿看起来很可疑吧？"

"老师在威胁我吗？"文成业问。

林晚星笑了："对哦，我差点儿忘了你有把柄在我手上，这些天不来训练，不怕老师告发你吗？"

"我对你还有利用价值，你不会告发我的。"文成业很冷酷地说。

"可是你又不来上工，现在对我还有什么价值？"林晚星把最后一张桌子摆整齐，这么问他。

文成业语塞。

这些天，林晚星被人问了很多问题，她都不能马上回答。现在终于有人被她噎住，她感觉自己巧舌如簧的状态又回来不少。

男生就这么站着，略低头，俯视着她，目光又冷又硬。

场面僵持住了。

林晚星很清楚，他在等自己说些什么话，或许是一台阶，或许是别的什么东西。

走廊里有人经过，抱着书的女生很好奇地往教室内张望。

文成业懒得再等，转头就要走。

“文成业。”林晚星喊道。

男生回过头，逆着光，他侧脸轮廓冰冷，看不出任何情绪。

“你作业还没交吧？”林晚星说。

文成业皱着眉头，很不可思议地看着她。

“我布置的寒假作业，你还没有交。”林晚星强调，“就是那个命题作业，如果忘了的话，需要我给你再重复一遍题目吗？”

林晚星给学生们布置的寒假作业全名是“足球是为了胜利”。

开学前后，其他学生的作业都陆续上交了。

因为他们完成作业的时间，都集中在输给禹州银象后，所以回答内容的情绪都相对消极。

秦敖写了篇小论文，认同题目中阐述的观点。他在自己的小论文里引经据典，论述胜利对于足球比赛的意义，并在最后表示，没有胜利的足球什么也不是。

陈江河做了个视频来交作业。

祁亮完成作业的方式很聪明。他直接去DOUHU以此为标题，发了一篇帖子。一开始的时候，帖子讨论者寥寥，祁亮去切了个小号，自己左右互搏。因为楼层变高，吸引越来越多的球迷朋友们回帖讨论。帖子大火，甚至被版主推荐到门户首页，引起广泛讨论。而他提交的作业，就是这些讨论的打印稿。

林鹿继续画了他的漫画。为了表示认真完成作业的态度，他足足画了一本小册子，记录了整个寒假期间他们足球队经历的故事。林晚星把小册子翻到最后，看到林鹿用黑笔画掉了TBC，将之改成了END。

大家都以自己的方式完成了作业，让林晚星意外的是，付新书没有交作业。

“老师，我想了很久，我觉得这句话应该是对的，但我就是写不下去，不知道为什么。”付新书是这么说的。

自然而然，作为当时课堂里的一员，林晚星也同样问文成业收取这份作业。

“你不交作业的理由又是什么？”林晚星这么问文成业。

“文成业是怎么回答的？”

站在五川路体育场塑胶跑道上，王法这么问道。

天气渐暖，学生们考完试来球场训练，林晚星也被拖着活动筋骨。她先跑了一圈，然后边和王法讲今天遇到文成业的事情，边偷偷摆烂。

“教练要不要猜一下啊？”林晚星故意放慢脚步，停在王法面前。

王法按了下秒表，对球场上正在训练的球员们吹了声口哨，说：“我猜文成业掉头就走，而小林老师肯定还想再多跑两圈。”

林晚星喘了口气，震惊地看着王法，一口气差点儿没提上来。

王法猜得当然没错，文成业确实转头就走。

除了某些对完成作业有变态热情的同学之外，林晚星还没见到谁会主动交作业。

“作业这玩意儿，不都是得老师去收的嘛。”又跑了半圈，林晚星对王法这么说。

“小林老师听上去，对能收到作业很有信心。”

“其实不是信心，我只是做作为老师该做的事情。”她说。

“什么该做的事，收作业？”王法问。

“是一视同仁。”林晚星答。

足球训练时间变短。

学生们三点考试结束后来的球场，差不多五点多，他们就结束了训练。

白天变长后，五点天还亮着。大家收拾训练器械，忙到一半的时候，一些人三三两两跑进球场。

气候逐渐转暖，来五川路体育场踢野球的人也越来越多。

他们背着包，穿着专业装备，自己带了足球，林晚星还在人群中看到了学生们的好朋友小孙教练。

自从上次来球队试训，小孙教练逐渐认识了一帮热爱足球的伙伴们，他们有时会约在一起踢球。但这次，他们的对手穿着统一队服，装备看上去也非常专业。

学生们看了会儿，拉过小孙教练：“谁啊？”

“隔壁永华软件的啊！”小孙教练今天穿了件亮蓝色紧身衣，边说边给大家展示了下自己新买的钉鞋。

“那是啥，程序员吗？”秦敖震惊，“写代码的还会踢球了？”

“看不起人家吗？”小孙教练说，“人家是我们市企业杯冠军球队！”

闻言，学生们看向永华软件公司程序员们的目光中，充满了敬意。

时间尚早，学生们没什么事干，不由自主地在球场边坐下，看双方开球。

这些天来，他们除了自己踢比赛，就是看电视里的球赛，这种身临其境看场球的体验好像从来没有。

小孙教练体格倍儿棒，司职后腰，推土机似的横冲直撞，卡住位置就是座山。永华软件的程序员们经常和他一撞，就倒在了地上，双方身体的对抗强度不是一个级别的。

场边看球的学生们很投入地惊呼出声。

野球没裁判，球员们倒了就站起来，拍拍身上的土继续。

虽然身体素质差点儿，但永华软件的程序员们脚下技术还不错，彼此配合时间也长，不多时，他们就破门得分了。

学生们当然是支持小孙教练的，立刻在场边嚷嚷起来，给小孙教练加油。

小孙教练冲他们握拳。

气氛一时间热烈起来。

大概又过了十分钟，小孙教练方抓住机会，一记横传球突入禁区，由前锋破门得分，双方1：1战平。

夕阳西下，比赛胶着，学生们不知不觉竟看得入迷了。

晚风拂过草地，不知谁开口说：“我们以后工作了，也会这么踢球吗？”

落日余晖将草叶尖尖染出亮橙色，剩下的球场被黑暗逐渐覆盖，场间无人作答。

【中部完】

图书在版编目（CIP）数据

狭路. 中 / 长洱著. -- 北京 : 中国致公出版社,
2023

ISBN 978-7-5145-2039-2

Ⅰ. ①狭… Ⅱ. ①长… Ⅲ. ①长篇小说－中国－当代
Ⅳ. ①I247.5

中国版本图书馆CIP数据核字(2022)第202324号

狭路 . 中 / 长洱 著
XIA LU

出　　版	中国致公出版社 （北京市朝阳区八里庄西里 100 号住邦 2000 大厦 1 号楼西区 21 层）
出　　品	湖北知音动漫有限公司 （武汉市东湖路 179 号）
发　　行	中国致公出版社（010-66121708）
作品企划	知音动漫图书·漫客小说绘
责任编辑	万旭进
责任校对	魏志军
装帧设计	商块三 周沫
绘画支持	GEGY 挤挤 迟迟 海老牛蒡卷
责任印制	程磊
印　　刷	武汉市新华印刷有限责任公司
版　　次	2023 年 9 月第 1 版
印　　次	2023 年 9 月第 1 次印刷
开　　本	880mm×1230mm　1/32
印　　张	9.5
字　　数	300 千字
书　　号	ISBN 978-7-5145-2039-2
定　　价	49.80 元